Zum Buch:

Brian Garner lag bäuchlings hingestreckt auf den altersschwarzen Dielen unter der Dartscheibe und regte sich nicht. Erst als sich Helen zu ihm hinunterbeugte, bemerkte sie die mattschwarze Befiederung des Dartpfeils in seinem dunklen Haar, und es dauerte einen weiteren Augenblick, bis sie realisierte, was das bedeutete. Ohne viel Hoffnung ging sie neben ihm in die Hocke und legte den Handrücken an seine Kehle. Die Haut war kalt. Brian musste seit Stunden tot sein.

Zur Autorin:

Karen Finch hat englische Wurzeln und verbringt viel Zeit im beschaulichen Rutland. Nun hat sie der Wettbewerb »Britain in Bloom« zu einer spannenden Geschichte inspiriert, die nur da spielen kann, wo der Cottage Garden erfunden wurde: mitten im Herzen von England. Wenn sie nicht gerade schreibt, kümmert sie sich am liebsten um die Blütenpracht in ihrem eigenen Garten – vielleicht schaut die Jury von »Britain in Bloom« ja auch irgendwann in Deutschland vorbei.

KAREN FINCH

WAS FRÜHER BLÜHT, IST LÄNGER TOT

KRIMINALROMAN

HarperCollins

1. Auflage 2025
Originalausgabe
© 2025 HarperCollins in der
Verlagsgruppe HarperCollins Deutschland GmbH
Valentinskamp 24 · 20354 Hamburg
info@harpercollins.de
Umschlaggestaltung und Motiv von FAVORITBÜRO, München
Gesetzt aus der Adobe Garamond
von GGP Media GmbH, Pößneck
Druck und Bindung von CPI books GmbH, Leck
Printed in Germany
ISBN 978-3-365-00984-0
www.harpercollins.de

Live never to be ashamed if anything you do
or say is published around the world –
even if what is published is not true.
Richard Bach, *Illusions* (1977)

PROLOG

»Sie haben da was.« Die leise Stimme des letzten Gastes klingt seltsam eindringlich. Fast schon … beschwörend.

Es ist spät, die Sperrstunde längst vorbei. Die Augen des Wirts sind müde. Er runzelt die Stirn. »Wo denn?«

Eine Hand deutet vage die Richtung an. »Unter der Kappe.«

Er zieht die Baseballcap vom Kopf. Ein Andenken an ein denkwürdiges Match der Milton Keynes Bucks und ein persönliches Geschenk von McFarrell, dem besten Pitcher aller Zeiten. Er dreht die blaue Kappe herum. Hat schon bessere Tage erlebt, das alte Ding. Aber sie ersetzen? No way.

Irritiert starrt er auf den verblichenen Stoff. »Da ist doch nichts.«

»Nicht in der Kappe, *stupe*, im Haar. Kommen Sie schon her. Lassen Sie mich einen Blick drauf werfen.«

Brian zuckt mit den Schultern. Der Gast ist König, und dieser späte Gast erst recht. Gehorsam neigt er sich nach vorn und beugt den Nacken. Fühlt eine Hand schwer auf seinem Kopf. Dann ein Stich. Und nichts mehr.

KAPITEL 1

»Iss schneller, Kind! Wir kommen sonst zu spät!«

Helen ließ den Löffel mit dem Porridge wieder sinken. Ihre Mutter Lydia sah sie auffordernd an. Sie stand in der Küchentür, ganz offensichtlich zum Ausgehen gekleidet: lavendelfarbenes Kostüm, ein mit lila Federn verzierter Hut auf dem kurzen eisengrauen Haar und dazu die guten Schuhe. Zwei der allgegenwärtigen Katzen balgten sich zu ihren Füßen.

»Es ist doch noch Zeit.« Helen warf einen Blick auf die altmodische Uhr, die neben dem Küchenschrank hing. Viertel nach acht. Es gab überhaupt keinen Grund zur Eile. Schließlich war sie die einzige Beamtin im Neighbourhood Office von Humbleham, und es war piepegal, ob sie fünf Minuten früher oder später ihren Dienst antrat. Zumindest solange nichts passierte, was die Anwesenheit von Police Constable Helen Franklin erforderte. Was im Dorf so gut wie nie vorkam – hier passierte nie etwas. Zumindest war das bis heute so gewesen.

»Wieso eigentlich *wir*?« Helen schob sich den Löffel in den Mund. Tatsächlich mochte sie Porridge nicht sonderlich, aber wenn Mum ihn schon extra für sie kochte, war jetzt nicht der richtige Zeitpunkt, sie daran zu erinnern.

»Du musst meinen Rollstuhl schieben.« Lydia Franklin sprach in genau jenem bestimmten Ton, der keine Widerrede duldete.

Überrascht sah Helen sie an. »Hast du nicht gestern gesagt, du willst laufen?« Mum hasste ihren Rollstuhl und rannte trotz ihrer fünfundsiebzig Jahre ständig wie aufgezogen herum, obwohl der Arzt ihr eingeschärft hatte, dass sie sich schonen müsse.

»Ich habe mich eben anders entschieden.« Das klang endgültig. Aber schwang da nicht noch etwas in ihren Worten?

»Du hast wieder Schmerzen, stimmt's, Mum?« Helen musterte ihre Mutter genauer, nun doch besorgt. Lydia hatte sich nach ihrem Schlaganfall gut erholt, aber sie neigte dazu, sich zu überschätzen. Es war eben *nicht* alles wieder wie zuvor, auch wenn sie das gern ignorierte.

»Es ist nicht schlimm.« Lydia stieg vorsichtig über die beiden Katzen hinweg und kam in die Küche. »Aber ich kann nicht die ganze Zeit stehen, während Marian ihre blumigen Reden schwingt. Deshalb will ich den Rollstuhl nehmen.«

»Ach so.«

Marian Whalen war seit Kindertagen Helens beste Freundin. Darüber hinaus saß sie als Bezirksvertreterin im County Council von Rutland und war die Vorsitzende des Parish Council von Humbleham und damit so etwas wie die Bürgermeisterin des Sechshundert-Seelen-Dorfs. Kurz nach ihrem Amtsantritt im letzten Jahr hatte sie vorgeschlagen, das Dorf zu »Rutland in Bloom« anzumelden, dem Wettbewerb um das schönste Dorf im County. Und nun lag ein Jahr der gemeinschaftlichen Planung hinter ihnen, ein Jahr der unermüdlichen Bemühungen des Komitees »Blooming Humbleham«, das blühende Gemeinwesen des kleinen Ortes auch nach außen sichtbar zu machen. So hatte Marian es griffig formuliert, als sie den Dorfbewohnern ihren ehrgeizigen Plan präsentierte. Nun prangten die Vorgärten in prächtigen Farben, die alten Straßenlaternen trugen schwer an buntem Blumenschmuck, bienenumsummte Wildkräuter säumten jeden Pfad, und in Hochbeeten vor der Kirche gediehen Erbsen, Gurken und Salat zur freien Entnahme, sorgfältig gepflegt von den Schülern der St. Niclas Primary School. Und heute war der große Tag: Es ging um den Vorentscheid in Rutland County, und Humbleham musste sich den kritischen Augen der Jury stellen.

»Um halb neun sollen wir im Community Centre sein«, erklärte Lydia und setzte sich zu Helen an den Tisch. Der alte Stuhl ächzte. »Marian will uns letzte Anweisungen erteilen, und ich will nicht zu spät kommen.«

Helen schob ihren halb aufgegessenen Porridge zur Seite und trank ihren Kaffee aus – den Kompromisskaffee, wegen dem sie den Porridge in Kauf nahm. Mum trank nur Tee. »Du weißt aber schon, dass mein Dienst um neun beginnt«, erinnerte sie ihre Mutter.

Die machte eine wegwerfende Handbewegung. »Das schaffen wir schon. Die Jury kommt um neun, und nach der Begrüßung durch das Komitee kannst du mich gleich nach Hause bringen.« Sie rümpfte die Nase. »Marian meinte, es wäre besser, wenn wir nicht alle zusammen die Jury durch das Dorf begleiten.« Offensichtlich war ihre Mum mit dieser Entscheidung ganz und gar nicht einverstanden.

»Das hätte auch etwas von einem Schulausflug.« Helen stand auf und stellte ihre Tasse in die Spüle, darauf bedacht, dass ihre Mutter ihr Grinsen nicht sah.

»Nur weil sich der eine oder die andere wieder in den Vordergrund spielen würde.« Lydia verzog das Gesicht. »Jedenfalls sollen wir die Jury in unseren eigenen Gärten erwarten. Es ist alles genau geplant.« Nachdrücklich nickte sie mit dem Kopf. »Du kommst jedenfalls höchstens ein paar Minuten zu spät zum Dienst.«

Helen fügte sich in ihr Schicksal. »Ist schon okay.«

Wenn Lydia Franklin eine Sache einmal beschlossen hatte, brachte es überhaupt nichts, so etwas noch zu diskutieren. Und im Grunde hatte Mum ja recht – es war völlig egal, ob Helen in ihrem kleinen Office am Marktplatz saß, in den Straßen von Humbleham patrouillierte oder mit den Mitgliedern des Blumenschmuckkomitees am Community Centre stand und die Jury in Empfang nahm. Das war einer der Vorteile eines Jobs abseits vom Trubel: Niemand interessierte sich für das, was sie tat. Die eigentliche Police Station befand sich angenehme sieben Meilen entfernt in Oakham, dem Verwaltungssitz des County, und ihre Vorgesetzte zog es sowieso vor, das kleine Police Office in Humbleham nicht zur Kenntnis zu nehmen. Und war es nicht sogar Helens Aufgabe, als Erste vor Ort zu sein, wenn sich etwas ereignete? Den Besuch der Jury konnte man nun wahrlich ein Ereignis nennen.

Sie nahm ihre Weste vom Haken neben der Hintertür, zog sie über die dunkelblaue Uniformbluse und zupfte den steifen Stoff über ihrer Brust zurecht. Mit einer routinierten Bewegung klinkte sie das Funkgerät in die Halterung und setzte die Cap auf.

»Kannst du nicht wenigstens heute den Hut tragen?« Ihre Mutter warf einen missbilligenden Blick auf die Uniformkappe mit dem schwarz-weißen Karomuster. »Marian hat doch gesagt, wir sollen uns dem Anlass entsprechend kleiden.«

Helen hob eine Braue und warf einen vielsagenden Blick auf die lila Federn auf Lydias Kopf. »Die Kappe gehört genauso zur Uniform wie der Hut«, gab sie zurück. Aber sie gehorchte, nahm die Cap wieder ab und stülpte sich stattdessen den steifen Hut auf den Kopf. Der dunkelblonde Zopf im Nacken drückte unangenehm unter dem Hutband, aber es stimmte schon: Der erste Vorsitzende der Jury von »Rutland in Bloom« war Pete Stanford, Parlamentsvertreter für Rutland, Mitglied der Tories und, was man so hörte, ein erzkonservativer Mann. Deswegen war der traditionelle Polizeihut bestimmt die bessere Wahl, wenn Helen ihrer Rolle im dörflichen Schauspiel gerecht werden wollte. Der Rolle als Dorfpolizistin.

Lydia stand auf und marschierte in die Diele. Helen folgte ihr und knöpfte im Gehen die Weste zu. Dann holte sie den Rollstuhl aus seinem Verschlag unter der Treppe, vertrieb eine Katze vom Sitz, vergewisserte sich, dass ihre Mum bequem saß, und schob sie durch die Vordertür aus dem Haus.

Draußen herrschte diesiges Zwielicht. Ein dünner grauer Himmel schluckte die Farben und ließ die bunten Blumen im Vorgarten beinahe pastellig wirken. Helen fröstelte, es war eindeutig zu kühl für Juni. Der Kies knirschte unter den Rädern des

Rollstuhls, und nicht zum ersten Mal wünschte sie sich, der Platz vor Lydias Cottage wäre gepflastert anstatt mit Schotter bestreut. Andererseits sah es wirklich hübsch aus mit den wild wuchernden Stockrosen entlang der Auffahrt und dem gelben Mohn, der überall zwischen den Steinen wuchs – Symbol für das grundlegende Problem ihres Heimatdorfs: Es *war* hübsch. Aber es war eben auch nicht so praktisch, wenn man mit einem Rollstuhl durch den Kies pflügen musste.

Mit einem letzten kleinen Kraftakt überwand sie die Schwelle in der Einfahrt, schloss das Tor hinter sich und legte den Riegel wieder vor. Nicht wegen etwaiger Einbrecher, sondern weil Mum sich einbildete, die Katzen würden es als Zeichen verstehen, besser nicht auf die Main Road hinauszulaufen.

Als Helen sich wieder umwandte, war Lydia schon ein paar Meter vorausgerollt. Mit kritischem Blick musterte sie die Mauer, die ihr Grundstück von der Straße trennte. Der von Purpurglöckchen, Steinbrech und Spanischen Gänseblümchen überwucherte Sandstein war ihr Beitrag zur Show – ein hübscher Blickfang auf dem Weg der Jury zum Garten der Nachbarn, wo eine elektrische Eisenbahn einen der Höhepunkte des Rundgangs darstellen sollte. Offenbar war alles in Ordnung, kein vorwitziges Hälmchen hatte sich über Nacht zwischen die roten und weißen Blüten geschummelt. Mit einer Handbewegung forderte Lydia sie zur Weiterfahrt auf.

Die Katzen waren heute nicht in Gefahr, dachte Helen, denn die Main Road lag wie ausgestorben vor ihnen. Das war ungewöhnlich – üblicherweise war das Dorf am Vormittag durchaus belebt. Zwar pendelten viele Bewohner zu ihren Arbeitsplätzen nach Oakham oder Leicester oder Peterborough, aber dass überhaupt niemand auf der Straße zu sehen war … Entweder waren alle Nachbarn noch in ihren Gärten und legten letzte Hand an Blumenbeete und Hecken. Oder aber sie waren tatsächlich Marians Aufruf gefolgt, noch vor Eintreffen der Jury am Community Centre zusammenzukommen. Nicht dass alle sechshundert Einwohner von Humbleham wirklich Teil von Marians Planung waren, aber auf die ein oder andere Weise hatte doch so gut wie jeder etwas dazu beigetragen. Und sei es nur, dass Fred, der Inhaber des Secondhandshops gegenüber, seine Schaufenster geputzt und die Auslagen neu dekoriert hatte – thematisch passend mit Tontöpfen und ausrangiertem Gartengerät.

Noch mehr als sonst wirkte Humbleham heute wie ein Postkartenmotiv, fand Helen, und das lag nicht nur an diesem weichgespülten Licht. Irgendwie pittoresk sah es natürlich immer aus mit den geduckten Cottages unter reetgedeckten Dächern, den gusseisernen Laternen und den kopfsteingepflasterten Straßen. Aber heute lag über allem ein besonderer Glanz, als ob der üppige Blumenschmuck den alten Gebäuden einen neuen Anstrich verpasst hätte. Keine Spur mehr von dem etwas schäbigen Eindruck, den die Häuser entlang des Marktplatzes normalerweise boten – heute sah Helens Heimatdorf so schick aus, als wäre es direkt einem Katalog für stilvolles Wohnen auf dem Land entsprungen. Als wäre der altmodische Charme Absicht und rührte nicht in Wahrheit daher, dass der Gemeinde das Geld für längst überfällige Erneuerungen fehlte.

Etwas, das sich in der Vorstellung von Marian Whalen am einfachsten durch einen Sieg beim Wettbewerb um das schönste Dorf im County ändern ließe. Dann würde das Dorf über die Gemeindegrenzen hinaus bekannt werden, es kämen mehr Touristen nach Humbleham, und wenn Marians Plan aufging, könnte man mit dem Geld endlich die dringend nötigen Renovierungen durchführen. Mit der gebotenen Achtsamkeit natürlich, um nicht das, was den Charme des Dorfs ausmachte, damit endgültig zu zerstören. Das war nämlich die größte Sorge der Gegner dieser Aktion, die viel lieber alles beim Alten lassen würden. Doch altmodisches Flair hin oder her: Wenn es den Schulkindern während des Unterrichts auf den Kopf regnete, war auch niemandem geholfen – damit hatte Marian recht.

»Brian hat das wirklich nett gemacht«, ließ sich Lydia vernehmen. »Aber natürlich war das alles Eileens Idee. Männer haben doch kein Gefühl für so was.«

Helen lachte auf. Was Mum von Männern hielt, war hinlänglich bekannt, doch in diesem Fall teilte sie ihre Einschätzung – auf den Inhaber des örtlichen Pubs traf sie durchaus zu. Brian gehörte das »Boxing Hares«, Eileen war seine Tochter und das Wirtshaus mit den kämpfenden Hasen am Dachfirst an diesem Tag wirklich kaum wiederzuerkennen: Ein niedriger Flechtzaun, der über und über mit Kapuzinerkresse bewachsen war, säumte neuerdings den kleinen Gastgarten. Bunte Sonnenschirme beschatteten die Tische, eine mit wildem Wein berankte Pergola bot Sichtschutz zur Straße hin, und Holztröge mit Begonien verbargen den bröckelnden Verputz – das alte Backsteinhaus wirkte wie einem Werbeprospekt für Rutland

County entsprungen. Es war mehr als nur nett: »Es ist wunderschön geworden«, sagte Helen. »Ich hoffe, sie lassen das auch nach dem Jurybesuch so.«

»Das will ich Brian geraten haben.« Lydia nickte nachdrücklich. »Enyd hat übrigens gesagt, wir werden ganz sicher gewinnen. Sie hat gestern ein Huhn geschlachtet.«

Helens Augenbrauen gingen in die Höhe. Enyd war die Frau des Pfarrers und hatte einen guten Draht zu höheren Mächten, aber dass sie sich neuerdings in Wahrsagerei versuchte, war ihr neu. »Trägst du deshalb die Reste dieses Orakels auf dem Kopf?«

»Sie hat es doch nicht deswegen geschlachtet.« Ihre Mum schnaufte empört. »Am Sonntag gibt es Chicken Pie.«

»Da bin ich aber beruhigt.«

Helen warf einen Blick nach rechts und links, bevor sie den Rollstuhl über die Straße schob. Noch immer kein Auto. Das war wirklich seltsam. Immerhin hatte der Village Shop auf der gegenüberliegenden Seite des Marktplatzes geöffnet. Anders als sonst waren Steigen und Schütten mit Obst und Gemüse am Straßenrand aufgestellt, der riesige rot-weiß gestreifte Schirm am Straßenrand ließ Helen eher an einen Marktstand in Südfrankreich denken als an einen Gemischtwarenladen in Mittelengland. Aber es sah … gut aus. Es passte zu dem frischen Look des Dorfs, den Marian mithilfe ihres Komitees mit ebenso viel Umsicht wie Engagement geschaffen hatte. Sogar die Bank an der Bushaltestelle war neu lackiert – als Helen mit dem Rollstuhl in die Great Lane einbog, roch es so deutlich nach feuchter Farbe, dass sie hoffte, es würde heute niemand auf die Idee kommen, darauf Platz zu nehmen.

Die ersten Häuser in der Great Lane waren niedriger und duckten sich gegen eine sanft geneigte Böschung, die unmittelbar in Wiesen und Felder überging. Die Reihe aus fünf identischen Cottages mit den spiegelgleichen Vorgärten gehörte zum Retirement Home am anderen Ende der Main Road und wurde von Senioren bewohnt, die sich noch weitgehend selbst versorgen konnten. Ein gutes Konzept, wie Helen fand, und eine Zeit lang hatte sie versucht, Lydia einen dieser Bungalows schmackhaft zu machen. Doch ihre Mutter hatte diese Idee rundweg abgelehnt. Sie wolle ihr Haus nicht verlassen, wie solle das denn mit den Katzen gehen? Und überhaupt sei ja genug Platz, sodass Helen bei ihr wohnen und sich um sie kümmern könne, dann käme sie prima zurecht. Natürlich. Helen ärgerte sich noch immer bei der Erinnerung an dieses Gespräch. Weniger über Mum, die einfach immer schon so gewesen war, sondern über sich selbst, weil sie sich mal wieder nicht gegen Lydia hatte durchsetzen können – nicht einmal, als es doch um ihr eigenes selbstbestimmtes Leben gegangen war. Aber damals war sie einfach nur froh gewesen, möglichst schnell aus London wegzukommen. Ihr altes Kinderzimmer in Mums Haus erschien auch ihr als die naheliegendste Lösung, bis absehbar war, wie ihre Mutter nach ihrem Schlaganfall zurechtkommen würde. Nur dass Lydia bei jeder Andeutung, sie könne sich irgendwann eine eigene Bleibe suchen, prompt einen Rückfall erlitten hatte, sodass Helen nun nach über einem Jahr noch immer bei ihr wohnte. Sie seufzte resigniert, doch der Rollstuhl rumpelte so laut über das Kopfsteinpflaster, dass Mum es bestimmt nicht hören konnte.

Auf der anderen Straßenseite erhob sich ein hoher schmiedeeiserner Zaun. Dahinter lag die St. Niclas Primary School, deren Schulgarten einen weiteren Meilenstein in Marians Bemühungen um eine Verschönerung des Dorfs markierte. Sie hatte bei der Schulverwaltung des County Geld lockergemacht, und ein Teil des Sportplatzes war in ein Biotop verwandelt worden – zum Entsetzen von Mr. Gilmore, dem Sportlehrer. Aber Frösche und Libellen in ihrer natürlichen Umgebung zu beobachten, war zeitgemäßer als Rasenhockey, hatte Marian beschlossen und mit dieser Auffassung eine Mehrheit im Dorfrat gefunden. Was auch daran liegen mochte, dass Ms. Marshall, die Biologielehrerin, ebenfalls im Dorfrat saß und auf Mr. Gilmore nicht sonderlich gut zu sprechen war. Und schließlich konnte Mr. Gilmore seine Hockeymannschaft auch auf dem Rasen hinter dem Community Centre trainieren, während sich die Frösche an dem kleinen Bach, der das Schulgelände durchquerte, viel wohler fühlen würden.

Helen schmunzelte beim Gedanken an ihre Freundin. Wenn Marian sich etwas in den Kopf gesetzt hatte, war es praktisch unmöglich, sie davon abzubringen. Das hatte sich seit ihren Kindertagen nicht geändert – schon vor zwanzig Jahren war es Marian gewesen, die ständig große Pläne geschmiedet hatte, und nur selten war es Helen gelungen, den Überschwang ihrer Freundin zu bremsen. Deshalb leitete Marian heute auch eine erfolgreiche Werbeagentur, saß im County Council von Rutland und war Ortsvorsteherin in Humbleham, während sie selbst nach dem Schulabschluss nach London zur Polizei gegangen war. Dass es sie nun wieder in ihr Heimatdorf verschlagen hatte, wo ihre spannendste Aufgabe im Verteilen von Strafzetteln fürs Falschparken bestand, war eine andere Geschichte.

Endlich kam das Community Centre in Sicht. Das flache Backsteingebäude hatte ebenfalls einen neuen Anstrich erhalten und leuchtete sonnengelb zwischen den Bäumen am Straßenrand. Als ob es der Sonne Konkurrenz machen wollte, die sich noch immer hinter der dunstigen Wolkendecke verbarg. Petunien und Zauberglöckchen wuchsen in Blumenkübeln rechts und links vom Eingang, in den Ästen der alten Eichen baumelten bunte Lampions, Fenster und Glastüren glänzten frisch geputzt. Der Parkplatz neben dem Gebäude war ziemlich voll, stellte Helen mit einem raschen Seitenblick fest. Offenbar waren wirklich alle gekommen. Sogar Sir Anthony Cooper schien persönlich anwesend zu sein, der pensionierte Richter und Hauptsponsor der Initiative »Blooming Humbleham«. Zumindest nahm Helen an, dass er hier war, denn sein Land Rover parkte genau vor der Tür des Community Centre, und Foster Drake, der Chauffeur und Butler von Sir Anthony, saß in Hemdsärmeln in der geöffneten Heckklappe. Er rauchte eine Zigarette und hob lässig die Hand zum Gruß. »Ganz schön kühl für Juni, nicht wahr?‹

Lydia warf ihm einen verdrießlichen Blick zu. »Hat der Mann denn nichts Besseres zu tun?«, schimpfte sie. Laut genug, dass er es hören musste. »Wieso lungert der hier draußen herum?«

»Vermutlich hat er keine Lust, Marians Ansprache zu lauschen.« Helen drehte den Rollstuhl zu der Rampe, die zur Eingangstür führte, und nahm ein paar Schritte Anlauf. Lydia quiekte und hielt sich fest. Mit Schwung schob Helen den Rollstuhl die schiefe Ebene hinauf und durch die offen stehende Eingangstür.

Sie waren die Letzten, wie es schien. Eine beachtliche Menge von Menschen drängte sich im Gemeinschaftssaal vor dem niedrigen Podium, auf dem Marian Whalen in ein Mikrofon sprach. Ihre Stimme klang ein wenig verzerrt durch die alte Tonanlage – noch ein Punkt auf Marians Liste der zu ersetzenden Dinge. Sie unterbrach ihre Rede und nickte ihnen zu, ihre Augen leuchteten grün unter der Fülle ihrer roten Locken. Trotz der scheppernden Lautsprecher war Marian ganz offensichtlich in ihrem Element.

An ihrer Seite stand Ms. Kinkaid, pensionierte Lehrerin und erste Vorsitzende des Blumenschmuckkomitees: klein und rund, in flauschige rosa Wolle gehüllt und mit vor Aufregung geröteten Wangen. Ihre weißen Löckchen schienen ein Eigenleben zu führen und wippten, als sie den Zuspätkommenden kopfschüttelnd einen strafenden Blick zuwarf.

Die dritte Person auf der Bühne war tatsächlich Sir Anthony Cooper. Kerzengerade saß der alte Mann in seinem Rollstuhl, er trug ein Tweedsakko und hatte die zitternden Hände im Schoß gefaltet. Er überragte sogar im Sitzen noch die winzige Ms. Kinkaid neben ihm.

Marian unterbrach ihre Rede, während Helen Lydias Rollstuhl nach vorne schob, nach links und rechts grüßend und Entschuldigungen murmelnd, bis sie ihre Mutter in der ersten Reihe parken konnte. Dann trat sie ein paar Schritte zur Seite und lehnte sich neben den Glastüren des Eingangs gegen die Wand.

Am liebsten hätte sie sich auch nach draußen verdrückt so wie Sir Anthonys Butler, denn mit dem Ablauf der Führung durch das Dorf hatte sie gar nichts zu tun. Nach Marians Wunsch sollte sie einfach nur sichtbar sein zum Zeichen einer funktionierenden Nachbarschaftspolizei. Einer besonders hübschen und sympathischen Vertreterin der Polizei, wie Marian betont hatte. Helen musste unwillkürlich lachen bei der Erinnerung daran. Als ob es darauf ankäme. Sie sah jedenfalls aus wie immer mit dem dunkelblonden Zopf, der unter dem ungeliebten Hut über ihren Rücken baumelte, ihren runden graublauen Augen und der Stupsnase – trotz ihrer vierunddreißig Jahre ein Kindergesicht, wie sie fand. Eigentlich trug sie deshalb auch ganz gern ihre Uniform: Sie fühlte sich damit ein klein wenig erwachsener, den Grübchen in ihren Wangen zum Trotz. Auch wenn Mum sie selbst in Uniform manchmal noch wie ein Kind behandelte. Die ihr im Übrigen niemals verzeihen würde, wenn sie nicht bis zur Jurybegrüßung bliebe.

»Und ich will bei niemandem ein Mobiltelefon sehen oder hören!« Marian hatte ihre Rede fortgesetzt und blickte jetzt streng von ihrem Podium herab. Die alte Ms. Kincaid neben ihr nickte zustimmend, die Löckchen tanzten. Demonstrativ zog sie das Seniorentelefon aus der Tasche ihrer rosaroten Strickjacke und drückte für alle sichtbar auf den Ausschaltknopf. Sir Anthony dagegen reagierte nicht auf Marians Ansage – wahrscheinlich besaß er gar kein Telefon. Oder er war der Meinung, dass ihn die Anweisungen der Ortsvorsteherin nicht betrafen. Schließlich lief sein Garten außer Konkurrenz: Um den Park von Humble Manor kümmerte er sich nicht selbst, sondern ein Gartenbaubetrieb, der zweimal im Monat ein Team von professionellen Gärtnern zur Pflege der weitläufigen Anlage schickte.

Es war ein Wunder, dass der pensionierte Richter überhaupt anwesend war, dachte Helen. Mum behauptete, Sir Anthony habe die Mauern von Humble Manor seit Jahren nicht mehr verlassen. Dass er nun inmitten des einfachen Volks auf der Bühne saß, war vermutlich ebenfalls ihrer Freundin Marian zu verdanken: Sie hatte es tatsächlich geschafft, praktisch die komplette Dorfgemeinschaft für dieses Projekt zu begeistern. Sogar den unnahbaren Bewohner des Herrenhauses.

In diesem Augenblick vibrierte es in Helens Brusttasche.

»Brrrrr … Sugar – oh, honey, honey!«

Mit einem Schlag wandten sich ihr alle Gesichter zu, aus der ersten Reihe war ein unterdrücktes Kichern zu hören. Ihre Mutter fuhr herum und starrte sie erbost an. Und Marians vorwurfsvoller Blick traf sie mit voller Wucht. »Das gilt selbstverständlich auch für dich, Helen Franklin.«

»You are my candy girl …«

Hastig fingerte Helen das Telefon heraus, doch bis sie es endlich in der Hand hielt, war es schon wieder verstummt. Himmel, sie war im Dienst! Doch dann besann sie sich. Das Funkgerät baumelte von ihrer Schulter. Sollte in der nächsten halben Stunde wirklich etwas passieren, das noch wichtiger war als der bevorstehende Jurybesuch, würde man sie ohnehin per Funk verständigen. Ein Blick aufs Display bestätigte das – der Anruf war von Rose gekommen, der Putzhilfe ihrer Mutter. Das konnte wirklich warten. Abgesehen davon würde Marian ohnehin keinen Widerspruch akzeptieren. Mit einer übertriebenen Geste schaltete Helen das Telefon stumm. »Erledigt.«

Marian nickte zufrieden. Ihr prüfender Blick glitt weiter, Telefone wurden gezückt, auch Lydia Franklin gehorchte und schaltete ihr Klapphandy aus. Nichts durfte das beschauliche Bild stören, das Humbleham heute präsentieren sollte, so hatte es Marian befohlen. Keine nachlässig gekleideten Teenager, schon gar keine sichtbar getragenen Piercings oder Tattoos, stattdessen traditionelle Kleidung ohne irgendwelche modischen Accessoires. Deshalb wirkte die heutige Versammlung im Community Centre ein bisschen wie aus der Zeit gefallen: gediegene, praktische Kleidung, wie sie die englische Landbevölkerung schon vor hundert Jahren getragen haben mochte. Stücke, die bei dem ein oder anderen Komiteemitglied vermutlich auch schon genauso lang im Schrank hingen. Nur Lydia mit den lila Federn auf dem Kopf fiel mal wieder aus der Rolle.

Mit halbem Ohr verfolgte Helen Marians letzte Anweisungen, die noch einmal die Choreografie des Jurybesuchs im Einzelnen durchging: erst die Begrüßung am Community Centre, dann die Great Lane hinunter zur St. Niclas Primary School, vorbei am Pub und die Main Road entlang, anschließend hoch zur Kirche und danach ... Helen blendete Marians Stimme aus und warf einen Blick auf die Uhr. Kurz vor neun. Wenn die Jury pünktlich war, schaffte sie vielleicht noch einen kurzen Abstecher in ihr Office, bevor sie ihren Rundgang durchs Dorf begann. Konnte herausfinden, was während der Nacht in den anderen Districts los gewesen war, die der Dienststelle in Oakham unterstanden. Wo sich vermutlich auch nicht mehr getan hatte als in Humbleham. Dem Dorf, in dem nie etwas geschah.

Zumindest dachte sie das bis zu dem Augenblick, als eine kleine Gestalt mit hennarotem Haar keuchend und schluchzend in den Glastüren des Community Centre auftauchte. Es war niemand anderer als Rose. Rose Brentwood, die immer dienstags bei Mum putzte, in einer bunt gemusterten Kittelschürze und offensichtlich völlig durch den Wind.

»*For heaven's sake*, Helen, wieso gehst du denn nicht an dein Telefon?« Atemlos hervorgestoßene Worte, kaum dass Rose vor ihr stand.

Helen wurde siedend heiß. »Was ist denn passiert, Rose?«

»Du musst sofort kommen.« Die ältere Frau stand jetzt schnaufend vor ihr, die dunklen Augen so weit aufgerissen, dass Helen die roten Äderchen sehen konnte. »Brian …«

»Was ist mit Brian?«

Rose rang um Atem, während Helen sich ein wenig entspannte. Der Wirt des »Boxing Hares« trank gern einen über den Durst. Manchmal auch mehr als einen, sodass er sich den Heimweg sparte und lieber gleich in der Gaststube schlief, mit dem Kopf auf einem gepolsterten Fußschemel vor dem Kamin. Aber was hatte sie, Helen, damit zu tun, wenn Brian mal wieder seinen Rausch ausschlief?

Marian hatte ihre Rede erneut unterbrochen und sah stirnrunzelnd herüber. Einige Dorfbewohner drehten sich zu ihnen um, die Mienen je nach Gemüt amüsiert, missbilligend oder mit offener Neugier.

Rose beugte sich zu Helens Ohr. »Ich glaub, er ist tot.«

Helen entfuhr ein Keuchen. »Was sagst du da?«

Rose schnaubte. »Komm einfach mit und sieh es dir selber an.« Sie drehte sich um, die Schürzenbänder flatterten, und schon war sie durch die Tür hinaus, noch bevor Helen antworten konnte.

Marian hob die Brauen und blickte sie fragend an. Helen deutete nach draußen, wo Rose hinter der Glastür verschwunden war, dann auf ihre Mutter. Marian nickte knapp. Sie würde dafür sorgen, dass jemand Lydia nach Hause brachte. Nicht dass Mum das nicht allein geschafft hätte, sie kam ja sonst auch ohne Rollstuhl zurecht. Doch egal was im »Boxing Hares« geschehen war – jemand musste sich um sie kümmern.

Helen schickte ein erleichtertes Lächeln in Marians Richtung, winkte Lydia zu und wandte sich rasch ab, ohne auf die Antwort ihrer Mutter zu warten. Sie würde es ihr später erklären. Sie verließ das Community Centre und eilte im Laufschritt hinter Rose her die Straße hinunter. In diesem Augenblick brach die Sonne durch die Wolken und tauchte die Great Lane in gleißendes Licht.

KAPITEL 2

Brian Garner schnarchte nicht wie sonst auf dem Teppich vor dem Kamin, sondern lag bäuchlings auf den altersschwarzen Dielen unter der Dartscheibe, lang hingestreckt und völlig regungslos. Als ob er nur einen heruntergefallenen Pfeil aufheben wollte und gestolpert war, dachte Helen. Erst als sie sich zu ihm hinunterbeugte, bemerkte sie die mattschwarze Befiederung des Dartpfeils in seinem dunklen Haar, und es dauerte einen weiteren Augenblick, bis sie realisierte, was das bedeutete: Brian war nicht einfach gestolpert, sondern es wirkte, als ob er regelrecht niedergestreckt worden war von diesem winzigen Ding. Ohne viel Hoffnung ging sie neben ihm in die Hocke und legte den Handrücken an seine Kehle. Keine Bewegung, nur kalte tote Haut. Brian musste seit Stunden tot sein.

Und es gab erstaunlich wenig Blut. Die Spitze des Pfeils steckte bis zum Anschlag in der Schädelbasis des Toten, ziemlich genau da, wo sich die rückwärtige Öffnung der alten Baseballcap befunden hätte, die Brian normalerweise wie festgewachsen auf dem Kopf trug. Nun lag die blaue Kappe auf dem Tresen, was für sich genommen schon ungewöhnlich war. Im Zusammenhang mit der Tatsache, dass Brian tot war, war das sogar höchst verdächtig. Helen richtete sich wieder auf und sah sich im Raum um. Die Stühle standen ordentlich an den Tischen, nichts wies auf einen Streit unter den Gästen hin, nichts ließ an einen überstürzten Aufbruch denken. Was hier passiert war …

Mit einer bewussten Anstrengung drängte sie beiseite, was ihr Kopf nicht begreifen wollte: dass da *Brian* lag, den sie am Abend zuvor noch bei bester Gesundheit gesehen hatte. Schwankend kam sie auf die Beine. Es war nicht die erste Leiche in ihrer Karriere. Auch nicht der erste gewaltsame Todesfall, natürlich nicht. Aber es war etwas völlig anderes, wenn man den Toten von Kindesbeinen an kannte. Sie atmete tief durch. Ganz ruhig jetzt. Die nächsten Schritte. Sie wandte sich an Rose.

»Hast du schon die 999 verständigt?«

Rose blinzelte wie eine Eule. »*Nope.* Wollte zuerst dir Bescheid sagen. Das war doch richtig, oder nicht?« Ihr faltiges Gesicht hatte einen vage beigefarbenen Ton angenommen, ganz ähnlich den ehemals weißen Wänden der Wirtsstube, die seit der Einführung des Rauchverbots in den Pubs vermutlich nie neu gestrichen worden waren. *Eierschalenfarben* würde Mum die Farbe nennen und dabei an Kostüme mit dazu passendem Hut denken, wie die Queen sie getragen hatte. Rose Brentwood stand sie deutlich weniger gut zu Gesicht.

»Klar war das richtig.« Helen schenkte Rose ein beruhigendes Lächeln, ohne dass ihr danach zumute war, und tätschelte der Älteren den Arm. Dann zog sie das Telefon aus der Brusttasche ihrer Uniformjacke und tippte auf die Kurzwahl der Police Station in Oakham. Es tutete in der Leitung, dann meldete sich

Inspector Jennifer Sharning. »Helen, was gibt's?« Die Stimme ihrer Vorgesetzten wurde zuckersüß. »Benötigt die Dienststelle in Humbleham womöglich Unterstützung beim Jurybesuch?«

Helen biss die Zähne zusammen und atmete tief durch. Ihre Vorgesetzte war manchmal … »Nein, Jen«, sagte sie in bemüht ruhigem Tonfall. »Ich hab hier einen Toten mit einem Dartpfeil im Kopf. Brian Garner, den Wirt des ›Boxing Hares‹. Ich brauche die Kollegen vom C.I.D. und die Kriminaltechnik.«

Aus dem Telefon drangen unverständliche Geräusche. War das ein Fluch? Helen schloss die Augen und zählte im Geiste bis zehn. Dann öffnete sie sie wieder. »Jennifer?«

»Schon gut, ich wollte nur gerade zum Training. Da kannst du wohl nichts dafür.« Sie hörte, wie Jen im Hintergrund mit jemandem sprach. »Ich gebe der Coroner Bescheid. Willst du wirklich gleich das volle Programm?«

Es klang, als ob sie Helens Einschätzung nicht traute, die Kriminalpolizei samt einem Team der Spurensicherung anzufordern. Aber das war natürlich blanker Unsinn. Natürlich brauchten sie alles, was das Criminal Investigation Department in Leicester zu bieten hatte, wenn der Verdacht auf ein Tötungsdelikt bestand. Und natürlich wusste ihre Vorgesetzte, dass Helen die Kompetenz und Erfahrung besaß, so etwas zu entscheiden. Aber sie würde den Teufel tun, Jennifer das auch noch unter die Nase zu reiben. »Ja, das volle Programm bitte«, bestätigte sie deshalb nur knapp. »Ich halte hier so lange die Stellung.«

PI Jennifer Sharning beendete das Gespräch, ohne sich zu verabschieden. Helen steckte das Telefon zurück in die Tasche und biss die Zähne zusammen. In Augenblicken wie diesem war sie froh über ihr kleines Office in Humbleham, wo sie ihrer Vorgesetzten nicht ständig über den Weg lief. Wobei genau das natürlich Teil des Problems war, das Jennifer mit ihr hatte.

Rose hatte sich während des Telefonats auf einen Stuhl gesetzt, mit krummem Rücken, die Hände im Schoß verschränkt. Nun stand sie auf und kam näher. »Was soll ich jetzt machen? Soll ich überhaupt putzen?«

»Bloß nicht.« Helen schluckte ihren Ärger über Jennifer Sharning hinunter und wandte sich zu ihr um. Rose konnte wirklich nichts dafür. »Die Kollegen aus Leicester kommen gleich mit einem Team der Spurensicherung. Vorher darf hier nichts angefasst werden.«

»Das ist so schrecklich.« Rose brachte ein Taschentuch aus den Tiefen ihrer Kittelschürze zum Vorschein und schnäuzte sich geräuschvoll. »Gestern Morgen war er noch so lebendig wie immer, und heute …« Sie warf einen Blick in die Ecke, in der Brian lag, und wandte sich schaudernd ab. »Dabei kam mir das gleich so komisch vor, weil die Tür nicht verschlossen war. Normalerweise sperrt Brian ja nachts immer ab, selbst wenn er hier pennt.« Sie tupfte sich die Augen. »Was für ein Unglück! Was soll jetzt nur werden?«

Helen legte der älteren Frau die Hand auf die Schulter. »Am besten wartest du hinten in der Küche. Sie wollen bestimmt mit dir reden.«

»Kann ich nicht so lange nach Hause gehen?« Rose sah sie hoffnungsvoll an.

Helen schüttelte den Kopf. »Nein.« Sie sah noch einmal auf

die Uhr. Punkt neun. Die Jury von »Rutland in Bloom« musste jeden Augenblick eintreffen, doch das war nicht zu ändern. Noch konnte sie hier nicht weg – und wollte es auch nicht. »Sie werden nicht lange brauchen.«

Helen wartete, bis Rose durch die Schwingtür neben der Bar verschwunden war, dann nahm sie ihren Hut ab und setzte sich auf den Stuhl, von dem die ältere Frau soeben aufgestanden war. Sie war dankbar für den Augenblick der Ruhe, froh über diesen Moment für sich, um ihre Gefühle zu sortieren. Den Schock, die Trauer und, ja, die Wut über den Tod des Mannes, den sie schon so lange kannte. Wenn sie die Augen schloss, glaubte sie seine Stimme zu hören: *»Last orders, please!«* Und nun … das. Brian war tot, und irgendjemand war für seinen Tod verantwortlich. Sie drängte die Tränen zurück, die hinter ihren Lidern brannten, und atmete tief durch.

Brian Garner musste um die fünfzig gewesen sein. Das abgewetzte Leinensakko mit den Flicken auf den Ärmeln, die dunkle Hose, von denen Brian ein Dutzend besitzen musste. Der rötliche Teint seines Gesichts, das schüttere dunkle Haar, die anschwellende Leibesmitte. All das war ihr seit vielen Jahren vertraut, seit sie während ihrer Schulzeit manchmal im »Boxing Hares« ausgeholfen hatte. Brian hatte immer penibel darauf geachtet, dass sie abends pünktlich um neun nach Hause ging. Zu späterer Stunde sei von seinen Gästen nicht mehr zu verlangen, dass sie sich in der Gegenwart eines jungen Mädchens anständig benahmen, hatte er immer gesagt. Was die vierzehnjährige Helen zu der kopfschüttelnden Frage veranlasst hatte, wieso sich seine Gäste nicht immer anständig benehmen konnten. Die Antwort war Brian ihr schuldig geblieben.

Gestern Abend hatte sie ihn noch gesehen, als sie kurz auf ein Bier im »Boxing Hares« gewesen war. Allerdings hatte sie die rappelvolle Gaststube gar nicht betreten: Donnerstags fand das wöchentliche Treffen der Dartfreunde statt, und das Getöse war nur auszuhalten, wenn man selbst am Spiel teilnahm. Stattdessen hatte sie draußen unter einem der neuen bunten Schirme gesessen und nur mit Eileen gesprochen. Brians Tochter war nur wenige Jahre jünger als sie und auf dem besten Wege, als Pubwirtin in die Fußstapfen ihres Vaters zu treten. Sie hatten sich über den bevorstehenden Besuch der Jury unterhalten und darüber, wie gut die Umgestaltung des Gastgartens dem Marktplatz zu Gesicht stand. Eileen hatte angedeutet, dass Brian den aufwendigen Blumenschmuck als eine einmalige Aktion anlässlich des Wettbewerbs betrachtete, während sie das gern so beibehalten würde. Diese Diskussion zwischen Vater und Tochter hatte sich nun wohl erledigt, dachte Helen, während sie noch immer die Gestalt auf dem Fußboden betrachtete. »*Last orders, please.*« Ruhe in Frieden, Brian.

Mit einer bewussten Anstrengung zwang sie sich in die Gegenwart zurück. Jemand musste Eileen Bescheid sagen, ging ihr durch den Kopf. Später. Sobald die Beamten aus Leicester eintrafen, konnte man ohnehin nicht mehr geheim halten, was hier geschehen war. Dann würde auch jemand seine Familie verständigen – und sie hoffte sehr, dass nicht sie diejenige war. Das war immer eine unangenehme Aufgabe und doppelt schlimm, wenn man die Leute kannte.

Erneut ein Blick auf die Uhr. Kurz vor halb zehn. Jetzt würde es nicht mehr lange dauern, bis die Kollegen eintrafen. Sie ließ ihre Blicke schweifen und stellte sich vor, sie würde die niedrige Gaststube zum ersten Mal sehen: die altersdunklen Balken an der Decke, die fein gedrechselten Sprossen der Stühle, die speckig glänzenden Tischplatten, auf denen noch die matten Abdrücke der Gläser zu sehen waren, die gestern niemand mehr weggewischt hatte. Es wollte ihr nicht recht gelingen, doch das spielte heute auch keine Rolle. Für den Fall waren die Detectives aus Leicester zuständig und nicht die kleine Dorfpolizistin vor Ort. Ihre Zeit in London und die Arbeit bei der Kriminalpolizei waren Teil eines anderen Lebens. Eines Lebens, das sich Jahre entfernt anfühlte und inzwischen gar nicht mehr zu ihr zu gehören schien.

In der Küche pfiff ein Kessel, Rose kochte offenbar Tee. Der grelle Ton riss Helen aus ihren schwermütigen Gedanken. Immerhin *war* das einmal ihr Job gewesen, und sie *war* gut darin gewesen. »Schau genau hin, Helen. Was siehst du?« Im Kopf hörte sie die Stimme ihres Partners beim Londoner C.I.D.

Da war ein toter Mann mit einem Dartpfeil im Nacken. Konnte so ein kleines Ding überhaupt den Schädel eines Menschen durchschlagen und ihn töten? Technisch wäre solch ein Wurf kein Problem – ein geübter Spieler konnte auch drei Darts hintereinander ins Bull's Eye werfen. Aber auf ein bewegliches Ziel und mit Todesfolge? Eigentlich unmöglich. Also doch ein schrecklicher Unfall? Und anstatt Hilfe zu holen – Flucht. Helen nickte langsam. So könnte es vielleicht gewesen sein. Dann hatte der Täter bestimmt Spuren hinterlassen, die ihn überführen würden, und alles Weitere würde sich nach der Untersuchung des Tatorts ergeben. Doch all das herauszufinden, war nicht ihre Aufgabe. Die Frage, *wer* Brian auf dem Gewissen hatte, würden andere beantworten müssen.

Ein Wagen hielt draußen, der Motor erstarb. Helen horchte auf. Dumpfes Schlagen von Autotüren und zuletzt ein blechernes »Rums«. Die Kollegen aus Leicester waren da. Dann ein Rütteln am Eingang. Offenbar hatte Rose den Riegel vorgelegt, als sie die Tür hinter Helen schloss.

Sie rutschte vom Stuhl, setzte den Hut wieder auf, rückte die Weste zurecht und öffnete. Vor der Tür standen zwei Männer mit schweren Koffern und eine Frau mit einer Fototasche und einem Stativ in der Hand: das CSI-Team. Sie kannte die Leute von der kriminaltechnischen Abteilung nicht, hatte mit der Kriminalpolizei der Constabulary bisher kaum zu tun gehabt. Wie auch, wenn in Humbleham nie etwas passierte. Die drei nickten ihr flüchtig zu, als sie an ihr vorbeischritten, nicht unfreundlich, aber doch deutlich mit Wichtigerem beschäftigt als mit der Dorfpolizistin, die vierzig Minuten bei der Leiche ausgeharrt hatte. Bei Brians Leiche. Es schmerzte immer noch. Doch sie straffte die Schultern und atmete tief durch. Bleib professionell, Franklin, befahl sie sich. *Wenn du sonst schon nichts mehr hast: Deine Professionalität wirst du nicht auch noch verlieren.*

Es polterte, als die Männer ihre Koffer auf einen Tisch wuchteten. Die Frau stellte das Stativ ab, ließ die Tasche zu Boden gleiten und blickte sich aufmerksam um. Genau wie Helen nur wenige Minuten zuvor. Nichts war wichtiger als dieser erste

Eindruck. Ein Gefühl für den Ort, für die Gegebenheiten zu entwickeln, die dazu geführt hatten, dass ein Mann nun tot in seiner Gaststube lag. Helen hoffte, dass die Kollegin mehr Erfolg hatte – ihr war es nicht wirklich gelungen.

Hinter ihr wurde mit Nachdruck die Tür geschlossen. Sie fuhr herum, rechnete eigentlich mit PI Sharning und einer weiteren spitzen Bemerkung, doch es war ein Mann in Zivil, einer der Detectives aus Leicester: DS Jeremy Barnes, den sie von der Polizeischule kannte. Hochgewachsen, unverschämt gut aussehend in Designerjeans und heller Lederjacke – und zum Glück für die weibliche Belegschaft offen schwul. Seine blendend weißen Zähne waren zu einem filmreifen Lächeln gebleckt. »PC Helen Franklin.« Er blieb vor ihr stehen, musterte sie von Kopf bis Fuß. »Meine geschätzte *Kollegin* aus *London* hat den *Fall* bestimmt schon gelöst.«

Helen sah ihn empört an. »Die Londoner Kollegin kommt von hier, wie du sehr wohl weißt.« Mit Mühe rang sie sich ein Lächeln ab. Jeremys Humor war manchmal schwer zu ertragen. »Und es ist euer Fall.«

Jeremy grinste, unbeeindruckt von ihrem Ärger. »Du hast also deine Augen und Ohren gegen die Uniform eingetauscht?« Er klopfte gegen ihren steifen Hut. »Oder ist noch jemand zu Hause?«

Nun musste Helen doch lachen. »Immerhin weiß ich, wo mein Platz ist«, antwortete sie leichthin. Sie machte eine einladende Geste. »Komm rein. Das ist möglicherweise der erste Fall, in dem jemand durch einen Dartpfeil zu Tode gekommen ist.«

Die Flügel der Schwingtür zur Küche knarrten hölzern, Helen wandte sich um. Rose kam herein, ein Tablett mit dampfenden Tassen in den Händen. »Ich habe uns Tee gemacht.«

Das Rascheln der Papieranzüge verstummte, die Leute von der Spurensicherung erstarrten mitten in der Bewegung. Was vor allem im Fall der Frau komisch aussah, die auf einem Bein balancierte, das andere erhoben auf halbem Weg, in den weißen Overall zu steigen.

Jeremy Barnes stieß ein ungläubiges Schnauben aus. »Tee? Im Ernst?« Ein Seitenblick zu Helen, dann wieder zu Rose. »Und was machen Sie überhaupt hier?«

»Das ist Rose«, beeilte sich Helen zu erklären. »Rose Brentwood. Sie arbeitet hier als Putzhilfe und hat den Toten gefunden.«

»Verstehe.« Jeremy sah verdrießlich drein. Helen glaubte, seine Gedanken zu erraten: Jemand, der vielleicht zum Kreis der Verdächtigen gehörte, könnte Spuren verwischt oder neue gelegt haben, ob aus Versehen oder mit Absicht. Auch wenn die alte Rose nur schwer als Verdächtige infrage kam – sie hatte einfach kein Motiv.

Der Ältere der beiden CSI-Männer fasste sich als Erster. »Ich glaube, eine Tasse Tee wird nicht schaden«, brummte er. »Ist heute ziemlich kühl für Juni, oder nicht?«

»Tee schadet nie«, gab Rose lakonisch zurück, warf einen unbestimmten Blick in die Runde und stellte das Tablett auf den Tresen. Offenbar hatte sie sich wieder gefangen. »Und toter als tot kann Brian nicht mehr werden.«

»Da haben Sie auch wieder recht.« Der jüngere Beamte trat

zu ihr und nahm sich eine Tasse. Er spreizte geziert einen Finger ab und schnupperte genießerisch am aufsteigenden Dampf. »Assam?«, fragte er.

»Yorkshire«, antwortete Helen, und Rose nickte. Yorkshire und Earl Grey, andere Teesorten gab es nicht im »Boxing Hares«, und Earl Grey hätte Helen am Geruch erkannt. Allerdings glaubte sie, einen schwachen Duft von Brandy wahrzunehmen, der aus Roses Richtung kam.

»Wenn Sie Assam wollen, müssen Sie nach London«, setzte Rose schnippisch hinzu. »Das hier ist ein Pub und keine Teestube.« Sie reckte kämpferisch das Kinn und verschwand wieder in der Küche.

Jeremy grinste und reichte der CSI-Beamtin eine Tasse, bevor er sich selbst bediente. Helen winkte dankend ab. Offenbar bemerkte außer ihr niemand die Absurdität der Situation: Am anderen Ende des Raums lag ein Toter, während die ermittelnden Beamten in aller Ruhe ihren Tee schlürften. Andererseits hatte Rose unzweifelhaft recht: Brian war tot, und eine Tasse Tee, bevor sie sich ihm zuwandten, würde an der Spurenlage auch nichts mehr ändern. Wenn sie ehrlich war, hätte sie eine Tasse Kaffee auch nicht abgelehnt.

Erneut erklang Motorengeräusch von draußen. Bremsen quietschten, eine Autotür fiel ins Schloss, und einen Moment später flog die Eingangstür auf. Eine überschlanke Frau in Jeans und weißem Kittel stürmte herein, die riesige Tasche in ihrer Hand schien nichts zu wiegen. »Wo ist er?«, fragte sie und sah sich um. Jetzt erst bemerkte sie die Teegesellschaft am Tresen. Ihre Augenbrauen wanderten nach oben, bis sie unter dem dichten Pony verschwanden, der ihre Stirn bedeckte. »*Holy shit*, was treibt ihr da?«

Ihre Stimme war ein wenig heiser, und Helen wusste, wer sie war, auch wenn sie sich noch nie persönlich begegnet waren: Dr. Felicitas Skimmingdale, die leitende Rechtsmedizinerin und als Coroner zuständig für Leicester und die East Midlands. Angeblich ließ sie sich nur selten persönlich an einem Tatort blicken, doch die Art, wie Brian Garner aufgefunden worden war, dürfte aus Sicht der Rechtsmedizin tatsächlich kein Routinefall sein. Wie oft war es wohl schon vorgekommen, dass im Kopf eines Toten ein Dartpfeil steckte?

Jeremy stellte eilfertig seine Tasse ab und ging der Ärztin entgegen. »Sorry, Coroner. Wir dachten, wir warten besser auf Sie, bevor wir anfangen.«

Das war glatt gelogen, aber es erzielte die erwünschte Wirkung. Felicitas Skimmingdales Augenbrauen entspannten sich, und mit einem anerkennenden Lächeln schüttelte sie Jeremy die Hand. »Das ist sehr gut, Detective.« Sie stellte ihre Tasche auf einen Stuhl und warf einen Blick durch den Raum, bevor sie sich die letzte Tasse vom Tablett nahm. »Für Juni ist es doch ziemlich kühl«, stellte sie fest. Mit einem Zug leerte sie die Tasse, dann klatschte sie in die Hände. »Also los, an die Arbeit! Haben Sie schon Ihre Fotos gemacht? Nein? Dann fangen Sie an, ich muss ihn doch gleich bewegen.« Sie öffnete ihre Tasche und entnahm ihr ein Fieberthermometer, die CSI-Frau packte ihre Kamera aus.

Helen beobachtete die Kollegin und fühlte sich auf einmal schmerzhaft überflüssig. Sie schaute zu Jeremy hinüber, der eben noch seine Tasse leerte. »Braucht ihr mich hier noch?«

Der Detective grinste. »Hast du denn was Besseres vor?« Er blinzelte anzüglich, und auf einmal konnte Helen es nicht mehr ertragen. Natürlich war er abgebrüht, und natürlich durfte man die Dinge nicht an sich heranlassen, wenn man als Polizist einen guten Job machen wollte, das wusste sie alles. Aber da drüben lag Brian! Auf einmal wollte sie nicht eine einzige Minute länger in diesem Raum verbringen mit den Männern von der Spurensicherung, die sich beiläufig über die letzten … was? Pferderennen? unterhielten. Sie musste hier raus.

Mit Mühe zwang sie sich zu einer ruhigen Stimme. »Die Jury von ›Rutland in Bloom‹ besucht heute Humbleham«, erklärte sie. »Marian, also Ms. Whalen, unsere Ortsvorsteherin …« Sie merkte selbst, wie lächerlich das klang, und holte tief Luft. »Councillor Whalen wollte, dass ich anwesend bin, wenn sie den Abgeordneten durch unser Dorf führt«, schloss sie mit fester Stimme.

»Ist deshalb die Hauptstraße gesperrt?«, fragte Jeremy. »Ich hab mich schon gewundert.«

»Was? Nein.« Sie sah ihn überrascht an. »Davon weiß ich nichts.«

»Ach, egal.« Er machte eine wegwerfende Handbewegung und nickte zur Küche hin. »Ich wollte gleich diese Rose Brentwood befragen und dachte, du möchtest dabei sein.«

Helen erstarrte. Und wurde rot. Himmel, das war ihr alter Kumpel Jeremy, mit dem sie die Schulbank gedrückt hatte, und keiner ihrer missgünstigen Kollegen in Oakham! Die mochten ihr neiden, dass über Sharnings Kopf hinweg eine Dienststelle in Humbleham für sie eingerichtet worden war. Aber die Officers in

Leicester betraf das nicht, und Jeremy kümmerte es schon dreimal nicht. »Sorry, Jeremy«, murmelte sie. »Ich wollte nicht …«

Er nahm sie bei den Schultern und sah ihr in die Augen. »Lenilly, wie lange kennen wir uns jetzt?« Er war ernst geworden. »Ich weiß, wieso du hier in Humbleham sitzt und nicht in London. Und egal was die in Oakham davon halten, ich habe nicht vergessen, was du draufhast. Ich hätte dich wirklich gern dabei.«

Er hatte mit gesenkter Stimme gesprochen, trotzdem blickte sich Helen unwillkürlich um. Doch die Fotografin war mit ihrem Stativ beschäftigt und die beiden CSI-Männer immer noch in ihr Gespräch über den Favoriten des Rennens vom Sonntag vertieft. Dr. Skimmingdale stand neben der Leiche und tat, als hätte sie nichts gehört.

»Danke, Jeremy«, antwortete Helen ebenso leise und trat einen Schritt zurück. Er hatte zwar keine Ahnung von den wahren Gründen, aus denen sie die Metropolitan Police beinahe fluchtartig verlassen hatte, aber die Erwähnung des alten Spitznamens, den er ihr in ihrem ersten gemeinsamen Jahr an der Polizeischule verpasst hatte, wärmte ihr Herz. »Das ist sehr nett von dir.« Etwas lauter: »Außerdem wird Rose dir vermutlich mehr erzählen, wenn ich dabei bin.«

»Glaubst du das wirklich?« Er zwinkerte übertrieben und fletschte seine Zähne. »Du unterschätzt meine umwerfende Wirkung auf ältere Ladys.«

»Ganz bestimmt nicht«, gab Helen zurück und stieß ihn in die Rippen. »Nur ist es so, dass Rose alles andere als eine Lady ist.«

Er kicherte und schob sie in Richtung Küche. »Dann lass uns Rose befragen, die keine Lady ist.«

Rose fuhr herum, als Jeremy mit lautem Knarzen die Schwingtür aufdrückte. Mit einer unauffälligen Bewegung schob sie ein leeres Glas hinter ihren Rücken. Neben dem Herd stand eine Flasche billiger Brandy, und auf ihrem Gesicht lag ein schuldbewusster Ausdruck. Doch wofür sollte man sie rügen? Brian würde den Fusel nicht mehr brauchen, er würde nie wieder Brandybutter zu seinen Scones machen, und wenn es Rose half, über den Schock hinwegzukommen …

»Ms. Brentwood?« Jeremy trat auf sie zu. »Ich bin Detective Sergeant Barnes.« Er zog seinen Ausweis aus der Tasche und hielt ihn ihr hin.

Rose rupfte ihm die Plastikkarte aus der Hand und hielt sie sich dicht vor die Augen. »Barnes, sagen Sie?« Sie blinzelte. »Sind Sie verwandt mit Cynthia Barnes drüben in Haythorpe?«

»Nein, leider nicht.« Jeremys Miene blieb völlig ernst, als er seinen Ausweis wieder an sich nahm.

»Was wollen Sie von mir?« Rose warf Helen einen hilfesuchenden Blick zu. »Will er mich jetzt verhören?«

»Wir nennen es nicht Verhör, sondern Vernehmung, Ms. Brentwood«, erklärte Jeremy geduldig. »Und ich will Sie nicht vernehmen, sondern nur befragen. Als wichtige Zeugin.«

»Ach so.« Rose wuchs um mindestens zwei Inches, ihr Gesicht entspannte sich ein wenig. »Ich kann Ihnen alles erzählen, Officer.«

Helen verbiss sich ein Grinsen.

»Dann legen Sie mal los, Ma'am.«

»Also, es war so.« Rose richtete sich zu ihrer vollen Größe von knapp fünf Fuß auf. »Ich bin wie immer heut Morgen um halb neun zum Putzen gekommen. Und da war die Eingangstür nicht zu.«

»Sie meinen, sie stand offen?«

Jeremy hatte Block und Kugelschreiber gezückt. In London hatten sie schon mit Tablets gearbeitet, ging Helen durch den Kopf. In Leicester war man offenbar noch nicht so weit im digitalen Zeitalter angekommen. Kurz fragte sie sich, ob sich in der Kamera der CSI-Beamtin womöglich noch echter Film befinden mochte.

»Sie war schon zu, Officer. Aber halt nicht richtig zugesperrt, wie sonst immer.«

»Verstehe.« Jeremy nickte ernsthaft. »Sie haben einen Schlüssel?«

»Ja klar, was denn sonst.« Rose schüttelte den Kopf. »Ich käm doch sonst gar nicht rein.«

»Natürlich, wie dumm von mir.« Er machte sich eine Notiz. »Fahren Sie bitte fort.«

»Ich hab also erst mal ans Fenster geklopft. Hätt ja sein können, dass Brian schon da ist und dass ich ihn störe, wenn ich einfach reinplatze.«

Jeremy hob die Brauen. »Hatten Sie denn Grund zu der Annahme, dass er sich gestört fühlen könnte?«

Rose starrte ihn verständnislos an. »Was hab ich?«

»Ob du dachtest, er wär nicht allein«, half Helen aus.

»Ach so.« Rose lachte kehlig. »Ja, genau. Wär ja nicht das erste Mal gewesen.«

Nun war es an Helen, die Brauen zu heben. »Mit wem hast du ihn denn ertappt?«

Rose blinzelte verschwörerisch und warf Jeremy einen Seitenblick zu. »Das bleibt aber unter uns, okay?«

»Versprochen.« Jeremy zwinkerte zurück und schaffte es, dabei ernst zu bleiben.

»Sie meine ich nicht, Officer. Helen soll das nicht Lydia erzählen. Sonst weiß morgen das ganze Dorf, mit wem Brian es getrieben hat.«

Dem konnte Helen nicht widersprechen. »Ich werde Mum bestimmt nichts sagen, Rose. Das fällt unter das Dienstgeheimnis.«

»Dann ist es ja gut.« Rose senkte die Stimme. »Mit Ada hab ich ihn erwischt. Und nicht nur einmal.«

Helen verzog das Gesicht. »Das glaub ich nicht.«

»Doch. Bevor sie gekündigt hat.«

Jeremy sah Helen fragend an. »Ada?«

»Ada Jameson ist die Servierkraft, die bis vor ein paar Wochen hier gearbeitet hat.«

Rose schlug die Hand vor den Mund. »Helen, glaubst du ...« Ihre Augen wurden groß. »Glaubst du, Dennis hat Brian umgebracht?«, flüsterte sie.

Jeremy hob hilflos die Hände. »Wer bitte ist Dennis?«

»Adas Mann.« Helen schüttelte den Kopf. »Ich wusste zwar, dass Brian kein Kostverächter war, aber das ...«

»Da gab's bestimmt noch mehr«, warf Rose ein. »Hillary hat gesagt, dass ...«

Jeremy stöhnte. »Okay, halten wir also fest: Brian hat sich bei den Ehemännern im Dorf keine Freunde gemacht.«

»Er war halt ein Schürzenjäger.« Rose hob die Schultern. »Schon immer. Deswegen wurde er auch öfter mal verprügelt.«

Sie machte ein gackerndes Geräusch. »Aber deshalb bringt ihn doch niemand um. Oder glauben Sie ...«

Er winkte ab. »Machen wir weiter.« Jeremy hob seinen Block. »Sie haben also ans Fenster geklopft. Und dann?«

»Dann bin ich rein, wie niemand geantwortet hat. Und dann hab ich ihn da liegen sehen.«

»Ist Ihnen in der Gaststube etwas aufgefallen? War etwas anders als sonst?«

»Ich bin doch nicht stehen geblieben und hab mir das angeschaut.« Rose warf ihm einen entrüsteten Blick zu. »Ich bin auf dem Absatz wieder raus und hab Helen geholt.« Sie schnaufte. »Also erst hab ich versucht, sie anzurufen. Aber sie ist nicht rangegangen. Deshalb bin ich zum Community Centre gerannt und hab's ihr gesagt.« Auf einmal unsicher sah sie zu Jeremy hoch. »Ich hab doch nichts falsch gemacht, Officer?«

»Aber nein. Sie haben völlig richtig reagiert.« Jeremy klickte mit dem Kugelschreiber. »Können Sie mir noch sagen, mit wem Brian, also ...« Er zögerte.

»Mit wem er noch alles gevögelt hat?« Rose grinste anzüglich. »Selber hab ich ihn nur mit Ada gesehen.«

Helen warf Jeremy einen Blick zu und schüttelte unmerklich den Kopf. »Meinst du, du könntest Hillary fragen? Das wäre wirklich wichtig.«

»Klar.« Rose nickte ernsthaft. »Wenn's hilft, damit ihr den erwischt, der den armen Brian auf dem Gewissen habt, dann mach ich das.«

Jeremy sah Helen irritiert an. »Hältst du das für eine gute Idee, Helen?«

Sie zuckte mit den Schultern. »Spätestens heute Mittag ist das ohnehin Dorfgespräch. Hillary Fainton gehört der Village Shop am Marktplatz. Sie weiß vielleicht wirklich mehr über Brians Liebesleben, und das wird sie eher Rose erzählen als uns.«

»Wenn du meinst?« Jeremy sah skeptisch drein. »Aber gut. Das kannst du besser beurteilen als ich.« Er wandte sich wieder an Rose. »Dann nehmen wir doch einmal Ihre Personalien auf, Ms. Brentwood.«

»Was wollen Sie nehmen?« Rose sah ihn misstrauisch an und blinzelte wieder angestrengt.

Vermutlich bräuchte sie eine Brille, ging Helen durch den Kopf. Es erklärte jedenfalls, wieso sie in Mums Haus immer die Spinnweben übersah.

»Er möchte deinen Namen aufschreiben, Rose, und deine Adresse«, erklärte sie. »Und deine Telefonnummer, unter der wir dich erreichen können.«

»Ach so. Sag das doch gleich.« Sie wandte sich an Jeremy. »R-o-s-e B-r-e-n-t-w-o-o-d«, buchstabierte sie. »27 Meadow Close. In Humbleham.«

Helen entfernte sich ein paar Schritte von den beiden und blickte sich in der Küche um. Hier war penibel aufgeräumt, die Arbeitsflächen sauber abgewischt. Außer der Brandyflasche stand nichts herum. Aber das hatte nichts zu bedeuten. Nach neun war die Küche geschlossen, das hatte also vermutlich Eileen noch erledigt, bevor sie gegangen war. Brian dagegen war mit ziemlicher Sicherheit erst nach der offiziellen Sperrstunde zu Tode gekommen – anders wäre sein Tod nicht so lange unbemerkt geblieben. Was mochte da wohl vorgefallen sein?

Nichts, was Rose wissen konnte, so viel stand jedenfalls fest. Aber vielleicht hatte jemand im Dorf etwas beobachtet?

Sie warf einen Blick aus dem Fenster, wo der Parkplatz des Pubs verlassen in der Morgensonne lag. In diesem Moment ertönte von draußen ein peitschender Knall. Tauben flüchteten mit knatterndem Flügelschlag aus den Bäumen.

Jeremy hob den Kopf von seinem Block. »Salutschüsse zu Ehren der Jury?«

»War eigentlich nicht geplant«, gab Helen zurück und runzelte die Stirn. »Das hörte sich an wie ein Jagdgewehr.«

»Ach so, ja dann.« Jeremy schien beruhigt. »Es ist doch Rehbocksaison.«

»Am helllichten Vormittag schießt niemand auf Rehe. Und schon gar nicht mitten im Dorf.« Sie legte den Kopf schief und lauschte, aber es erfolgte kein weiterer Schuss. »Ich gehe wohl besser nachsehen.«

Auf einmal hatte sie ein sehr, sehr ungutes Gefühl. Ohne auf Jeremys Antwort zu warten, eilte sie aus der Küche. In der Gaststube umrundete sie ein Stativ mit einem Scheinwerfer, das den toten Brian beleuchtete, wich Doc Skimmingdale aus, die sich mit der Fotografin unterhielt, und trat hinaus auf die Straße.

KAPITEL 3

Wolkenloser Himmel, strahlender Sonnenschein, Wärme auf ihrem Gesicht. Nach der düsteren Gaststube stach das Licht unangenehm grell in Helens Augen. Der Marktplatz lag still vor ihr, kein Mensch war zu sehen, nur ein Traktor tuckerte ein Stück entfernt die Straße entlang und verschwand um die Kurve. Ein Bild des Friedens. Hatte sie sich den Schuss nur eingebildet? Nein, ganz bestimmt nicht! Eine seltsame Unruhe hatte sie erfasst. Irgendetwas war passiert, das spürte sie genau, und Eile tat not. Doch woher war der Schuss gekommen, und, viel wichtiger noch, hatte er etwas oder gar jemanden getroffen?

Diesmal hatte sie keinen Blick für Bänke, Bäume oder bunte Blumen, sondern hetzte mit langen Schritten über die Straße. Ohne zu überlegen, wandte sie sich nach links zur Great Lane, zurück zum Community Centre. Im Laufen zog sie ihr Telefon aus der Tasche – drei verpasste Anrufe, einmal ihre Mutter und zweimal Marian. Fluchend schaltete sie den Klingelton wieder ein.

»Brrrrr … Sugar – oh, honey, honey!«

Erneut Marian. Sie drückte auf den grünen Knopf und blieb mit klopfendem Herzen stehen.

»Helen!« Marian schluchzte, war kaum zu verstehen. »Helen, du musst sofort …«

Helen erstarrte, ihr wurde heiß und kalt. Wenn Marian einmal die Beherrschung verlor … »Ist etwas mit Mum?«

»Was?« Marian klang irritiert. »Aber nein, nicht Lydia. Es ist Stanford. Der Abgeordnete. Jemand hat auf uns geschossen. Und er ist …« Sie stockte. »Er wurde getroffen, und ich fürchte, er ist tot.«

Helen sog scharf die Luft ein. Keine Zeit für Erleichterung wegen Mum und auch keine Zeit für schlechtes Gewissen wegen dieses Gefühls. »Wo seid ihr?« Ein Blick auf die Uhr: zwanzig nach zehn. Am Community Centre war längst niemand mehr, die Führung der Jury durch das Dorf musste inzwischen beendet sein.

»Humble Manor«, stieß Marian hervor. »Wir sind gerade durch das Tor gekommen, als es passierte. Unsere letzte Station: der Empfang der Jury und der Komiteevorsitzenden in Sir Anthonys Rosengarten.« Sie holte keuchend Atem. »Wo steckst du?«

»Ich bin gleich da. Bleibt in Deckung.« Helen machte auf dem Absatz kehrt. Keine Zeit zum Nachdenken. Das war kein Jagdunfall, sondern ein Attentat, und ein Heckenschütze lief frei im Dorf herum. In ihrem Kopf ratterte es, die eintrainierten Abläufe verdrängten jeden anderen Gedanken.

Sie rannte über den Marktplatz, bog, ohne langsamer zu werden, in die Church Lane ein. Es ging leicht bergauf, rechts von der Straße eine dichte Weißdornhecke, links eine mit eisernen Spitzen gekrönte Mauer aus gelbgrauem Sandstein: der Park des Herrenhauses. Hinter der Kurve sprang die Mauer zurück, ein ebenfalls spitzenbewehrtes Gittertor zwischen zwei moosbewachsenen Pfeilern, die Torflügel einladend zum Anwesen hin geöffnet. Im Schatten des linken Mauerabschnitts drängten sich Marian Whalen und Ms. Kinkaid und sahen ihr angstvoll entgegen. Neben ihnen stand Foster Drake, der Butler, kaum zu erkennen in einer dunklen Livree, und zog hektisch an einer Zigarette. Eine weitere Frau hockte am Boden, gegen die Mauer gekauert. Sie trug ein knallgelbes Kleid und schluchzte aufgelöst, Helen kannte sie nicht.

Marian löste sich aus der Gruppe und kam mit sichtlicher Erleichterung Helen entgegen. »Ich habe schon die 999 angerufen«, erklärte sie mit sich überschlagender Stimme. »Sie schicken einen Krankenwagen.« Ihre grünen Augen waren weit aufgerissen, sie war blass, ihre Sommersprossen traten überdeutlich hervor.

»Erzähl mir doch erst einmal, was passiert ist.« Helen blieb stehen und legte ihrer Freundin beruhigend die Hand auf den Arm. »Hast du den Schützen gesehen?«

»Nein.« Marian schüttelte vehement den Kopf, ihre roten Locken flogen. »Es ging doch alles so schnell«, fuhr sie heiser fort. »Wir sind durch das Tor gekommen, der Butler hat schon auf uns gewartet. Wir haben nur kurz miteinander gesprochen, er hat uns begrüßt und gesagt, dass uns Sir Anthony im Rosengarten empfangen wird. Dann sind wir los, und kaum dass wir auf dem Rasen waren, ist ein Schuss gefallen. Stanford wurde getroffen. Er ist noch ein paar Schritte getaumelt und dann zusammengebrochen.«

»Kannst du sagen, aus welcher Richtung der Schuss gekommen ist?«

Marian warf angstvoll einen Blick über die Schulter durch das Tor. »Ich glaube, von irgendwo da drüben.« Vage deutete sie in Richtung des Herrenhauses. »Aber wir haben nichts gesehen.« Sie hob die Schultern. »Wir sind sofort raus und hinter der Mauer in Deckung gegangen. Wir wussten ja nicht, ob er nicht noch einmal schießt. Tut mir leid.«

Helen lächelte ihr aufmunternd zu. »Ihr habt vollkommen richtig reagiert.« Und das war nicht gelogen. Wer helfen wollte, musste sich erst einmal selbst in Sicherheit bringen.

Marian nickte knapp. »Denkst du, er ist noch irgendwo da drinnen?«

»Du meinst den Schützen?«

»Ja klar.« Marian biss sich auf die Unterlippe. »Wenn ich mir vorstelle, dass er auch einen von uns …«

»Schon gut.« Helen legte alle Ruhe, zu der sie im Augenblick fähig war, in ihre Stimme. »Jetzt bin ich ja da.«

Doch Marians Frage war berechtigt. Sie schob ihre Freundin sanft in Richtung der anderen und atmete tief durch. Dann straffte sie die Schultern und spähte um den Pfeiler herum in den Park. Wenn der Schütze tatsächlich noch irgendwo lauerte … Doch nichts geschah, alles blieb ruhig.

Eine sanft ansteigende Auffahrt schwang sich in einem eleganten Bogen um eine gepflegte Rasenfläche herum und endete an der höchsten Stelle des Parks vor einem eher schmucklosen einstöckigen Bau aus dem gleichen gelblich grauen Sandstein wie die Mauer. Eine Reihe von Schornsteinen krönte das steile

Schindeldach, und trotz der Wärme kräuselte sich eine dünne Rauchsäule in den Himmel. Sonnenlicht flirrte durch die Blätter einer großen Kastanie, Vögel zwitscherten im Geäst, der Geruch von frisch gemähtem Gras lag in der Luft. Doch das sommerliche Idyll trog: Nur wenige Meter hinter dem Tor lag ein Mann bäuchlings auf dem Rasen.

Einen Moment lang fiel Helen die frappierende Ähnlichkeit mit dem toten Brian auf, der ganz genauso dagelegen hatte. Mit dem Unterschied, dass dieser Mann einen hellblauen Anzug aus feinem Zwirn trug und kein zerschlissenes Sakko mit Flicken auf den Ellbogen. Alles in ihr drängte danach, sofort zu dem Mann hinüberzulaufen und nachzusehen, ob er Hilfe brauchte. Doch es gab eine genau festgelegte Vorgehensweise, die sie einhalten musste, bevor sie irgendetwas unternahm. Sie trat einen Schritt vom Tor zurück, nahm das Funkgerät vom Gürtel und drückte die Ruftaste.

»Leicester Constabulary, bitte kommen!«

Es knackte im Lautsprecher des Geräts. »Leicester, ich höre!«

»AS2764, PC Franklin, Oakham Police Station«, meldete sie sich. »Status Zero. Dringende Gefahrenlage. Ich bin in Humbleham, Humble Manor am Eingang zum Park. Schusswaffengebrauch, eine Person am Boden. Schütze möglicherweise noch vor Ort.« Sie räusperte sich. Es war schon eine Zeit lang her, dass sie zum letzten Mal einen Status Zero hatte durchgeben müssen. Das war noch in London gewesen, ein Banküberfall mit Geiselnahme, eine völlig andere Situation. Doch die Abläufe waren immer die gleichen. »Ich bin am Schauplatz und brauche Verstärkung.«

»Weitere Verletzte?«

»Nein. Im Augenblick ist alles ruhig.« Sie wusste, dass in dem Moment, als sie die Worte »Status Zero« ausgesprochen hatte, die Maschinerie bereits angelaufen war. »Das Opfer ist Pete Stanford, der Parlamentsvertreter von Rutland. Der Täter ist vermutlich flüchtig, und wir brauchen Straßensperren an den Ausfallstraßen.« Sie ahnte, dass das nichts bringen würde – bis die eingerichtet waren, war der Schütze sicherlich längst über alle Berge. Aber darauf zu verzichten, kam nicht infrage.

Einen Moment rauschte es in der Leitung, dann wieder das Knacken, als der Mann in der Notrufzentrale die Ruftaste drückte. Eine lakonische Stimme, bar jeglichen Gefühls. »Verstanden. Kollegen sind unterwegs.«

»Danke. *Out.*«

Helen steckte das Funkgerät zurück in die Halterung. Bis die Verstärkung aus Oakham eintraf, würde es mindestens zehn Minuten dauern. Und der Himmel mochte wissen, wann der Krankenwagen kam. Aber da war dieser Mann im Gras, der womöglich Hilfe brauchte. Hier zählten buchstäblich Sekunden – sie durfte nicht warten, musste sofort nach ihm sehen. Sie nahm all ihren Mut zusammen und stieß sich vom Torpfosten ab. Mit raschem Schritt trat sie durch das Tor, nutzte den dicken Stamm der Kastanie als Deckung – Schwachsinn, solange sie nicht wusste, woher der Schuss gekommen war –, überquerte die Auffahrt und verharrte ein paar Atemzüge lang regungslos, an die raue Rinde gelehnt, lauschte. Nichts rührte sich. Nicht einmal die Vögel hatten ihren Gesang unterbrochen.

Doch die Sicherheit war trügerisch, der Schütze konnte überall sein. Sobald sie den Schutz des Baumstamms verließ, würde er sie sehen, und die leichte Kevlarweste, die sie trug, würde vielleicht einen Messerstich abhalten, aber keine Kugel. Noch nie hätte sie eine Dienstwaffe so nötig gehabt wie heute. Aber es half nichts, sie hatte nur ihren Schlagstock. Sie konnte auf ihre bewaffneten Kollegen warten und riskieren, dass der Mann verblutete, oder …

Sie schloss die Augen, zählte stumm bis drei, sandte ein Stoßgebet gen Himmel und verließ ihre Deckung. Ein Schritt, noch einer, drei, fünf, zehn. Kein plötzlicher Knall, kein peitschender Schuss, kein Aufprall, der sie von den Beinen riss. Aufatmend ging sie neben dem Mann in die Hocke. Mit dem Handrücken an seinem Hals prüfte sie den Puls, doch da war nichts, nur weiche, warme Haut. Auch am Handgelenk: nichts. Doch dann, ganz schwach, ein Pochen? Oder doch nur ein Echo ihres eigenen jagenden Herzens? Sie packte den Arm des Mannes, drehte ihn auf den Rücken und fuhr unwillkürlich zurück. Nein, ein Puls war bei Pete Stanford nicht mehr zu erwarten. Sein weißes Hemd war blutdurchtränkt, ein daumennagelgroßes, schwarz ausgefranstes Einschussloch in Höhe seines Herzens sprach eine deutliche Sprache: Für diesen Mann kam jede Hilfe zu spät.

Sie hob den Blick und musterte das Haus auf dem Hügel. Vielleicht dreihundert Meter? Kein Problem für einen Schützen mit einem Zielfernrohr. Doch die Fenster im Erdgeschoss waren nicht zu sehen, die Bäume entlang der Auffahrt verbargen die rechte Seite des Hauses, und direkt vor dem Haus parkte Sir Anthonys Land Rover und verdeckte die Sicht. Falls der Schuss tatsächlich aus dem Haus gekommen war, dann aus einem der oberen Fenster. Aber wer in Humble Manor sollte solch einen Schuss abfeuern? Sir Anthony litt an Parkinson, er saß im Rollstuhl und wartete vermutlich schon im Rosengarten. Sein Butler hatte offenbar gerade das Opfer begrüßt, er war bei den anderen gewesen, als der Schuss abgefeuert worden war, und kam als Täter ebenfalls nicht infrage. Sonst wohnte niemand hier, Sir Anthony lebte seit dem Tod von Frau und Tochter allein in diesem Haus. Ein Gast vielleicht? Ein Besucher? Oder ein Eindringling, der unbemerkt ins Haus gelangt war und nun womöglich Sir Anthony bedrohte? Sie schob den Gedanken beiseite – es war eine Sache, einem Verletzten zu Hilfe zu kommen. Eine ganz andere, unbewaffnet und ohne Sicherheitsvorkehrungen ein Haus zu betreten, in dem womöglich ein Attentäter lauerte.

Mit weichen Knien stand sie auf, ihre Kopfhaut kribbelte. Ein Stück neben und hinter dem Haus erhoben sich hohe Bäume, darüber war die viereckige Spitze des Kirchturms von St. Mary's Church zu sehen. Der Friedhof, der die Kirche umgab, grenzte direkt an den Park. Der Schuss konnte auch von dort gekommen sein, das war sogar viel wahrscheinlicher: Aus dieser Richtung gab es ein freies Schussfeld, und der Täter konnte nach seinem Schuss ungesehen entkommen. Immer vorausgesetzt, dass der Abgeordnete wirklich das Ziel des Anschlags gewesen war. Doch selbst wenn nicht – ein Amokläufer würde kaum minutenlang auf ein neues Opfer warten. Nein, mit jeder Minute, die verging, wurde es unwahrscheinlicher, dass der Schütze noch in der Nähe war.

Trotzdem wandte sie sich ab und kehrte rasch in den Schutz der Bäume zurück. Die Kollegen aus Oakham und der Krankenwagen würden bald eintreffen und irgendwann auch die bewaffnete Polizei aus Leicester. Ob der Mann in der Notrufzentrale wusste, dass ein Team der Kriminalpolizei bereits vor Ort war? Sie zog ihr Telefon aus der Tasche und rief Jeremy an.

Hinter dem Tor hatte sich in der Zwischenzeit eine kleine Menschenansammlung gebildet – Dorfbewohner aus den umliegenden Häusern, die den Schuss gehört haben mussten. Ms. Kinkaid stand aufgeregt plappernd zwischen ihnen, mit glänzenden Augen, die Wangen hochrot. Marian entdeckte Helen als Erste. Sie schien sich ein wenig gefangen zu haben und wirkte inzwischen weniger geschockt, sondern eher verärgert über die plötzliche Planänderung. »Er ist tot, nicht wahr?«

Noch bevor Helen antworten konnte, ertönte hinter ihr aufgeregtes Kläffen. Sie fuhr herum. Eine braun-weiße Fellkugel schoss durch den Park heran, raste einmal im Kreis um den Mann im Gras und blieb bellend im Tor stehen. Ein kleiner Hund, ein Terrier, mit hochgerecktem Stummelschwanz und heftig gesträubtem Fell.

»Nicht auch das noch.« Marian verdrehte genervt die Augen. »Verschwinde!«, herrschte sie den Hund an. »Wohin auch immer du gehörst.«

»Das ist Jackomo.« Foster Drake trat seine Zigarette aus, löste sich aus der Gruppe der Schaulustigen und kam ebenfalls heran. »Sei still, Jacko. Mach Sitz und benimm dich.« Er lächelte entschuldigend, sein breites Gesicht war gerötet. »Der tut nichts, er macht nur Krawall.« Er beugte sich zu dem Tier hinab und strich ihm über den gefleckten Rücken. »Wo kommst du denn auf einmal her? Bist du schon wieder ausgebüxt?«

»Ist das Ihr Hund?«, fragte Helen.

»Er gehört Sir Anthony«, erklärte der Butler. »Aber seit er im Rollstuhl sitzt, kann er sich nicht mehr richtig um ihn kümmern.«

Der Hund hatte sich beruhigt und blickte stummelschwanzwedelnd zu Drake hoch.

»Guter Junge, so ist es fein.« Der Butler nickte ihm zu. »Er sollte eigentlich im Haus bleiben während des Empfangs«, erklärte er kopfschüttelnd. »Offenbar habe ich die Tür nicht richtig zugemacht.«

Ms. Kinkaid hatte Helen ebenfalls entdeckt und kam mit der Frau in Gelb im Schlepptau näher. Jacko sprang auf und lief ihr entgegen, er schien sie zu kennen. Die alte Dame beugte sich zu ihm hinunter und tätschelte seinen Kopf. Helen sah, wie ihre Hand zitterte.

Das Gesicht der fremden Frau war tränennass. Offenbar war sie mit Pete Stanford besser bekannt gewesen – das zweite Jurymitglied, schloss Helen messerscharf. Sie musste um die fünfzig sein, doch die dunkle Schminke um ihre Augen war verlaufen, was ihr das Aussehen eines für Halloween geschminkten Kindes gab. Sie trug eine Art Kaftan aus gelber Seide, ihr dunkles Haar war zu einem lockeren Knoten hochgesteckt, der von einer Spange in Form einer Sonnenblume gehalten wurde.

Durchaus schick und passend unter normalen Umständen, dachte Helen. Nur dass die Umstände gerade ganz und gar nicht normal waren. Zwei gewaltsame Todesfälle innerhalb weniger Stunden – hätte ihr das jemand gestern prophezeit, sie hätte ihn lauthals ausgelacht. Und im Augenblick war sie ganz allein dafür verantwortlich, dass nicht noch etwas passierte. Helen sah sich um und musterte die Leute, die immerhin auf Abstand blieben. Gebe Gott, dass der Attentäter nicht tatsächlich noch irgendwo lauerte und gerade durch das offen stehende Tor das nächste Ziel ins Visier nahm. Ihr Magen verknotete sich beim Gedanken daran. Am liebsten hätte sie alle nach Hause geschickt, doch sie wusste, das würde nicht funktionieren. Nicht hier in Humbleham, wo nie etwas passierte. Die Dorfbewohner hatten kein Bewusstsein für die Gefahr, in der sie möglicherweise schwebten – was heute geschehen war, war eine Sensation, und das wollte niemand verpassen.

»Es war ganz, ganz furchtbar, Helen.« Ms. Kinkaid richtete sich ächzend auf und tupfte sich mit einem Taschentuch die Augen. »Es hätte ja auch einen von uns erwischen können!« Vorwurfsvoll sah sie Helen an, als wäre sie noch immer ihre Grundschullehrerin und die Polizistin ein aufmüpfiges Kind. »Wenn du hier gewesen wärst …«

»Dann hätte sie auch nichts tun können, Emily«, fiel Marian ihr ins Wort. »Was war vorhin eigentlich los?«, wandte sie sich an Helen. »Wieso bist du so schnell verschwunden?«

Helen griff nach Marians Ärmel, ließ Ms. Kinkaid stehen und zog ihre Freundin ein paar Schritte zur Seite. »Brian Garner ist tot«, sagte sie mit gesenkter Stimme. »Rose hat ihn in der Gaststube gefunden.«

Marian riss sich los und starrte sie erschrocken an. »Was sagst du da?«, rief sie.

»Psst«, machte Helen. »Es wäre mir lieber, wenn du das noch nicht an die große Glocke hängst.«

Marian warf einen Blick über die Schulter zu den anderen, die schon herüberschauten. Ms. Kinkaid eindeutig mit gespitzten Ohren. »Was ist mit Brian passiert?«, fragte sie. »Hatte er einen Herzinfarkt?«

Zum Glück enthob das näher kommende Geheul einer Fahrzeugsirene Helen einer Antwort. Ein Krankenwagen kam die enge Gasse herauf, die Leute machten ihm Platz. Helen ging ihm entgegen und winkte ihn durch das Tor, dann lief sie neben der Fahrertür her und dirigierte den Wagen so, dass er zwischen dem Herrenhaus und der Gestalt im Gras zu stehen kam. Eine notdürftige Deckung für die beiden Sanitäter, die aus dem Wagen sprangen und sofort geschäftige Aktivität entwickelten, aber besser als nichts. Helen war sich ziemlich sicher, dass Pete Stanford niemand mehr helfen konnte, aber die Leute vom Rettungsdienst mussten genau wie die Polizei die vorgeschriebenen Abläufe einhalten.

Sie ging zurück zur Straße, wo zu ihrer Erleichterung gerade ein Streifenwagen des Oakham Police Office auftauchte, gefolgt von einem Zivilfahrzeug, hinter dessen Steuer sie Jeremy Barnes erkannte. Er sprang heraus, nickte PI Sharning zu, die aus dem Polizeiwagen stieg, und eilte mit langen Schritten Helen entgegen. »War offenbar doch kein Rehbock, oder?«

»Nein«, gab sie scharf zurück. Jeremys Angewohnheit, aus allem einen Witz zu machen, war manchmal unerträglich. »Da wurde ein Mensch erschossen.«

»Natürlich. Sorry, Lenilly.« Er legte ihr begütigend die Hand auf den Arm. »Weißt du schon, aus welcher Richtung der Schuss kam?«

Helen zwang sich, seine Hand nicht abzuschütteln. Auf einmal merkte sie, unter welch gewaltiger Anspannung sie stand. Diese Situation mit dem Toten, mit den Zivilisten, diese unklare Gefährdungslage mit gleich zwei Toten … Ausbildung und Professionalität hin oder her – damit konnte kein Beamter allein fertigwerden. Und es an Jeremy auszulassen, der mit solchen Dingen einfach anders umging als sie, war nicht fair.

Sie deutete auf das Haus, das von hier aus zwischen den Bäumen kaum sichtbar war. »Von irgendwo dort drüben, sagen die Zeugen.«

Sein Blick folgte ihrer Hand, er kniff die Augen zusammen. »Und wo ist das Opfer?«

»Auf dem Rasen, gleich hinter dem Tor. Du kannst ihn nicht verfehlen.«

Der Detective nickte und verschwand im Park. Helen folgte ihm etwas langsamer und beobachtete, wie er mit den beiden Sanitätern sprach, die sich noch immer um Pete Stanford bemühten. Der eine faltete gerade eine silberne Rettungsdecke auseinander, während der andere bunte Kabel an Stanfords Brustkorb befestigte.

Jetzt erst nahm sie das Gesicht des Mannes genauer in Augenschein. Der tote Stanford sah deutlich jünger aus als auf den Wahlplakaten, von denen sie ihn kannte. Keine fünfzig jedenfalls. Selbst jetzt war seine Gesichtsfarbe noch rosig, das dunkelblonde Haar ordentlich gescheitelt. Ein durchaus sympathischer Vertreter seines Landkreises, der, was man so hörte, auch allseits beliebt gewesen war. Aber was wusste man schon – der Abgeordnete hatte die meiste Zeit in London verbracht und ließ sich ansonsten nur während seiner Wahlkampftouren in Rutland blicken. Und aktuell auch wegen seines Engagements für »Rutland in Bloom«. Helen schluckte. Das war nun ebenfalls beendet.

Jeremy hielt sich nur kurz bei den Sanitätern auf, dann kam er zu ihr zurück. »Sie sagen, da ist nichts mehr zu machen«, erklärte er mit hörbarem Bedauern in der Stimme. »Schade drum, das war ein guter Mann.«

Helen nickte knapp. Sie wusste nicht, ob Stanford ein guter oder schlechter Politiker gewesen war – immerhin hatte man ihn gewählt, und verdient hatte er solch ein Ende nicht. Bestimmt hatte er auch Familie und Freunde gehabt, die um ihn trauern würden. Die Frau im gelben Kleid schien jedenfalls ehrlich betroffen.

Hinter ihr wurden Stimmen laut. PI Sharning war bei den Dorfbewohnern und redete gestikulierend auf sie ein, ihr runder Hut tanzte wie eine Kugel über den Köpfen der Menge. Offenbar versuchte sie die Leute zu einer Rückkehr in ihre Häuser zu überreden, aber wie Helen schon vermutet hatte, stieß sie damit auf taube Ohren. Immerhin gelang es ihr, die Schaulustigen ein wenig auf Abstand zu halten. Nach einem letzten grimmigen Blick in die Runde kam sie durch das Tor und trat zu Helen und Jeremy. Sie schüttelte Jeremy die Hand und ignorierte Helen, obwohl sie direkt neben ihm stand. »Sind Sie allein gekommen?«, fragte sie den Detective. »Ich dachte, die schicken ein Team aus Leicester.«

»Haben sie doch«, gab Jeremy zurück und grinste. »Die Kollegen von der Spurensicherung sind noch im Pub beschäftigt«, ergänzte er. »Sie kommen rüber, sobald sie fertig sind. Und aus Leicester sind weitere Leute zur Verstärkung unterwegs, aber die können noch gar nicht hier sein.«

»Verstehe.« PI Sharning sprach in ihr Funkgerät, dann wandte sie sich wieder an Jeremy. »Wir haben Straßensperren errichtet, aber bis jetzt war niemand Auffälliges dabei.«

»Sehr gut.« Sein Telefon klingelte, er nahm den Anruf entgegen und entfernte sich einige Schritte.

Helen fühlte sich ein wenig fehl am Platz. Alle waren beschäftigt, nur sie stand herum und hatte nichts zu tun – nicht viel anders als die Schaulustigen. Aber Jennifer Sharning sah aus, als hätte sie alles im Griff, war schon wieder draußen vor dem Tor und sprach erneut in ihr Funkgerät. Helen würde sich hüten, ihr Vorschläge zu machen, die ihre Vorgesetzte doch nur wieder als Kritik auffassen würde. Stattdessen sah sie sich nach Marian und den anderen um, die sich inzwischen wieder in den Park gewagt hatten und an der Mauer warteten. Die gelb gewandete Fremde schluchzte noch immer leise.

Einer der beiden Sanitäter hatte sie auch entdeckt und kam mit einer braunen Wolldecke heran. Fürsorglich legte er sie um ihre Schultern. »Wollen Sie sich nicht ins Auto setzen?«, fragte er. »Ich habe Tee, wenn Sie möchten. Es ist doch ziemlich kühl für Juni.«

»Danke.« Die Frau schniefte und folgte ihm über den Rasen, sichtlich bemüht, nicht zu dem zugedeckten Toten hinüberzublicken. »Tee wäre großartig.«

Helen wandte sich an Marian und deutete der Dame in Gelb hinterher. »Die zweite Jurorin, nehme ich an?«

»Genau«, antwortete Marian. »Ihr Name ist Alice de Souza, sie kommt aus Melton Mowbray.«

»Was denn für eine Jurorin?« Jeremy hatte sein Telefongespräch beendet und kam wieder zu ihnen.

Marian wandte sich zu ihm. »Humbleham nimmt an ›Rutland in Bloom‹ teil, und heute war die Jury bei uns zu Gast.«

»Ach ja, stimmt. Das hat Helen vorhin gesagt.« Jeremy nickte. »Und sie wollten alle zusammen den Park besichtigen?«

»Genau«, antwortete Marian. »Wir waren wie geplant am Ende unserer Tour angekommen. Alles hat wunderbar geklappt, selbst deine Mum hat sich gut benommen.« Sie warf Helen ein schwaches Grinsen zu, doch ihre Augen blieben ernst. »Die letzte Station sollte ein kleiner Empfang hier in Sir Anthonys Rosengarten sein.« Mit der Hand deutete sie auf das Herrenhaus. Eine dichte Hecke neben dem Haus verbarg den Rest der Anlage vor ihren Blicken, doch schon allein der weitläufige gepflegte Rasen und die zu filigranen Formen beschnittenen Buchsbaumbüsche vor der Kulisse des Herrenhauses waren ein beeindruckender Anblick. Helen verstand, warum Marian Humble Manor für den Schluss aufgespart hatte – ein krönender Abschluss für die Führung durch das schönste Dorf von Rutland. Doch ob es jetzt noch zu diesem Titel kommen würde, stand in den Sternen.

»Was ist dann passiert?«, fragte der Detective.

»Dann hat es plötzlich geknallt«, mischte sich Ms. Kinkaid ein. »Mr. Stanford wurde getroffen, und wir sind davongerannt, so schnell wir nur konnten.« Ihre Augen waren noch vom Weinen gerötet, doch sie blitzten schon wieder lebhaft, und ihre Wangen waren so rosig wie immer. »Dieser verfluchte Mistkerl hätte auch einen von uns treffen können«, meinte sie erbost. »Das ist doch ungeheuerlich, nicht?«

»Es war nur ein einzelner Schuss, oder?« Jeremy wandte sich fragend an Helen.

Sie nickte. »Ich habe nur den einen gehört, den auch du gehört hast. Als wir mit Rose in der Küche waren.«

»Immerhin. Das klingt nicht nach einem Amokläufer, dem es darum geht, möglichst viele Menschen abzuknallen.« Jeremy schob die Hände in die Hosentaschen und warf einen prüfenden Blick in die Runde, der alles gleichermaßen zu umfassen schien: den Park, das Haus, die Personen innerhalb und außerhalb des Tors, den Butler mit dem Hund auf dem Arm und PI Sharning, die inzwischen wieder neben ihnen stand.

Zuletzt sah er zum Herrenhaus hinüber und runzelte die Stirn. »Der Schuss kam also von da drüben? Und einer der Hausbewohner hat geschossen?«

Helen schüttelte den Kopf. »Das glaube ich nicht. Im Haus wohnen nur Sir Anthony Cooper und sein Butler. Sir Anthony sitzt seit Jahren im Rollstuhl, und sein Butler war die ganze Zeit hier am Tor.« Sie deutete auf Foster Drake. »Aber wir wissen nicht, ob Sir Anthony in Sicherheit ist. Bis jetzt hat sich noch niemand in die Nähe des Hauses gewagt.«

Drake war herangekommen, er trug den Hund auf dem Arm. »Sir Anthony …« Er war blass und starrte hinüber zum Haus. »Er wartet im Rosengarten auf uns. Er weiß noch gar nicht, was hier passiert ist. Er wird sich Sorgen machen, ich muss ihm …«

»Warten Sie.« Jeremy hielt ihn am Ärmel zurück. »Sie gehen da nicht alleine hoch. Wir kommen mit.«

Sharning setzte sich ebenfalls in Bewegung. Mit einem scharfen Blick brachte Jeremy sie zum Stehen. »Sie achten bitte darauf, dass die Zeugen nicht weglaufen und die Unbeteiligten draußen bleiben. Sperren Sie alles ab, und nehmen Sie schon mal die Personalien auf. Die Kollegen aus Leicester werden gleich hier sein. Bis dahin halten Sie die Stellung.« Er nickte Helen zu. »Und du, PC Franklin, kommst mit mir.«

KAPITEL 4

Helen meinte die missgünstigen Blicke ihrer Vorgesetzten in ihrem Rücken zu spüren, als sie den beiden Männern die geschwungene Auffahrt hoch folgte. Das Laub der Kastanien rauschte über ihr in einem plötzlichen Windstoß, und sie beschleunigte ihren Schritt. Sie rechnete Jeremy hoch an, dass er sie und nicht Jennifer aufgefordert hatte, ihn zur Befragung von Sir Anthony zu begleiten. Was allerdings auch eine nachvollziehbare Entscheidung war: Sharning hatte zwar den höheren Rang, doch Helen hatte als ehemalige Detective bei der Londoner Metropolitan Police mehr Erfahrung mit Gewaltverbrechen als die Leiterin der District Police in Oakham, und das wusste auch Jeremy.

Helen war klar, dass das für ihre Vorgesetzte keine einfache Situation war. Doch die Art, wie Jennifer sie behandelte, war ebenfalls nicht in Ordnung. Schließlich hatte sie nicht um eine Sonderbehandlung gebeten, als sie ihre Versetzung nach Leicester beantragte, um in Mums Nähe zu sein. Dass man sie als Neighbourhood Officer nach Humbleham versetzt hatte, war ganz allein Chief Inspector Halligans Idee gewesen, des Leiters der Constabulary in Leicester. Bis zu diesem Zeitpunkt hatte es überhaupt kein ständig besetztes Office in Humbleham gegeben, doch Halligan war der Meinung, seine gute Freundin Lydia brauche nach ihrem Schlaganfall ihre Tochter rund um die Uhr in Rufweite. Jennifer Sharning hatte er dabei einfach übergangen, und statt auf Halligan sauer zu sein, ließ die ihren Unmut an der neuen Kollegin aus. Wütend kickte Helen einen Stein aus dem Weg, der raschelnd im Gras verschwand.

Jeremy und Drake waren im Schatten der letzten Kastanie stehen geblieben. Der Detective schaute sich mit konzentrierter Miene um, schien zu lauschen. Rasch verdrängte Helen ihren Verdruss und konzentrierte sich wieder auf die Gegenwart. Die Gefahrenlage war noch nicht vorbei. Bis jetzt hatten sie Deckung durch die Bäume gehabt, die eine lockere Allee entlang der Auffahrt bildeten, doch nun erstreckte sich vor ihnen die Freifläche vor dem Haus. Der Land Rover parkte praktisch vor der Haustür, die ein Stück weit offen stand, was die Flucht des Hundes erklärte. Doch wer hatte sie geöffnet?

Foster Drake setzte Jacko ab, der schnurstracks in Richtung Haus lief. Drake wollte ihm folgen, doch Jeremy hielt ihn zurück. »Warten Sie. Der Schütze ist womöglich noch immer in der Nähe.«

Drake blieb stehen und starrte ihn irritiert an. »Glauben Sie echt?« Er schüttelte den Kopf. »Der ist doch bestimmt längst abgehauen.«

»Vielleicht ist er noch im Haus«, gab Helen zu bedenken. »Wir wissen ja nicht genau, aus welcher Richtung der Schuss gekommen ist.«

Der Butler riss die Augen auf. »Wie soll der denn aufs Gelände gekommen sein? Den hätte ich doch bemerkt!«

»Er könnte über die Mauer geklettert sein«, sagte Jeremy und wies auf das Mauerstück, das neben dem Haus zwischen weiteren Bäumen zu sehen war. »Und hat sich dann ins Haus geschlichen, während Sie unten am Tor waren.«

»Das glaub ich nicht.« Drake schüttelte den Kopf. »Da hätte der Hund doch angeschlagen, und das hätte ich gehört. Jacko ist besser als jede Alarmanlage.«

»Oder er ist eingedrungen, während Sie mit Sir Anthony im Community Centre waren«, warf Helen ein. »Sie müssen mindestens eine halbe Stunde weg gewesen sein.«

Foster Drake schüttelte entschieden den Kopf. »Die Haustür ist alarmgesichert, wenn ich nicht da bin. Da kommt keiner rein.«

»Wir werden sehen.« Jeremy Barnes zuckte mit den Schultern. »Sie sagten, Sir Anthony ist im Rosengarten?«

»Genau.« Drake wies nach vorn. Hinter einer niedrigen Hecke erkannte Helen mehrere Rosenbögen und einen großen gemauerten Pavillon mit weißen Stützen und einem Dach aus glasierten Ziegeln. »Wir sollten uns beeilen. Sir Anthony hat bestimmt den Schuss gehört und macht sich Sorgen.«

Wenn nicht Schlimmeres, dachte Helen. Zwar war nur ein einziger Schuss gefallen, und der hatte den Abgeordneten getroffen. Doch das bedeutete nicht, dass der alte Richter auch wirklich in Sicherheit war.

Jeremy übernahm die Führung. Im Schatten der Fassade

überquerten sie die freie Fläche, am Land Rover vorbei bis zur Ecke des Hauses. Nichts passierte, kein weiterer Schuss fiel. Im Stillen gab Helen Foster Drake recht: Der Schütze war bestimmt längst über alle Berge. Egal ob er im Haus gewesen war oder der Schuss von außerhalb des Grundstücks gekommen war – er hatte offenbar sein Ziel getroffen.

Sir Anthony Cooper saß zwischen blühenden Rosenbüschen in seinem Rollstuhl in der Sonne. Der Hund hatte seinen Herrn wiedergefunden, er sprang von Sir Anthonys Schoß, als er sie kommen sah, und lief kläffend auf sie zu. Neben dem Rollstuhl stand ein einladend gedeckter Tisch, auf dem feine Porzellantassen, Thermoskannen und Platten mit Sandwiches und kleinen Kuchen angerichtet waren. Schweißtropfen standen auf Sir Anthonys Stirn – in der Sonne war es inzwischen deutlich zu warm für das Cordsakko, das er trug. Und erst recht für das karierte Plaid auf seinen Knien, das dem ursprünglich kühlen Tag geschuldet war.

Der alte Mann sah ihnen aus wässrigen grauen Augen entgegen, sein Kopf wackelte heftig. »Kann mir jemand erklären, was eigentlich los ist?«, schnauzte er los. »Ich warte hier seit Ewigkeiten und kann nicht weg, und niemand sagt mir, was passiert ist.«

»Sorry, Sir.« Drake trat eilfertig heran und griff nach den Holmen des Rollstuhls. »Es hat einen …«, er zögerte und warf einen hilfesuchenden Blick zu Helen, »… einen Unfall gegeben.« Routiniert drehte er den Stuhl um die eigene Achse und schob ihn in Richtung des Pavillons. »Kommen Sie erst einmal in den Schatten. Wir haben Limonade oder auch Tee und

Kuchen, falls Sie etwas Warmes möchten?« Das war an Jeremy und Helen gerichtet.

»Nein danke.« Jeremy winkte ab und wandte sich an den Mann im Rollstuhl. »Sir Anthony, ich bin DS Barnes von der Leicester Constabulary. Sie haben doch sicherlich den Schuss vorhin gehört. Leider wurde einer Ihrer Gäste tödlich getroffen, und wir ermitteln wegen eines Tötungsdelikts.«

»Es gab einen Toten?« Sir Anthony verzog das Gesicht. »Wer ist es?«

»Der Parlamentsabgeordnete Peter Stanford«, antwortete Jeremy. »Sie haben ihn gekannt?«

»Nicht persönlich.« Die Stimme des alten Richters klang heiser, er wirkte bestürzt. Nervös kneteten seine knotigen Finger die Decke auf seinen Knien. »Aber wenn jemand auf meinem Grund und Boden zu Tode kommt, bin ich natürlich betroffen, verstehen Sie?«

»Ja, das kann ich mir vorstellen.« Jeremy klang begütigend. »Haben Sie denn etwas bemerkt oder jemanden gesehen?«

»Hier im Garten war niemand, Officer.« Sir Anthony runzelte die buschigen Brauen. »Ich habe nur den Schuss gehört, er kam von dort drüben.« Er hob eine zitternde Hand und wies durch die offenen Streben des Pavillons nach draußen.

Helen folgte seinem Blick. Neben einem einfachen Holzzaun war ein windschiefes bemoostes Gewächshaus zu sehen, das schon bessere Zeiten erlebt hatte. Dahinter befand sich ein verwilderter Gemüsegarten, um den sich offenbar schon länger niemand mehr kümmerte. Sie erkannte rot-grüne Rhabarberstängel und goldgelbe Zucchiniblüten, doch dieser Teil des Parks wirkte wenig gepflegt. An der Rückseite wurde der Garten durch eine Mauer aus einfachem grauem Stein begrenzt, ein Stück dahinter erhob sich der Kirchturm. »Der Schuss kam vom Friedhof?«

»Das weiß ich doch nicht.« Er bedachte sie mit einem missmutigen Blick. »Ich sagte, ich habe den Schuss gehört, aber ich habe den Schützen nicht gesehen.« Er verschränkte die Hände ineinander, vermutlich um das Zittern zu verbergen. »Es war jedenfalls ein Jagdgewehr, das habe ich natürlich erkannt. Ich habe mir nichts dabei gedacht, dachte, da schießt einer auf einen Rehbock. Es ist ja gerade Saison.«

»Am helllichten Vormittag?« Jeremy blinzelte Helen zu. »Und mitten im Dorf?«

»Was weiß ich denn«, knurrte Sir Anthony. »Ist ja nicht verboten.«

»Das ist richtig.« Der Detective sah zum Friedhof hinüber. »Wir lassen alles absuchen. Wenn von da drüben geschossen wurde, werden wir Spuren finden.« Dann richtete er seinen Blick wieder auf Sir Anthony. »Nichtsdestotrotz muss ich Sie bitten, dass sich die Spurensicherung auch im Haus umsehen darf. Wir können nicht ausschließen, dass der Schuss vom Haus aus abgegeben wurde.«

»Das ist völlig unmöglich.« Der alte Mann schüttelte energisch den Kopf. »Ich höre doch, ob ein Schuss von vorne oder von hinten kommt. Und überhaupt, wie sollte jemand in mein Haus gelangt sein?«

»Zum Beispiel vorhin, als Mr. Drake Ihre Gäste begrüßte.« Helen deutete über den abschüssigen Rasen zum Tor.

»Ich kann vielleicht nicht mehr laufen, junge Frau«, Sir Anthonys Blick war böse, »aber mit meinen Augen ist alles in Ordnung. Ich habe niemanden gesehen.«

»Und während Sie heute Morgen im Community Centre waren? Hätte da nicht jemand …«

»Unsinn.« Sir Anthony schnitt dem Detective das Wort ab. »Wir haben eine Alarmanlage. Und der Hund hätte sich ganz anders benommen, wenn wirklich jemand im Haus gewesen wäre.«

»Das stimmt.« Drake verzog das Gesicht. »Ich hab's Ihnen doch gesagt, es war bestimmt niemand da.«

»Nun gut.« Jeremy sah auf den alten Mann hinab. »Trotzdem würden wir uns gern einmal umsehen. Sie haben doch sicher nichts dagegen?«

Resigniert zuckte Sir Anthony mit den Schultern. »Tun Sie, was Sie nicht lassen können. Ich kann Sie ohnehin nicht daran hindern.«

Sie ließen Sir Anthony in der Obhut von Foster Drake, der den Rollstuhl zum Haus zurückschob, während sie zum Tatort zurückkehrten. Obwohl Helen inzwischen überzeugt war, dass die Gefahr eines weiteren Schusses vorbei war, wählten sie nicht den Weg über den Rasen, sondern gingen am Haus entlang und die baumbestandene Auffahrt hinunter zum Tor. Dort hatte sich in der Zwischenzeit die angeforderte Verstärkung aus Leicester eingefunden: Ein dunkler Mannschaftsbus parkte direkt am Tor auf dem Kiesweg, bewaffnete Polizisten mit Schilden und Helmen stiegen aus. Der Bus der Spurensicherung war ebenfalls eingetroffen, und Helen erkannte Doc Skimmingdale, die neben der Leiche von Stanford kniete. Der Tatort war inzwischen abgesperrt, ein Sichtschutz in Richtung Tor errichtet. Der Krankenwagen stand noch immer an derselben Stelle wie zuvor und bot der Ärztin Deckung, während sie das tat, was Rechtsmediziner mit einer Leiche eben so taten. Helen wandte rasch den Blick ab.

Marian kam ihnen entgegen. »Helen!«, rief sie. »Gut, dass du da bist. Können wir nicht endlich nach Hause gehen?«

Helen sah sich nach PI Sharning um. Da hinten stand sie und unterhielt sich mit einem der bewaffneten Kollegen. »Hat Jennifer eure Aussage schon aufgenommen?«, fragte sie.

»Ja, natürlich.« Marian deutete genervt in Richtung von Helens Vorgesetzter. »Aber sie meinte, wir müssten auf Detective Barnes warten.« Sie warf einen grünäugigen Blick auf Jeremy. »Das sind doch Sie, oder nicht?«

»Der bin ich.« Jeremy Barnes deutete eine knappe Verbeugung an und schenkte ihr sein Filmlächeln. »Und Sie sind …«

»Marian Whalen. Ich bin Vorsitzende des Parish Council.«

»Sehr erfreut, Ms. Whalen.« Jeremy schüttelte Marian die Hand. »Dann verstehen Sie sicher, dass wir hier mit größtmöglicher Diskretion vorgehen müssen.«

»Diskretion?« Helen hob die Augenbrauen und ließ den Blick über das Polizeiaufgebot schweifen. »Ernsthaft? Diesen Auftrieb hier kannst du nicht geheim halten, Jeremy. Nicht in Humbleham. Was hier passiert ist, pfeifen jetzt schon die Spatzen von den Dächern.«

Jeremy schüttelte den Kopf. »Ich dachte eigentlich an die Presse«, meinte er. »Ich wäre dankbar, wenn das nicht heute

Abend schon in den Schlagzeilen wäre. Sonst haben wir morgen keine ruhige Minute mehr.«

»Das wird sich leider nicht verhindern lassen.« Marian deutete auf einen alten Aston Martin, der hinter dem Mannschaftsbus durch das Tor bog und auf dem Rasen außerhalb der Absperrung zum Stehen kam. Ein Mann stieg aus und angelte eine Kamera vom Beifahrersitz. Dann zündete er sich eine Zigarette an und schaute sich aufmerksam um. Er war schlank und wirkte sportlich, unter einer weißen Baseballkappe lugten graue, etwas zu lange Haare hervor. Als er sie erblickte, lächelte er erfreut, hob die Hand und winkte herüber. PI Sharning wurde auf ihn aufmerksam und marschierte mit strenger Miene auf ihn zu.

Marian erwiderte den Gruß ein wenig zu beiläufig. »Das ist Oliver Shute, Reporter des *Midland Mirror*. Wenn in Humbleham Gewaltverbrechen passieren, wird er natürlich darüber schreiben.«

Helen unterdrückte ein Schmunzeln. Für einen Journalisten war Oliver gar nicht einmal so übel. Trotzdem verstand sie nicht, was Marian an ihm fand. Mehr als ein Verhältnis, aber weniger als eine Beziehung, nannte Marian diese Freundschaft, die sie wegen ihrer Position im County Council nicht an die große Glocke hängten. Aber Helen wusste natürlich Bescheid.

»Er wird sich wohl kaum überreden lassen, den Mord an MoP Stanford nicht zu erwähnen, oder?«

»Ganz bestimmt nicht.« Marian schüttelte den Kopf. »Zum einen ist das Olivers Job, und außerdem ist er mit Stanford befreundet. Beziehungsweise war er es.« Ihr Gesicht hatte sich verdunkelt. »Er wird vielmehr sehr ausführlich darüber berichten.«

Jeremys Kiefer mahlten. »Da kann man wohl nichts machen.« Er rollte übertrieben mit den Augen und setzte sich in Bewegung. Helen beobachtete, wie er dem Journalisten die Hand schüttelte und PI Sharning mit einem warnenden Blick bedachte.

»Brrrrr ... Sugar – oh, honey, honey! You are my candy girl ...« Ihr Klingelton. Sie warf Marian einen entschuldigenden Blick zu, ging ein paar Schritte zur Seite und nahm das Gespräch an.

»Helen, wo steckst du denn?« Lydia. Mit sehr ungnädiger Stimme.

»Ich bin mitten in einem Einsatz, Mum. Was gibt es denn?«

»Du hast mich vorhin einfach stehen gelassen. Oder besser gesagt sitzen gelassen.« Lydia Franklin kicherte über ihr eigenes Wortspiel. »Ich habe erwartet, dass du dich so schnell wie möglich meldest.«

»Sorry, Mum, das ging nicht. Es ist ...« Sie zögerte, ihrer Mutter zu sagen, was wirklich passiert war. Dann wüsste es in einer Stunde wirklich ganz Humbleham. »Ich erzähle es dir heute Abend«, schloss sie.

»Dass Brian tot ist, weiß ich doch schon längst.« Lydia klang triumphierend. »Ich war gerade bei Hillary im Laden.«

»Ja dann ...« Helen grinste freudlos. Der Dorffunk funktionierte wie eh und je. »Dann brauche ich dir ja nichts mehr zu erzählen.«

»Nein, brauchst du nicht.« Ihre Mutter klang eingeschnappt. »Komm heute Nachmittag nicht zu spät nach Hause«, fuhr sie fort. »Du musst noch zu Tesco's fahren und Katzenfutter kaufen.«

»Mum, ich …«

»Oder gibt's vielleicht noch etwas, was dich daran hindert?«
Mum klang eindeutig lauernd.

Helen verdrehte die Augen. Lydia besaß so etwas wie einen
sechsten Sinn, der es fast unmöglich machte, etwas vor ihr zu
verheimlichen. »Nur meine Kollegen aus Leicester, die Brians
Tod untersuchen«, gab sie zurück.

»Papperlapapp. Hillary hat gesagt, die sind vorhin alle weg-
gefahren. Nur der Leichenwagen ist noch da.«

»Das mag schon sein, Mum. Aber das heißt nicht, dass die
Arbeit damit zu Ende ist.«

»Also, wenn du nicht einmal das für deine alte Mutter tun
kannst …« Jetzt versuchte sie es auf die weinerliche Tour. »Du
musst bestimmt nachher noch rüber nach Oakham. Ich habe
vorhin Jennifer Sharing gesehen. Da kannst du das doch für
mich erledigen.«

Helen seufzte. »Ich werde sehen, was ich tun kann. Sonst
fahre ich morgen.«

»Na gut. Dann sehe ich dich zum Abendessen. Es gibt Scotch
Broth Soup.«

»In Ordnung.«

Helen beendete das Gespräch und schüttelte den Kopf. Mum
und ihre Katzen. Unter Humblehams zahllosen Bauernhofkat-
zen hatte sich längst herumgesprochen, dass es bei Lydia Franklin feines Futter gab, das man nicht selbst erlegen musste. Und
Mum war keiner Argumentation zugänglich: Sie war überzeugt,
ohne sie würden die Tiere verhungern. Wobei tatsächlich nur
drei oder vier ständig im Haus lebten, Helen war sich über die

genaue Zahl nie sicher. Die Menge an Futter, die sie verdrückten, ließ jedenfalls auf eine deutlich höhere Anzahl schließen. Und Lydia fand das nicht nur ganz großartig, sondern erwartete auch noch von ihrer Tochter, dass sie diese Begeisterung teilte.

Helen schüttelte den Kopf, dann sah sie sich nach Jeremy und den anderen um. Sharning stand noch immer wie ein Wachhund neben dem Journalisten. Sie hatte die Daumen im Gürtel eingehakt, ihr Schlagstock ließ an den Griff einer Pistole denken. Die tatsächlich bewaffneten Polizisten waren ausgeschwärmt und hielten auf die rückwärtige Mauer zu, die das Grundstück zum Friedhof hin begrenzte. Ein weiteres Zivilfahrzeug war eingetroffen und stand mit laufendem Motor neben dem Mannschaftsbus. Der Fahrer hatte das Fenster heruntergekurbelt und sprach mit Jeremy, der lebhaft gestikulierte, erklärte und zum Herrenhaus deutete. Der Wagen setzte sich wieder in Bewegung – offenbar sollte nun tatsächlich Sir Anthonys Haus durchsucht werden.

Jeremy bemerkte ihren Blick und winkte ihr zu. »Kommst du mit?«

»Klar.« Sie dankte ihm mit einem Lächeln, ignorierte Jennifer Sharnings missmutigen Blick und trat an Jeremys Seite.

»Ich habe gerade einen Anruf von Chief Inspector Halligan bekommen«, sagte er, als sie ein paar Schritte gegangen waren.

Helen horchte auf. Durfte sie doch wieder als Detective arbeiten? Das wäre …

»Stanford war Mitglied des Parlaments, und die in London meinen, ein politisches Attentat wäre nicht auszuschließen«, fuhr Jeremy fort. »Das heißt, dass ich den Fall auch nicht behalten werde. Sie schicken jemanden von der MET, der hier übernimmt.«

Helens Schultern sackten hinunter. Wäre sie immer noch Detective bei der Metropolitan Police, hätte man wahrscheinlich sogar sie mit der Aufklärung dieses Falls betraut. Zu Einsätzen außerhalb von London wurden im Allgemeinen ortskundige Beamte geschickt. Und da sie mit den Örtlichkeiten hier vertraut war, hätte Superintendent Brighton bestimmt sie mit dieser Ermittlung beauftragt. Aber so war die Lage umgekehrt: Irgendeiner ihrer ehemaligen Kollegen würde den Fall übernehmen, und ob der sie in die Ermittlungsarbeit einbeziehen würde, wie Jeremy das tat, stand in den Sternen. Sie hatte keine Ahnung, wen ihr ehemaliger Chef nach Humbleham schicken würde, und selbst wenn sich nach einem Jahr überhaupt noch jemand an sie erinnerte, wäre sie immer noch abhängig vom Wohlwollen der zuständigen Kollegen.

Sie ballte die Fäuste. Solange nichts passierte, war der Job als Neighbourhood Officer in Humbleham gar nicht so übel. Aber der heutige Tag schien ihr auf Schritt und Tritt vorzuführen, was sie dafür aufgegeben hatte. Und wenn es hundertmal ihre eigene Entscheidung gewesen war, New Scotland Yard und ihrer Zukunft bei der MET den Rücken zu kehren – heute fragte sie sich, ob es wirklich richtig gewesen war.

Humble Manor wirkte eher schlicht für ein Herrenhaus, fand Helen, als sie zum zweiten Mal an diesem Tag hinter Jeremy die kiesbestreute Auffahrt hochging. Ja, der Park war riesig, und bestimmt war der Bau das mit Abstand größte Haus im Dorf. Aber er protzte nicht mit Erkern oder Türmchen, die schmucklose Fassade blickte beinahe trutzig über das Anwesen. Einzig die weiß getünchten Pilaster neben dem Eingangstor und der halbrunde Ziergiebel darüber verliehen dem Haus so etwas wie einen herrschaftlichen Anstrich – vor dreihundert Jahren war dem ersten Earl of Humble ausreichend Platz für seine große Familie wichtiger gewesen als prunkvolle Architektur.

Helen zählte zwölf Doppelfenster in jeder Etage, sechs links und sechs rechts, in der Mitte oben getrennt durch einen kleinen Balkon mit gemauerter Brüstung, unten durch den portalartigen Eingang, zu dem vier breite Steinstufen emporführten. Die stählerne Rampe für den Rollstuhl an der linken Seite wirkte wie ein Fremdkörper in der georgianischen Symmetrie des Gebäudes. Noch eigenartiger wirkten in dieser Umgebung die drei Männer und die beiden Frauen, die aus dem Wagen gestiegen waren. Sie trugen bereits ihre weißen Schutzanzüge und luden allerhand Equipment aus dem Kofferraum.

Foster Drake erwartete sie auf der obersten Stufe. Er hatte seine Livree wieder abgelegt und trug ein schlichtes weißes Hemd zur dunklen Hose. »Kommen Sie herein. Sie machen mir doch keine Unordnung, oder?« Er sah herausfordernd von einem zum anderen.

Der Leiter des neu angekommenen Trupps trat einen Schritt vor und reichte Drake die Hand. »Ich bin DI Mick Barran vom Forensic Team«, stellte er sich vor. »Wir möchten vor allem die Fenster und den Balkon im Obergeschoss untersuchen. Wenn von hier geschossen wurde, werden wir das feststellen.«

Drake schüttelte den Kopf. »Das ist doch Zeitverschwendung«, brummte er. »Aber bitte.« Er öffnete die Tür und machte eine einladende Handbewegung.

Helen stellte sich auf die Zehenspitzen. »Wo ist Jackomo?«, fragte sie.

»Bei Sir Anthony in der Bibliothek.« Der Butler verzog das Gesicht. »Der Hund würde einen Herzinfarkt bekommen, wenn er diesen Aufmarsch mitbekäme.« Missmutig betrachtete er die weiß gekleideten Beamten, die im Gänsemarsch das Haus betraten. Vier von ihnen wandten sich direkt zu der breiten Treppe, die ins obere Stockwerk führte, der fünfte blieb bei Drake stehen. »Ich würde gern vorher noch Fingerabdrücke von der Tür nehmen«, sagte er. »Und natürlich von Ihnen und von Sir Anthony, um sie abzugleichen.«

Drake runzelte die Stirn. »Muss das wirklich sein?«

»Ja, das muss sein.« Jeremys Stimme ließ keinen Widerspruch zu. »Wir wollen doch die Fingerabdrücke identifizieren, die nicht hierhergehören. Sie beide sind natürlich nicht verdächtig.«

»Sobald der Fall abgeschlossen ist, werden sie außerdem wieder vernichtet«, warf Helen ein.

»Na gut.« Der Butler schaute nicht sehr glücklich drein.

Helen blickte sich um. Sie standen in einer geräumigen, beinahe unmöblierten Halle, von der mehrere holzvertäfelte Türen abgingen. Das einzige Möbelstück war eine riesige Truhe an der rechten Wand, auf der eine halb mannshohe chinesische Vase thronte. Der Fußboden war in einem schwarz-weißen Schachbrettmuster gefliest. An der linken Seite der Halle führten breite Stufen nach oben, an der Wand war ein Treppenlift angebracht. Rechts des Treppenaufgangs befand sich eine einfache Holztür, die offen stand, dahinter verlor sich ein Korridor in der Dunkelheit. Die vier Polizisten vom CSI-Team verschwanden oben am Treppenabsatz außer Sicht, Drake folgte ihnen eilig.

»Und was machen wir?«, fragte Helen.

»Wir sprechen noch einmal mit Sir Anthony«, sagte Jeremy. »Vielleicht ist ihm ja noch etwas eingefallen.« Er sah sie fragend an. »Kennst du dich hier aus, Lenilly? Weißt du, wo die Bibliothek ist?«

Helen schüttelte den Kopf. »Ich bin auch zum ersten Mal hier.« Sie drehte sich einmal im Kreis und deutete auf die Flügeltür zur Linken. »Lass es uns hier versuchen.«

Jeremy klopfte an, drehte den Messingknopf und betrat das Zimmer. Der Raum war groß, ganze drei Fensterbreiten lang. Es schien sich um eine Art repräsentatives Wohnzimmer zu handeln: zierliche Chippendalesofas rund um den erloschenen Kamin, gepolsterte Stühle mit gedrechselten Armlehnen an Tischen aus poliertem dunklem Holz gruppiert Direkt vor dem Kamin stand ein wuchtiger Ohrensessel, daneben ein Zeitungsständer, in dem einige Magazine steckten. *The Huntsman*, konnte Helen entziffern, und *British Cars*. Eine Anrichte an der Wand, darauf bauchige gläserne Karaffen, die goldgelbe Flüssigkeiten enthielten. Jeremy ging hinüber, zog einen der Stopfen heraus und schnupperte. »Whisky«, stellte er fest. »Das ist ein sechzehn Jahre alter Lagavulin, ein Islay-Malt. Ein ausgesprochen feiner Scotch.«

An den Wänden hingen altmodisch gerahmte Bilder, die Jagdszenen zeigten. Auf dem Kaminsims stand ein schön verziertes Gefäß aus Porzellan zwischen einer Reihe von Fotos: eine Urne. Es roch ganz schwach nach kaltem Rauch, aber natürlich: Das war der Kamin.

Helen trat näher und betrachtete die Bilder. Sir Anthony, sehr viel jünger, in Uniform im Kreis dunkelhäutiger Soldaten. Sir Anthony, immer noch jung, neben einer Frau, die ein Baby auf dem Arm trug. Noch einmal dieselbe Frau, diesmal ein paar Jahre älter und allein im Bild. Eine schöne Frau mit kühlen, ein wenig abweisenden Zügen, wie sie auf den Betrachter blickte. Während auf dem nächsten Bild eine jüngere Ausgabe dieser Frau – es musste ihre Tochter sein – herzlich in die Kamera lachte.

»Kommen Sie herein«, ertönte eine heisere Stimme.

Eine weitere Tür hatte sich geöffnet, Sir Anthony hielt mit seinem Rollstuhl an der Schwelle und winkte sie näher. Jackomo lief ihnen kläffend entgegen, sein Stummelschwanz wackelte vor Freude. Helen beugte sich zu ihm hinunter. »Du wärst ein viel netterer Hund, wenn du nicht so viel bellen würdest«, sagte sie zu ihm und tätschelte seinen Kopf.

Sir Anthony lachte trocken auf und drehte den Rollstuhl. »Er ist ein sehr gesprächiger Hund«, sagte er. »Und er hat sonst nicht viel Unterhaltung.«

Jeremy grinste und betrat hinter dem alten Mann in seinem Rollstuhl die Bibliothek. Helen blieb staunend in der Tür stehen.

Es war warm im Zimmer, es roch nach Möbelpolitur und ein wenig nach Eukalyptus. Rötlich schimmernde Bücherregale zogen sich die Wände entlang und hoch bis zur Decke. Eine schmale Leiter auf Rollen wie in einer Bücherei lehnte in einer Ecke. Vor dem linken der beiden Fenster thronte ein riesiger Schreibtisch aus dunklem Holz, Bücher und Manuskripte stapelten sich auf der lederbezogenen Oberfläche. Auch hier ein Kamin, in dem ein niedriges Feuer brannte. Davor stand ein Hundekorb, der Terrier machte es sich darin bequem. Ein gemütlich aussehendes Sofa mit bestickten Kissen lud zum Verweilen ein.

Auf einem kleinen Tisch stand eine Tasse Tee, aus der feiner Dampf aufstieg, daneben lag ein Paar Handschuhe. Es war eindeutig, wo sich Sir Anthony hauptsächlich aufhielt.

»Möchten Sie auch Tee? Oder lieber Kaffee?«, fragte der alte Mann. Auf einmal war er deutlich freundlicher als vorhin im Garten. »Ich kann nach Foster läuten, er bringt Ihnen, was immer Sie wollen.«

Helen schüttelte den Kopf. »Nein danke.«

Auch der Detective winkte ab. »Wir wollten Ihnen nur mitteilen, Sir, dass unsere Kollegen oben an der Arbeit sind. Sie untersuchen die Fenster und prüfen, ob von da aus geschossen wurde.«

»Verstehe.« Er hob die Schultern. »Eine vergebliche Arbeit, Detective, aber ich weiß natürlich, dass sie gemacht werden muss.«

»Außerdem muss ich Sie fragen, ob Sie Waffen im Haus haben.« Jeremy blickte den alten Mann nicht an, die Frage war ihm sichtlich unangenehm.

»Was denken Sie denn?« Sir Anthony lachte trocken. »Ich habe meine Jagdlizenz natürlich zurückgegeben und alle Jagdwaffen abgegeben, als ich sie nicht mehr benutzen konnte.« Er verschränkte die knotigen Finger. »Diese Hände können beim besten Willen kein Gewehr mehr halten.«

»Das ist sehr verantwortungsbewusst.« Jeremy nickte ernsthaft. »Dann brauchen wir nur noch Ihre Fingerabdrücke für den Abgleich etwaiger Spuren.«

»Aber natürlich, Detective. Das ist überhaupt kein Problem.«

Sir Anthony wirkte nicht nur freundlicher, sondern auch lebhafter als vorhin. Selbst seine Hände schienen etwas weniger zu zittern als zuvor. Vermutlich hatte ihm der Stress doch mehr zugesetzt, als er vorhin zugeben wollte, dachte Helen. Auf einmal hatte sie Mitleid mit dem alten Mann. Was für eine beklemmende Situation – den Schuss zu hören, während er mutterseelenallein im Rosengarten saß, praktisch unfähig, sich zu bewegen oder gar zu fliehen im Falle einer Bedrohung. Dazu die Ungewissheit, was rund um ihn passierte ... Kein Wunder, dass ihm das die Stimmung verhagelt hatte. »Offenbar geht es Ihnen jetzt ein wenig besser, Sir Anthony?«, fragte sie.

Sir Anthony nickte und rieb die altersfleckigen Hände aneinander. »Dieser Parkinson ist ein heimtückischer Feind«, antwortete er. »Die Ärzte sagen, er wird mich nicht töten, aber er bestimmt mein Leben. Und mit Stress verträgt er sich überhaupt nicht.«

»Das tut mir sehr leid.«

»Muss Ihnen nicht leidtun, junge Frau.« Sir Anthony verzog das Gesicht. »Es ist, wie es ist, und es nützt nichts zu lamentieren.« Er rollte seinen Rollstuhl vor den Kamin. Ein Holzscheit knackte, der Schein des flackernden Feuers spielte über seine faltigen Züge.

Was für ein Unterschied zu Mum, ging Helen durch den Kopf. Er schien sich mit seiner Erkrankung arrangiert zu haben, während Lydia sie eher benutzte, um alle Welt durch die Gegend zu scheuchen. Und auf die Tränendrüse drückte, wenn das nicht funktionierte.

Jeremy unterbrach ihre Gedanken. »Ist Ihnen in der Zwischenzeit vielleicht noch etwas eingefallen, Sir?«

Der alte Mann schüttelte den Kopf. »Ich kann Ihnen nicht mehr sagen als vorhin, Officer«, sagte er. »Ich habe den Schuss gehört, und ich bin mir sicher, er kam vom Friedhof. Ich habe niemanden bemerkt, und zu diesem Zeitpunkt war ganz bestimmt kein Fremder hier im Haus.«

»Okay.« Jeremy nickte zustimmend. »Wirklich zu schade, dass Sie den Schützen nicht gesehen haben.«

Der alte Mann lachte bitter. »Hätte ich ihn gesehen, würde ich womöglich jetzt nicht mehr leben. Ich hätte mich nicht verteidigen können.«

»Da haben Sie natürlich auch wieder recht.« Der Detective machte ein zerknirschtes Gesicht. »Verzeihen Sie bitte meine Gedankenlosigkeit.«

Von der Zimmerdecke waren Geräusche zu hören, etwas war zu Boden gefallen. Jacko hob den Kopf und knurrte.

»Ich hoffe, Ihre Leute machen da oben nichts kaputt«, brummte der alte Richter. »Über uns ist mein Ankleidezimmer.«

»Bestimmt nicht.« Der Detective blickte ebenfalls nach oben. »Sie müssten bald fertig sein. Ich gehe mal nachsehen.« Er machte auf dem Absatz kehrt, und Helen fand sich auf einmal allein mit dem alten Mann.

Er wandte sich zu ihr. Sein Blick war plötzlich scharf wie der eines Raubvogels. »Sie sind Lydia Franklins Tochter, nicht wahr?«

Helen hob überrascht die Brauen. Der alte Richter kannte Mum? »Das ist richtig, Sir.«

»Ich habe von Ihrer Geschichte gehört«, sagte Sir Anthony. »Dass Sie, ohne zu zögern, aus London zurückgekommen sind, als Ihre Mutter Hilfe brauchte, ist sehr lobenswert, junge Frau. Sehr lobenswert.« Er nickte anerkennend. »So etwas ist heute nicht mehr selbstverständlich.«

»Ich …« Helen war auf einmal verlegen. Wüsste er um den wahren Grund, würde er vermutlich nicht so von ihr denken. Aber diese Sache mit Ben würde sie ihm nicht auf die Nase binden. Das schmerzte immer noch und ging außerdem niemanden etwas an. »Danke, Sir.«

»Sie sollten wissen, dass wir uns glücklich schätzen, Sie hier in Humbleham zu haben.« Sir Anthony sah Helen ernst an. »Und ich hoffe, Sie sind hier ebenfalls glücklich. Auch wenn es nicht London ist – zu Hause kann es auch schön sein.«

Helen wusste nicht, was sie antworten sollte. Natürlich war es irgendwie schön, wieder in Humbleham zu sein. Das Dorf, die Menschen hier … Es war wie ein alter Schuh, den man schon abgelegt hatte und dann feststellte, dass er immer noch passte. Und dennoch hätte sie es sich anders gewünscht.

»Es ist in Ordnung, wieder hier zu sein«, sagte sie schließlich.

Er musterte sie aufmerksam, als wollte er sich vergewissern, dass sie die Wahrheit sagte. Dann nickte er. »Nun gut.« Er streifte die Lederhandschuhe über und legte die Finger um die Greifreifen seines Rollstuhls. »Lassen Sie uns nachsehen, was Ihre Kollegen treiben.«

Sie hielt ihm die Tür auf, ließ ihm die Vorfahrt und folgte ihm durch das Wohnzimmer zurück in die Eingangshalle. Der Hund lief neben dem Rollstuhl her, seine Krallen scharrten über das Parkett.

In der Halle wandte sich Sir Anthony zum Treppenlift und klappte den Sitz herunter. Helen bückte sich, um ihm beim Umstieg behilflich zu sein. In diesem Augenblick war ein lautes Pochen zu vernehmen, die Flügeltüren des Eingangs flogen auf. Gegen das helle Licht des frühen Nachmittags zeichnete sich die Silhouette eines Mannes im Trenchcoat ab. Schlank, nicht sehr groß, das Haar ein wenig zerzaust. Er trat ein, schloss sorgfältig die Tür hinter sich, drehte sich um und grinste. »Hi, Helen, lang nicht mehr gesehen.«

KAPITEL 5

Helen schnappte nach Luft. »Ben«, krächzte sie. Mit allem hatte sie gerechnet, aber nicht mit ihm. Die Frage, ob sie weiterhin Teil der Ermittlungen sein würde, wenn die MET den Fall übernahm, hatte sich damit erledigt. Denn vor ihr stand ausgerechnet jener Mann, der sie ...

»Lenilly, wo steckst du? Wir sind fertig!« Jeremys Stimme schallte aus dem Korridor neben der Treppe. »Oh.« Er blieb abrupt stehen, als er den Neuankömmling bemerkte. »Und Sie sind ...?«

»DS Baxter«, stellte der Mann sich vor. »London Metropolitan Police.«

»Ah, sehr gut«, antwortete Jeremy und lächelte erfreut. »Chief Inspector Halligan hat mir schon gesagt, dass Sie kommen.« Er streckte dem Neuankömmling die Hand entgegen. »Willkommen in Rutland. Ich bin DS Barnes.«

»Freut mich.« Der Mann ergriff Jeremys Hand und schüttelte sie. Dann wandte er sich Helen zu, seine braunen Augen blitzten. »Und du heißt jetzt Lenilly?«

»Für dich immer noch Helen«, fuhr sie ihn an. »Was haben die sich in London dabei gedacht, ausgerechnet dich zu schicken?«

Ben hob die Schultern. »Ganz einfach: Superintendent Brighton hat sich daran erinnert, dass du aus Humbleham kommst und jetzt wieder hier wohnst. Und er meinte, da wir ja schon bewiesen hätten, dass wir gut zusammenarbeiten, solle ich den Job übernehmen.«

»Und du hast ihm nicht gesagt, dass wir …«

»Ich dachte, du freust dich, mich zu sehen.« Er sah sie mit gespielter Unschuld an. »Und wir waren doch wirklich ein gutes Team.«

Helen starrte ihn an, ihr fehlten die Worte. Nach allem, was geschehen war … Sie hatte wirklich, wirklich gehofft, diesen Mann nie wieder sehen zu müssen. Vor allem hatte sie erwartet, er würde, was das betraf, ausnahmsweise mit ihr einer Meinung sein. Und in einer Position, seinen Chef davon zu überzeugen, dass das keine gute Idee war. Überhaupt nicht.

Jeremy sah erstaunt von ihr zu Ben und wieder zurück. »Ihr beide kennt euch?«

»Aber ja. Wir haben in London zusammengearbeitet.« Ben war cool wie immer. Helen hätte ihn erwürgen können. »Bis Helen sich entschlossen hat, zurück nach Humbleham zu gehen und hier Dienst als Streifenpolizistin zu schieben.«

War da eine Spur von Bitterkeit in seinen Worten? Oder war es nicht eher … Sarkasmus? Helen holte Luft und setzte zu einer scharfen Antwort an.

»Das hat sich Helen nicht ausgesucht.« Jeremy kam ihr zuvor. Mit irritiertem Blick zu Ben. »Nach dem Schlaganfall ihrer Mutter hatte sie doch keine Alternative.«

Ben hielt Jeremys Blick einen Moment lang fest, bevor er sich abwandte. »Nein, natürlich nicht.«

Helen ließ die Luft langsam entweichen. Immerhin war Ben vernünftig genug, den eigentlichen Grund ihres Weggangs nicht vor den Kollegen auszubreiten. Wobei er dabei schlechter wegkäme als sie: Schließlich hatte er gegen ihre Abmachung verstoßen und diese unmögliche Situation herbeigeführt. Auch wenn er das vermutlich noch immer nicht einsah. Sie biss die Zähne zusammen und verdrängte gewaltsam diese Gedanken. Schnee von gestern. Auch wenn die Enttäuschung über Bens Verrat – anders konnte man es beim besten Willen nicht bezeichnen – noch immer in ihr brannte.

Für Ben schien die Sache erledigt zu sein. Er hatte sein Berufsgesicht aufgesetzt, wie Helen es im Stillen bei sich nannte: ernst, konzentriert, ein wenig überheblich, sich seiner Wichtigkeit als Detective der Metropolitan Police in London jederzeit bewusst. Ganz anders als Jeremy, der immer einen lockeren Spruch auf den Lippen hatte. Die beiden Männer hatten sich der Treppe zugewandt und folgten Sir Anthony nach oben. Der war inzwischen in der oberen Etage angekommen und schob sich mühselig von seinem Treppenlift in einen bereitstehenden Rollstuhl. Helen gab sich einen Ruck und setzte sich ebenfalls in Bewegung.

Um gleich wieder stehen zu bleiben. Keiner der beiden Männer hatte sie zum Mitkommen aufgefordert. Es gab auch nichts mehr, was ihre Anwesenheit erforderte oder auch nur rechtfertigte. Ben würde sich mit Sir Anthony bekannt machen und von Jeremy erklären lassen, wonach die Kriminaltechniker aus Leicester genau suchten. Schmauchspuren an den Fensterbänken und Fingerabdrücke, vermutete Helen. Dass der Attentäter ihnen einen deutlicheren Hinweis auf seine Anwesenheit hinterlassen hatte, war nicht zu erwarten, und sie selbst hatte mit der Ermittlung rund um den Tod von Pete Stanford rein gar nichts zu tun. Wenn überhaupt, würde man sie höchstens im Fall Brian Garner hinzuziehen, dachte sie, während sie die Eingangstür öffnete und die vier Stufen hinunterging. Weil hier vielleicht ihre Ortskunde und ihr Wissen um die Beziehungen der Dorfbewohner untereinander hilfreich sein konnten. Aber selbst das stand in den Sternen – es hing davon ab, wie die übergeordnete Dienststelle die beiden Fälle beurteilte. Ob sie einen Zusammenhang vermuteten. Doch worin sollte der bestehen? Brian und der Abgeordnete lebten in völlig unterschiedlichen Welten. Bei dem Anschlag auf Pete Stanford lag der Gedanke an ein politisches Attentat nahe, weshalb auch die MET den Fall übernommen hatte. Während Brians Tod womöglich wirklich nur ein Unfall gewesen war. Man würde die Gäste des »Boxing Hares« befragen müssen, ob es vielleicht Streit unter den Spielern gegeben hatte. Wer als Letzter die Gaststube verlassen hatte. Wo Brian zu dieser Zeit gewesen war. Im Kopf stellte Helen schon eine Liste der Dorfbewohner zusammen, die man dazu befragen musste, während sie langsam die Auffahrt hinunterging.

Pete Stanford lag noch immer mitten auf dem Rasen. Doc Skimmingdale hatte die silberne Rettungsdecke wieder über sein Gesicht gezogen und packte ihre Sachen zusammen. Der Krankenwagen war in der Zwischenzeit verschwunden, nur zwei tief gefurchte Spurrinnen im Grün zeugten von seiner An-wesenheit. Stattdessen stand nun ein silbergrauer Kombi mit cremefarbenen Vorhängen in den Heckfenstern neben dem To-ten: der Leichenwagen. Zwei dunkel gekleidete Männer hoben soeben einen Blechsarg heraus.

Unten an der Auffahrt parkte der Mannschaftsbus, der zuvor aus Leicester gekommen war. Von der bis an die Zähne be-waffneten Spezialeinheit war allerdings nichts zu sehen – ver-mutlich suchten sie den Bereich hinter der Friedhofsmauer ab, mutmaßte Helen. Sie sah sich um. Jennifer Sharning entdeckte sie nicht, allerdings parkte der Polizeiwagen aus Oakham noch vor dem Tor, ihre Vorgesetzte musste also irgendwo in der Nähe sein. Ms. Kinkaid und die Jurorin waren ebenfalls verschwun-den, nur noch Marian stand mit Oliver Shute draußen bei den Schaulustigen auf der Straße.

Als der Reporter sie erblickte, löste er sich von Marian und kam mit eiligen Schritten auf sie zu. Sie verzog das Gesicht. Ganz bestimmt wollte sie jetzt keine seiner Fragen beantworten, was im Übrigen auch gar nicht ihre Aufgabe war – PI Shar-ning würde ihr gehörig die Leviten lesen, wenn der Mann sie im *Midland Mirror* zitierte. Als ob dieser Gedanke sie auf den Plan gerufen hätte, tauchte ihre Vorgesetzte hinter dem Mann-schaftsbus auf und kam heftig gestikulierend näher. Das galt allerdings offenbar dem Zeitungsmann, der die Botschaft ver-stand und sich mit entschuldigendem Grinsen in Richtung sei-nes Wagens verdrückte. Er winkte ihnen zu, stieg ein, startete den Motor und fuhr davon, eine bläuliche Abgaswolke blieb über dem Rasen stehen.

Sharning sah ihm grimmig hinterher, dann baute sie sich vor Helen auf. »Ein Detective von der MET in London ist vorhin gekommen. Ich vermute, Barnes braucht dich jetzt nicht mehr.«

Helen behielt eine unbewegte Miene, sie wollte sich nicht provozieren lassen. »So ist es«, antwortete sie. »Ich habe ihn vorhin getroffen.«

»Sehr gut.« Sharning nickte, offenbar zufrieden, weil ihre Weltordnung wiederhergestellt war. »Wurde auch Zeit, dass du endlich kommst. Ich muss nachsehen, wie weit die Kollegen an der Friedhofsmauer sind, und du passt währenddessen auf, dass niemand das Grundstück betritt, der hier nichts zu suchen hat.« Sie deutete auf die Leute draußen vor dem Tor. »Sobald wir hier fertig sind, gehst du am besten zurück in dein *Office* und schreibst schon mal den Bericht.« So wie sie das Wort Office betonte, war klar, was sie damit zum Ausdruck bringen wollte: Humbleham brauchte kein eigenes Office der Neighbourhood Police. Aus dieser Ansicht hatte Sharning von Anfang an keinen Hehl gemacht.

»In Ordnung.« Helen behielt ihre stoische Miene bei. Sie wandte sich ab und ging zum Tor, stellte sich neben den Pfosten und bemühte sich um einen amtlichen Eindruck. Was natürlich nichts nutzte, soweit es die Dorfbewohner betraf, von denen die meisten sie seit ihrer Kindheit kannten. Im Nu war sie von den Menschen umringt, alle plapperten durcheinander. Hektisch sah sich Helen nach Sharning um, doch die war zum Glück bereits ein Stück entfernt und wandte ihr den Rücken zu, während sie über den Rasen zur jenseitigen Mauer lief.

»Stopp!«, rief Helen und machte beschwichtigende Gesten. »Tretet bitte zurück. Das ist immer noch ein Tatort.«

»Habt ihr den Mörder schon erwischt?« Das war Enyd Sullivan, die Frau des Pfarrers. Mit hochroten Wangen stand sie vor Helen, fast so breit wie hoch, die Arme in die Seiten gestützt, mit blitzenden blauen Augen. »Diese Polizistin da drüben wollte uns überhaupt gar nichts sagen.«

Helen verbiss sich ein Grinsen. Das sah Sharning ähnlich, eine möglicherweise wichtige Zeugin zu verärgern. Enyd kannte buchstäblich jeden im Dorf, zumindest diejenigen, die regelmäßig in die Kirche gingen.

»Nein, wir haben noch niemanden verhaftet«, antwortete sie. »Die Untersuchungen dauern noch an.« Der Standardsatz der Polizei bei laufenden Ermittlungen. Viel mehr würde auch Oliver Shute nicht berichten können.

»Und es hat wirklich den Parlamentsabgeordneten getroffen?« Das war Bill Jameson, ein Farmer, der ein Stück weiter die Straße hoch lebte. Ihm gehörten die Felder rund um das Community Centre.

»Ja, genau den. Er gehörte ja zu der Jury, die heute zu Besuch im Dorf war. Die Jury von ›Rutland in Bloom‹«, setzte sie hinzu. Jameson war einer der wenigen, die sich nicht am Blumenschmuck anlässlich des Wettbewerbs beteiligt hatten. Helen vermutete, dass er seinem Bruder Frederic die Idee mit dem Campingplatz neidete, den dieser vor einigen Jahren auf einer unbenutzten Weide angelegt hatte und der sich von einem Sieg Humblehams tatsächlich einen Aufschwung erhoffte. Aber das würde Bill natürlich nie zugeben. Seine Farm sei auch ohne Blumenschmuck schön genug, hatte er gemeint. Immerhin würde da gearbeitet und keine Show veranstaltet. Womit er nicht einmal unrecht hatte.

»Wisst ihr denn schon, wie viele geschossen haben?« Das war Ms. Fitzgerald, eine rüstige Rentnerin aus den Cottages an der Great Lane. »War das ein richtiges Attentat?«

»Es ist nur ein einziger Schuss gefallen.« Helen nickte zum Haus hin. »Die Kollegen sind noch an der Arbeit. Wir wissen noch nicht einmal, ob überhaupt Stanford das Ziel war oder ob ihn nicht die verirrte Kugel eines Jägers getroffen hat.« Sie bemühte sich um einen beiläufigen Ton. Die Geschichte würde im Dorf ohnehin die Runde machen und mit jedem Weitererzählen dramatischer und größer werden, da musste sie nicht auch noch die Sensationslust der Leute bedienen. Und es war ja auch die Wahrheit: Sie wussten noch überhaupt nichts. Und die widersprüchlichen Aussagen von Marian und Sir Anthony zur Richtung, aus der der Schuss gekommen war, konnten alles oder nichts bedeuten. »Wo sind eigentlich Ms. Kinkaid und die Dame von der Jury?«, fragte sie und sah sich suchend um.

»Die Polizistin hat erlaubt, dass wir nach Hause gehen«, antwortete Marian, die ebenfalls herangekommen war. »Sie meinte, wir sollten uns zur Verfügung halten, falls uns vielleicht später noch jemand befragen will.«

»Verstehe.« Helen runzelte die Stirn. Wenn es nach ihr gegangen wäre, hätte sie … Aber es ging nicht nach ihr. Sie hatte hier nichts zu sagen. Und schließlich war ja bekannt, wo die drei Zeuginnen zu finden waren, wenn man sie nochmals befragen musste. Ben würde das sicherlich tun.

Es dauerte fast eine halbe Stunde, bis Sharning zurückkam. Inzwischen waren auch die Schaulustigen in ihre Häuser zurückgekehrt – nach der Abfahrt des Leichenwagens gab es einfach nichts mehr zu sehen. Nur der große Mannschaftsbus parkte noch auf der Auffahrt und der Polizeiwagen aus Oakham, mit dem PI Sharning gekommen war.

Kurz überlegte Helen, ob sie ihre Vorgesetzte nach dem Stand der Ermittlungen fragen sollte, doch sofort verwarf sie den Gedanken. Jennifer Sharning wusste vermutlich gar nichts von den Vorgängen im Herrenhaus, und wenn doch, würde sie es ihr vermutlich nicht verraten. Sharning wollte sie nicht in ihrer Truppe haben, das war von Anfang an klar gewesen, und heute hatte sie die Gelegenheit, ihr das so richtig unter die Nase zu reiben. Sie musste ihr nicht auch noch die Vorlage dazu liefern. Vor allem wenn sie später auch Jeremy fragen konnte, der bestimmt besser informiert war.

Die ersten Beamten des Sondereinsatzkommandos tauchten am Ende der Straße auf, offenbar war ihre Mission ebenfalls beendet. Sharing ging ihnen entgegen, dann zögerte sie kurz und wandte sich nochmals zu Helen um. »Du kannst jetzt gehen«, sagte sie kurz angebunden. »Ich brauche dich hier nicht mehr. Und vergiss nicht, den Bericht zu schreiben.«

Helen nickte nur knapp. Sich über Jens Verhalten zu ärgern, brachte einfach nichts. Sie verließ den Park durch das Tor und eilte mit langen Schritten in Richtung Marktplatz, bevor ihre Vorgesetzte es sich noch einmal anders überlegte. Eigentlich kam ihr Sharnings Aufforderung sogar entgegen. Sie war froh, endlich allein zu sein, musste Abstand gewinnen zu all den schmerzhaften Ereignissen dieses Tages. Brian. Stanford. Und zuletzt Ben Baxter, mit dem sie als Allerletztem gerechnet hätte. Wobei der natürlich noch lebte.

Vor der winzigen Dienststelle der Humbleham Neighbourhood Police blieb sie stehen. Das *Office* war in Wahrheit eine fensterlose Kammer direkt neben dem Village Shop, die dem Laden früher, als es noch keine Kühlschränke gab, als Kühlraum gedient hatte. Hillary Fainton musste Chief Inspector Halligan noch einen Gefallen schulden, vermutete Helen. Anders wäre solch ein Arrangement kaum so kurzfristig möglich gewesen. Doch der Raum hatte eine Tür zur Straße, auf der das Polizeiemblem angebracht war, und ein kleines Leuchtschild an der Wand wies die Bevölkerung auf den Amtssitz der Freunde und Helfer hin. Der Freundin und Helferin, korrigierte sich Helen im Stillen. Sie war schließlich die einzige Beamtin in dieser Dienststelle. Weshalb es auch keine regelmäßigen Öffnungszeiten gab – wenn sie gebraucht wurde, mussten die Leute sie anrufen.

Ein Hupen riss sie aus ihren Gedanken. Ein LKW rumpelte behäbig hinter ihr über das Kopfsteinpflaster, gefolgt von einem knallroten Sportwagen, dem es offenbar zu langsam ging. Der übliche Verkehr auf der Hauptstraße hatte wieder eingesetzt, und Helen hätte wirklich zu gerne gewusst, was Marian gedreht hatte, um die Autos heute Morgen aus dem Ort fernzuhalten. Es musste Marian gewesen sein, eine andere Erklärung gab es gar nicht. Sie blinzelte ins helle Licht des Nachmittags. Die Blätter der Bäume im benachbarten Garten rauschten, der Windstoß trug den Geruch nach frisch gemähtem Gras heran.

Der Gedanke, nun in diesem engen Büro zu sitzen, das kaum größer war als der Schreibtisch, der darin stand, erschien Helen auf einmal unvorstellbar. Sie warf einen Blick auf die Uhr. Inzwischen war es drei Uhr durch, und sie hatte heute noch gar keine Pause gehabt. Kurz entschlossen machte sie auf dem Absatz kehrt und überquerte die Straße.

Buster begrüßte sie mit einem fröhlichen Schnauben, das fast ein wenig vorwurfsvoll klang. Normalerweise besuchte sie ihn in ihrer Mittagspause, aber heute war das natürlich nicht möglich gewesen. Sie tätschelte seinen Hals, trockene Erde und Sand rieselten aus seiner Mähne. Er rieb seinen dicken Kopf an ihr, sodass sie rückwärts stolperte. »Hey, vorsichtig, mein Junge«, murmelte sie.

Er stand still, sie lehnte sich gegen ihn und atmete tief den Geruch des sonnenwarmen Pferdefells ein. Ein Gefühl tiefer Zufriedenheit überkam sie, eine immer aufs Neue empfundene Freude über das Vertrauen, das dieses Tier ihr entgegenbrachte, und eine unendliche Dankbarkeit dafür, dass es Teil ihres Lebens geworden war.

Busters frühere Besitzerin war weggezogen, kurz nachdem Helen nach Humbleham zurückgekehrt war, und sie hatte den gescheckten Tinkerwallach nicht mitnehmen können. Nicht mitnehmen wollen, musste man wohl sagen. Sie habe eigentlich zu wenig Zeit für ihn, und es sei doch viel schöner für Buster, wenn er in seiner gewohnten Umgebung mit den anderen Pferden bleiben könne. Sie wolle auch gar kein Geld für ihn – wenn Helen nur ihren Anteil an der Pacht für die Koppel und die Krankenversicherung übernehmen würde, dann sei das schon okay. So war Helen ungewollt und vollkommen ungeplant zu einem Pony gekommen – und nichts hatte ihr das Leben in Humbleham so versüßt wie dieser zottelige, eigensinnige Wallach.

Buster stupste sie mit den Nüstern an, diesmal etwas vorsichtiger. Sie wusste, was er erwartete. Sie überquerte den kleinen Paddock und betrat die Sattelkammer. Es roch nach Leder, Heu und Hafer, ein wenig scharf nach Hufsalbe und dem Hustensaft, den der Tierarzt Buster im Winter verordnet hatte. In der Ecke stand der Eimer mit den gepressten Futterwürfeln. Sie nahm zwei heraus und verfütterte sie an Buster, beobachtete, wie er sie mit kräftigen Kiefern zermahlte. Die anderen Pferde kamen ebenfalls heran: Ginger, die hübsche Connemarastute, die Marian gehörte, sowie Banjo und Bertie, die beiden Irish Cobs von Mums Nachbarin Mary. Auch sie bekamen etwas von der Leckerei, dann zog Helen ihre Uniformweste aus und griff nach Striegel und Bürste. Ihre Kollegen mochten dreimal die Woche ins Fitnesscenter gehen – das hier war als Ausgleichssport mindestens genauso gut.

Nach einer halben Stunde taten ihr die Arme weh, doch Buster sah wieder halbwegs vorzeigbar aus. Sie dagegen war verschwitzt und schmutzig, aber sie fühlte sich tausendmal besser als zuvor. Erschöpft warf sie die Bürsten zurück in den Eimer und wusch sich das Gesicht am Wasserschlauch, mit dem sie normalerweise den Trog füllte. Mit nassen Händen löste sie ihren Zopf, strich die Haare glatt und band ihn neu. Dann zog sie die Uniformweste wieder an und verließ die Weide.

Wenig später war Helen auf dem Rückweg. Nur zu gern hätte sie Buster noch gesattelt und mit ihm eine Runde über die Felder gedreht, aber das ließ ihr Pflichtbewusstsein dann doch nicht zu. Es war eine Sache, sich eine kleine Auszeit zu nehmen, noch dazu, wo sie heute keine Mittagspause gehabt hatte – ihr knurrender Magen machte sich prompt bemerkbar –, aber eine ganz andere ihren Job nicht ordentlich zu erledigen. Solange die Berichte zu den beiden Todesfällen nicht geschrieben waren, war an Feierabend nicht zu denken.

Tief sog sie die laue Luft des frühen Abends ein. Es roch nach Grasschnitt und Holzfeuer, vom Campingplatz ertönte Gelächter und das Scheppern von Töpfen, der Klang einer Gitarre wehte herüber. Der Sommer stand vor der Tür, aber noch lag eine gewisse Kühle in der Luft, die sie, erhitzt, wie sie war, als ausgesprochen angenehm empfand. Die Sonne hing schon recht tief über dem Horizont, und sie schritt schneller aus. Sie hatte sich länger bei den Pferden aufgehalten als geplant.

Als sie in die Main Road einbog, erblickte sie prompt eine Gestalt neben der Tür zu ihrem Office. Sofort überkam sie ein schlechtes Gewissen. Wartete womöglich Jennifer Sharning auf sie? Das wäre gar nicht gut. Oder – sie kniff die Augen zusammen – war es Jeremy, auf der Suche nach ihr, um ihr von den neuesten Erkenntnissen zu erzählen? Nein. Beim Näherkommen erkannte sie erst den Trenchcoat, dann das dunkle Haar und zuletzt die braunen Augen, die sie immer so herzerwärmend angesehen hatten. Das Herz rutschte ihr in die Hose – es war Ben Baxter, der ihr gar nicht warm, sondern mit vorwurfsvoller Miene entgegenblickte.

»Wo steckst du denn?« Er rümpfte die Nase. »Du riechst nach Pferd.«

»Ich hatte heute noch keine Mittagspause«, antwortete sie. »Und ich wusste ja nicht, dass du hier auf mich wartest.«

Er hob die Brauen, blinzelte. »Ich hatte deine neue Nummer nicht.« Er deutete auf die Tür des Office. »Das ist doch deine Telefonnummer, oder nicht?«

»Ja. Du hättest mich anrufen können.«

»Habe ich gemacht. Aber du bist nicht rangegangen.«

Helen zog ihr Mobiltelefon aus der Tasche ihrer Weste. Tatsächlich, zwei verpasste Anrufe von einem unbekannten Teilnehmer. Natürlich hatte sie damals als Allererstes Bens Nummer gelöscht. Und gehofft, nie wieder etwas mit ihm zu tun zu haben, schöne braune Augen hin oder her. »Dann habe ich das Telefon wohl nicht gehört. Tut mir leid. Was gibt es denn?«

Er deutete auf die Tür zum Office. »Können wir vielleicht reingehen? Muss ja nicht das ganze Dorf mitbekommen.«

Helen nickte knapp. Und zögerte. Auf einmal wollte sie nicht, dass Ben ihr winziges Büro zu Gesicht bekam. Aber es half ja nichts. Mit einer energischen Bewegung drehte sie den Schlüssel im Schloss und stieß die Tür auf. »Bitte schön.«

Ben trat über die Schwelle, sah sich um und erfasste mit einem Blick den ganzen Raum. Der kleine Schreibtisch, übersät mit Stapeln von Ordnern, Ausdrucken, Karten und losem Papier, zwischen denen der Laptop fast verschwand, der hohe Schrank an der Rückwand, der einfache Besucherstuhl gegenüber der Tür ... Er wandte sich zu ihr um. »*Das* ist dein Arbeitsplatz?«

»Ja.« Helen nickte knapp. »Klein, aber fein. Und vor allem: mein.«

Er wirkte erschüttert. Natürlich, wenn man die riesigen Großraumbüros des New Scotland Yard kannte, war ihr Office in Humbleham eine bessere Hundehütte. Aber das war tatsächlich ihr geringstes Problem – sie hielt sich so gut wie nie hier auf.

»Möchtest du dich setzen?«, fragte sie.

Er schüttelte den Kopf. »Nein. Tatsächlich wollte ich dich um eine Auskunft bitten.«

»Ja?« Helen runzelte die Stirn.

»Die Einheit aus Leicester hat an der Friedhofsmauer nichts Eindeutiges gefunden. Keine Patronenhülse, keine verwertbaren Fußspuren. Genauso wenig hat die Spurensicherung auf Humble Manor entdeckt. Natürlich läuft die Auswertung noch, aber …«

»Haben die Straßensperren nichts ergeben?«, fragte Helen.

»Nein.« Ben schüttelte den Kopf. »Entweder waren wir zu langsam, oder der Täter ist noch hier.« Er spreizte die Finger. »Unsere größte Hoffnung ist, dass einer der Anwohner etwas bemerkt hat. Bis jetzt hat sich niemand gemeldet, deshalb muss ich die Leute befragen, die rund um Humble Manor und an der Kirche wohnen.«

»Da gibt es nicht viele.« Sie dachte nach. »Hinter dem Herrenhaus befindet sich nur Bill Jamesons Farm, aber die Wohngebäude sind auf der anderen Seite. Er wird kaum etwas gesehen haben. Von den Häusern an der Kirche kann man das Grundstück auch nicht einsehen, die Mauer ist zu hoch. Und am Friedhof … Eigentlich können nur Hamish und Enyd etwas gesehen haben. Vorausgesetzt, sie waren zu Hause.«

»Hamish und Enyd?«, wiederholte Ben.

»Der Pfarrer und seine Frau. Sie wohnen direkt am Friedhof, du kannst es nicht verfehlen. Und Enyd ist eine gute Beobachterin. Vielleicht ist ihr etwas aufgefallen.«

Ben grinste anerkennend. »Dann los.« Er trat wieder auf die Straße. »Kommst du?«

Helen starrte ihn an. »Du willst, dass ich mitkomme?«

»Natürlich.« Er sah sie irritiert an. »Du kennst dich hier aus. Und falls du das vergessen hast: Superintendent Brighton will, dass wir zusammenarbeiten. Das habe ich doch vorhin gesagt.«

»Ich hätte nicht gedacht, dass du das auch willst«, murmelte Helen. Sie nestelte ihren Schlüssel heraus und schloss die Tür wieder ab. Sosehr sie sich gewünscht hatte, an diesen Ermittlungen teilzuhaben – bestimmt nicht mit Ben, der sie so bitter enttäuscht hatte. Sodass sie geradezu dankbar gewesen war für den Schlaganfall ihrer Mutter. Weil der ihr einen Grund geboten hatte, London so schnell wie möglich und endgültig den Rücken zuzukehren. Nun schien es, als hätte sie das alles wieder eingeholt.

KAPITEL 6

Nebeneinander gingen sie die Main Road entlang. An der Abzweigung der Church Lane blieb Ben stehen und sah sich um. »Hier hat sich aber einiges verändert«, stellte er fest. »War dein Dorf schon immer so hübsch?«

»Hast du das nicht mitbekommen?« Sie runzelte die Stirn. »Humbleham nimmt an ›Rutland in Bloom‹ teil. Pete Stanford war Mitglied der Jury, die das Dorf heute Morgen beurteilt hat. Deshalb ist hier alles so herausgeputzt.«

»Ach so.« Er setzte sich wieder in Bewegung. »Ja, Barnes erzählte etwas von einer Jury im Dorf, aber ich wusste nicht, worum es ging.«

Helen sah ihn irritiert an. »Aber das ist doch wichtig.«

»Du glaubst, es besteht ein Zusammenhang mit dem Anschlag auf Stanford?«

»Zumindest würde ich das nicht ausschließen. Unterschätz nicht die Konkurrenz, um die es hierbei geht.«

»Ernsthaft?« Ben warf ihr einen amüsierten Blick zu und grinste. »Du glaubst wirklich, dass das Nachbardorf einen Auftragskiller engagiert, um ein Jurymitglied zu ermorden?«

»Die Hälfte der Leute im County besitzt ein Jagdgewehr. Ich

würde einfach nicht ausschließen, dass es jemand von hier war. Was auch immer er oder sie für ein Motiv hatte.« Sie zögerte. »Nicht alle waren mit Humblehams Teilnahme am Wettbewerb einverstanden.«

»Aber die würden doch eher jemanden von eurer Initiative umbringen und nicht ausgerechnet den Parlamentsabgeordneten.« Er schüttelte den Kopf.

»Immerhin ist heute auch Brian Garner, der Wirt des ›Boxing Hares‹, zu Tode gekommen.« Sie hob die Schultern. ›Allerdings glaube ich da auch nicht an einen Zusammenhang.‹

»Darum kümmert sich Barnes«, sagte Ben. »Wir haben vereinbart, unsere Ergebnisse auszutauschen, aber er meinte auch, dass die beiden Fälle vermutlich nichts miteinander zu tun haben. Die beiden Männer lebten in völlig unterschiedlichen Welten.«

»Wobei Stanford ebenfalls aus der Gegend stammt«, entgegnete Helen. »Es ist durchaus möglich, dass sie sich kannten.«

»Müßige Gedanken.« Ben machte eine abschließende Handbewegung. »Wenn es wirklich einen Zusammenhang gibt, wird Barnes das sicherlich herausfinden. Er macht einen recht tüchtigen Eindruck.«

Helen warf ihm im Gehen einen Seitenblick zu. Das war ein erstaunlich angenehmes Gespräch. Fast so wie früher, als sie noch Partner und Freunde gewesen waren. »Wo steckt Jeremy eigentlich?«

»Bei der Tochter des toten Kneipenwirts.« Ben verzog schmerzlich das Gesicht. »Jemand musste sie ja benachrichtigen.«

Um diese Aufgabe riss sich niemand, egal ob in London oder auf dem Land, und Helen war froh, dass es heute nicht die ihre war. Schweigend legten sie den Rest des Wegs zurück.

»Wir sind da«, sagte sie und deutete auf ein altersgraues Häuschen mit Schieferdach gegenüber der Kirche. Das Gartentor stand einladend offen, der Vorgarten leuchtete in bunten Farben, ein Kräuterbeet duftete bis auf die Straße nach Salbei und Rosmarin.

Ben Baxter nahm einen tiefen Atemzug. »Dann los.« Er schritt vor Helen durch das Törchen, trat an die Haustür und betätigte den Klingelknopf, ein rundes Plastikteil, das in dem rauen Verputz wie ein Fremdkörper wirkte. Ein melodisches Summen ertönte von drinnen.

Helen betrat ebenfalls den Vorgarten, doch sie folgte Ben gar nicht erst zur Tür, sondern wandte sich nach rechts und bog um die Hausecke. Niemand betrat das Pfarrhaus durch den Vordereingang – vermutlich wusste Enyd nicht einmal, wo die Schlüssel für die Eingangstür waren. Sie öffnete die Küchentür und steckte den Kopf hinein. »Enyd?«

»Ich bin im Garten!«, ertönte die Stimme der Pfarrersfrau, und Enyd tauchte an der hinteren Hausecke auf. »Ich dachte mir schon, dass du heute noch vorbeikommst. Möchtest du Tee?«

»Ja, gern.« Helen sah sich um, doch von Ben war nichts zu sehen. Vermutlich wartete er noch immer an der Vordertür. Sie zuckte mit den Schultern. Er hatte sie als Ortskundige mitgenommen, aber wenn er vorausrannte, anstatt ihr hier die Führung zu überlassen, konnte sie ihm auch nicht helfen.

Der Garten, der zum Pfarrhaus gehörte, war nicht sehr groß, aber jede Ecke wurde genutzt. Bohnen und Erbsen rankten sich hellgrün an hohen Spalieren, dazwischen erkannte Helen die gelben Blüten von Zucchini, dichte Büsche voll mit grünen Tomaten und Kohlköpfe in allen möglichen Farben und Größen. Hühner scharrten gackernd im Sand zwischen den Beeten. Auf einem Tisch an der hinteren Hauswand standen eine Teekanne, mehrere Tassen und ein Teller mit Keksen. Enyd verjagte ein Huhn aus einem Korbstuhl, es ergriff gackernd die Flucht, und Helen nahm Platz. »Bist du allein gekommen?«, fragte Enyd. »Ich hätte gedacht, dass dich einer der Detectives begleitet.«

»Es ist vielmehr umgekehrt.« Ben tauchte an der Hausecke auf und näherte sich mit verdrießlichem Gesicht. »Police Constable Franklin sollte *mich* begleiten.« Er streckte Enyd die Hand hin. »Ich bin Detective Sergeant Baxter aus London. Darf ich Ihnen ein paar Fragen stellen?«

Helen schnitt hinter seinem Rücken eine Grimasse. Es war klar, dass er bei der ersten sich bietenden Gelegenheit seine höhere Stellung heraushängen lassen würde. Dann schalt sie sich selbst, das war kindisch. Natürlich stellte er sich mit Rang und Namen vor, und er war nun einmal Sergeant und sie eine einfache Constable. Was sie letztlich auch selbst zu verantworten hatte.

»Sehr erfreut, Detective.« Enyd schüttelte Ben ernsthaft die Hand. »Wollen Sie auch eine Tasse Tee? Und vielleicht einen Ingwerkeks?«

»Ja, bitte.« Ben ließ sich unaufgefordert in den zweiten Korbstuhl fallen, der verdächtig knirschte.

Helen blies über die dampfende Tasse, nahm sich einen Keks und biss hinein. Seit dem Porridge zum Frühstück hatte sie nichts mehr gegessen, wurde ihr bewusst. Enyds Kekse waren immer staubtrocken, sie musste ihn mit dem Tee hinunterspülen, aber es war besser als nichts.

»Was wollen Sie denn wissen?« Enyd hatte sich auf einen hölzernen Hocker gesetzt und umklammerte ihre Tasse Tee, als wollte sie sich daran wärmen. »Ich kannte den Toten doch gar nicht.«

»Haben Sie heute Morgen jemanden bemerkt, der sich auf dem Friedhof oder in der Church Lane herumtrieb?«

»Ach so.« Enyds Gesicht hellte sich auf. »Sie glauben, der Mörder kam über den Friedhof? Wie passend.« Sie kicherte. »Aber nein, ich habe niemanden gesehen.« Dann zögerte sie. »Was nicht heißt, dass niemand hier war. Ich habe hier auf der Terrasse meinen Morgentee getrunken, und danach war ich in der Küche und habe Kekse gebacken.« Sie wies auf den Teller. »Möchten Sie noch einen?«

Ben winkte ab. »Ist Ihnen in den letzten Tagen vielleicht etwas Ungewöhnliches aufgefallen?«, wollte er wissen. »Fremde, die den Friedhof besuchten, oder Fahrzeuge, die nicht von hier waren?«

»Nein, leider nicht. Wir haben nur selten Besucher von auswärts.« Enyd schüttelte den Kopf, ihr eisengrauer Dutt wippte. »Ich würde Ihnen wirklich gern helfen, aber es war niemand hier.«

»Schade.« Ben nahm einen Schluck von seinem Tee und verzog das Gesicht. Auch Enyds Kräutermischung war nicht jedermanns Sache. »Kennen Sie Sir Anthony?«

»Natürlich.« Enyd sah ihn missbilligend an. »Schließlich sind wir sozusagen Nachbarn. Aber er verlässt so gut wie nie sein Haus. Seit er seine Frau und seine Tochter verloren hat, lebt er völlig zurückgezogen und geht kaum noch unter Menschen.«

»Verstehe.« Ben zog einen Schreibblock aus der Innentasche seines Sakkos und machte sich Notizen.

Er schrieb noch immer lieber auf Papier als auf einem Tablet, dachte Helen. Daran hatte sich nichts geändert.

»Und was ist mit dem Butler, Foster Drake?«, fuhr Ben fort. »Kennen Sie den auch?«

»Zumindest trifft man den schon mal im Laden oder im Pub.« Enyd blinzelte. »Besonders im Pub.«

»Sie meinen, er trinkt?« Ben sah sie gespannt an.

»Er trinkt gern ein Bier oder zwei, falls Sie das meinen. Wie jeder andere hier im Dorf auch.«

»Verstehe.«

»Spielt er zufälligerweise auch Darts?«, fragte Helen.

Enyd hob die Brauen. »Darts? Du meinst, wegen Brian? Weil der einen Dartpfeil im Schädel stecken hatte?«

Offenbar hatte sich der Tod des Kneipenwirts ebenfalls schon herumgesprochen. Es war völlig illusorisch gewesen, etwas anderes anzunehmen – sobald Hillary und Mum es erfahren hatten, wusste es das ganze Dorf. Es musste so etwas wie eine Telefonkette geben, ging Helen durch den Kopf.

Sie nickte. »Mich ...« Ben warf ihr einen scharfen Blick zu, sie räusperte sich. »Uns würde interessieren, ob er gestern Abend im ›Boxing Hares‹ war.«

»Ich kann Hamish fragen, wenn er nachher nach Hause kommt. Er war gestern beim Dartturnier.«

Helen merkte auf. »Hat er etwas erzählt?«

»Nicht dass ich wüsste.« Enyd schmunzelte. »Ich habe schon geschlafen, als er kam. Es war nach Mitternacht.«

»Okay.« Helen sah Ben an. »Jeremy sollte unbedingt mit Mr. Sullivan sprechen. Der kann ihm sagen, wer gestern Abend dabei war und auch, ob Fremde mitgespielt haben.«

»Kommt das denn vor?« Nun schien Ben doch interessiert. »War das nicht ein lokales Turnier?«

»Aber nein«, erklärte Enyd. »Wer da ist und Lust hat, wirft einen *quid* in die Kasse und spielt mit. Der Sieger bekommt den *pot* und bezahlt daraus eine Lokalrunde.«

»Klingt nach einem schlechten Geschäft.« Ben grinste schief.

»Hier spielt doch niemand wegen des Geldes«, warf Helen ein. »Ob du es glaubst oder nicht, die Leute machen das aus Spaß an der Sache.«

»Schon gut.« Er hob beschwichtigend die Hände und sah Enyd an. »Dann würde ich jetzt gern wissen, wer die besten Dartspieler im Dorf sind.«

»Sie meinen, wem es zuzutrauen wäre, Brian so zu treffen, dass er tot umfällt?« Enyd sah ihn entsetzt an. »Ich dachte, es war ein Unfall.«

»Das wissen wir noch nicht.« Ben zog die Schultern hoch. »Die Untersuchungen sind noch nicht abgeschlossen.«

»Jedenfalls kann es kein Dartspieler gewesen sein. Der würde zumindest die Scheibe treffen, wenn er dahin zielt, und er würde nicht werfen, solange jemand vor der Scheibe steht.

Wenn es ein Unfall war, muss es jemand gewesen sein, der vom Dartspiel keine Ahnung hat.« Enyd nickte bestimmt.

Helen verkniff sich ein Grinsen. Enyd liebte Krimis, egal ob in Büchern oder im Fernsehen, und hielt sich für so etwas wie eine Expertin.

»Alles klar«, sagte Ben. »DS Barnes leitet die Ermittlungen im Fall Garner. Er wird sich später noch bei Ihnen und Ihrem Mann melden.«

Das Huhn von vorhin war wieder herangekommen. Gurrend scharrte es in den Fugen der Terrassenplatten und pickte nach den dazwischen sprießenden Halmen. Enyd nahm einen der Kekse, zerkrümelte ihn und warf ihn dem Huhn hin. Gackernd kamen zwei weitere Hennen heran.

Ben beobachtete das Schauspiel mit misstrauischer Miene. Helen hatte gerade die Hand nach einem weiteren Keks ausgestreckt, nun ließ sie sie sinken. Nein, Hühnerfutter hatte Enyd vermutlich nicht in diesen Keksen verbacken, aber der Appetit war ihr dennoch vergangen.

Ben schien es ähnlich zu gehen. Mit großen Schlucken trank er seinen Tee aus und stand auf. »Danke, Mrs. Sullivan. Sie haben uns sehr geholfen.«

Helen leerte ebenfalls ihre Tasse und erhob sich.

»Warte noch.« Enyd hielt sie am Ärmel zurück. »Ich habe ein Huhn für Lydia. Kannst du das gleich mitnehmen? Dann muss ich morgen nicht extra rumkommen.«

»Natürlich.« Helen erinnerte sich, dass Mum heute Morgen davon gesprochen hatte. Und an die Federn an ihrem Hut. Sie unterdrückte ein Schmunzeln.

Ben hob fragend die Brauen, aber zum Glück enthob sie Enyds Rückkehr einer Antwort. Eine Plastiktüte baumelte an ihrer Hand. In diesem Moment brach zwischen den Hühnern Gegacker aus. Eine der Hennen flog auf, flatterte aufgeregt und landete mitten auf dem Teetisch. Mit einem raschen Schritt brachte Enyd den Teller mit den Keksen in Sicherheit und verjagte das Tier. »Verzieh dich, Martha. Du hattest deine Ration.«

»Martha?« Helen grinste.

»Wie Martha Grimes, die Krimiautorin«, gab Enyd zurück und drückte ihr die Tüte in die Hand. Sie wog schwer, es musste ein ziemlich großes Huhn gewesen sein.

Helen warf einen Blick auf die Henne, die beleidigt das Weite suchte. »Wie schaffst du es nur, diese Hühner zu schlachten, wenn sie einen Namen haben?«

Enyd hob die Schultern und schaute ein wenig schuldbewusst drein. »Das ist ganz einfach. Sie heißen alle Martha.«

»Warum hast du Ben denn nicht mitgebracht?« Lydia sah Helen vorwurfsvoll an. »Es ist genug zu essen da.«

»Weil er …« Sie schnappte nach Luft. »Weil ich das nicht möchte. Es ist aus und vorbei zwischen uns, das weißt du doch.«

»Deshalb kann er doch trotzdem mit uns essen.« Lydia rührte mit Vehemenz im Suppentopf. Dampf stieg auf, es duftete nach geschmortem Gemüse. Eine der Katzen saß neben ihr auf der Arbeitsplatte und ließ den Kochlöffel nicht aus den Augen. »Ich verstehe auch nicht, warum du mit Ben Schluss gemacht hast. Ich fand, er hat sehr gut zu dir gepasst.«

Helen schälte sich aus ihrer Weste und ließ sich auf einen der

Stühle am Küchentisch fallen. »Unter anderem, weil ich deinetwegen von London wieder nach Humbleham gezogen bin. Eine Fernbeziehung konnten wir uns beide nicht vorstellen.«

Lydia seufzte theatralisch. »Jaja, jetzt soll auch noch ich schuld daran sein.«

»Aber nein, das bist du nicht.« Helen verdrehte die Augen. »Wir hatten uns einfach …«, sie zögerte, »… auseinandergelebt. Und es ist schließlich unsere Sache.«

»Natürlich, Liebes.« Lydia drehte sich zu ihr um und lächelte entschuldigend. »Ich wollte mich nicht einmischen. Aber weißt du, er war heute Nachmittag hier, und …«

»Er war hier?« Helen starrte sie an. »*Dammit*, was wollte er hier?«

»Er hat dich gesucht, und wir haben Tee zusammen getrunken.« Lydia sah sie konsterniert an. »Wo ist das Problem?«

Helen rang die Hände. »Ich will nicht, dass er herkommt, Mum. Ich muss mit ihm zusammenarbeiten, aber ich möchte keinen privaten Kontakt mit ihm. Und ich wäre dir sehr dankbar, wenn du das respektieren würdest.«

Lydia zog einen Flunsch. »Kind, das ist doch meine Angelegenheit. Ich mochte ihn immer sehr gern, und wenn er uns, also mich besuchen will, würde ich mich sehr freuen.«

Helen schüttelte den Kopf. »Bitte mach das nicht, Mum. Misch dich da nicht ein.«

»Aber das tu ich doch gar nicht.« Lydias Blick war gekränkte Unschuld, als sie einen dampfenden Teller vor ihr abstellte. »Ich habe ihn nicht eingeladen, er stand auf einmal vor der Tür. Sollte ich ihn wegschicken?«

»Ja.« Helen stieß ihren Löffel in die dicke Suppe. »Das wäre wirklich besser gewesen, Mum.«

»Das sehe ich anders.« Lydia füllte die Katzenfutterschüsseln auf und humpelte damit nach draußen.

Helen zog die Nase kraus. Die Suppe roch zwar nicht schlecht, aber ihr war der Appetit vergangen. Hatte sie nicht gehofft, Ben nie wieder begegnen zu müssen? Und nun, nach allem, was zwischen ihnen vorgefallen war, kam er her und machte einen auf gut Freund mit Lydia. Das war einfach nicht fair.

Auf einmal kam alles wieder hoch: die unglückliche Situation, als sie erfahren hatten, dass es nur eine Stelle als Detective Sergeant zu besetzen gab und deshalb nur einer von ihnen befördert werden konnte. Superintendent Brighton, der keine Ahnung hatte, dass sie und Ben mehr als nur Kollegen waren. Er sollte sie einfach nach ihrer Leistung beurteilen, hatten sie schließlich beschlossen und sich hoch und heilig versprochen, dass diese Sache keinen Einfluss auf ihre private Beziehung haben würde. Und dann hatte Helen mitansehen müssen, wie Ben an der Seite ihres Chefs aus einem privaten Nightclub in einem Londoner Nobelviertel kam, sichtlich gut gelaunt, mit zerzaustem Haar und schief sitzender Krawatte. Natürlich hatte sie ihn zur Rede gestellt, nachdem sie ihn ertappt hatte. Aber Ben, der doch so eindeutig gegen ihre Abmachung verstoßen hatte, ausgerechnet Ben hatte *ihr* mangelndes Vertrauen vorgeworfen. Sie stieß den Atem aus. Dabei war es doch ganz offenbar gerechtfertigt gewesen! Allein beim Gedanken daran wurde ihr übel, und sie schob den Teller von sich weg.

Die Entscheidung über ihre Beförderung hatte sie dann gar

nicht mehr abgewartet, sondern ihre Siebensachen gepackt und London verlassen. Weiterhin bei der MET zu bleiben, womöglich mit Ben als ihrem vorgesetzten Kollegen, das war völlig unvorstellbar gewesen. Dann lieber als Police Officer in Oakham, hatte sie damals entschieden, zumindest bis eine Stelle als Detective in Leicester frei wurde. Allerdings hatte sie nicht mit dem Leiter der Constabulary in Leicester gerechnet, der sie ungefragt nach Humbleham versetzte. Am Ende hatte sie sich in ihr Schicksal gefügt, das im Grunde auch nicht so übel war. Nur dass Ben nun hierherkam und so tat, als wäre alles in Ordnung, das war eben überhaupt nicht in Ordnung. Er hatte sie hintergangen, und das würde sie ihm nie verzeihen.

Lydia kam zurück und warf einen missbilligenden Blick auf Helens vollen Teller. »Du hast ja gar nichts gegessen, Kind!«

Mit einer bewussten Anstrengung drängte Helen ihre Gedanken zurück. Die Sache mit Ben war längst vorbei. Aber sie waren einmal Freunde gewesen, und dass er sie menschlich so enttäuscht hatte, tat immer noch weh.

»Sorry, ich habe überhaupt keinen Hunger«, sagte sie. Die Wärme in der Küche schien sie plötzlich zu erdrücken. Sie stand auf und griff nach dem Autoschlüssel. »Ich muss an die frische Luft.«

Die Sonne stand nur noch knapp über dem Horizont, als Helen Lydias alten Vauxhall an der Koppel parkte. Sie stieg aus und nahm einen tiefen Atemzug. Abendkühle lag in der Luft, geschwängert vom Duft nach Gras und Heu und den Ausdünstungen der Pferde. Aber noch war es hell genug.

Buster wartete schon am Zaun, er hatte das Motorengeräusch des Wagens erkannt. Sie kraulte seine Stirn, dann holte sie Sattel und Zaumzeug aus der Sattelkammer und war zehn Minuten später unterwegs. Den Feldweg entlang, vorbei an der Farm von Frederic Jameson, dem nicht nur der Campingplatz gehörte, sondern auch die Weiden, auf denen die Pferde standen. Hinter einer Wiese mit Apfelbäumen, sie trugen schwer an unreifen Früchten, war sie in den Feldern. Ein schmaler Weg öffnete sich im Schatten einer dichten Hecke. Der schwere Duft der Weißdornblüten, weiß und rosarot, vermengte sich mit dem pfeffrigen Geruch von lila Lupinen. Buster schnaubte und schlug mit dem Schweif. Lachend gab sie ihm die Zügel frei, und übermütig fiel er in Trab. Helen richtete sich in den Steigbügeln auf und beugte sich nach vorn, sein Schritt wurde schneller, die Hufe trommelten über die trockene Erde. Ihr Körper nahm den Rhythmus des Galopps auf, ihre Bewegungen verschmolzen, schneller und schneller, bis die Hecke zu einem irisierenden Band verschwamm. Konnte es etwas Schöneres geben?

Erst am Ende des Feldes wurde Buster langsamer. Seine Ohren spielten, er hatte den wilden Ritt genauso genossen wie sie. Helen tätschelte ihm den Hals, sie war ebenfalls erhitzt und außer Atem wie der Wallach. Mit losen Zügeln ließ sie Buster im gemächlichen Schritt gehen, einen breiten Rain zwischen zwei Feldern entlang. Still war es hier, so weit außerhalb des Dorfs. Selbst das Tschilpen der Spatzen in den Bäumen war verstummt. Nur Busters Schnauben und das lederne Knarren des Sattels waren zu hören. Und mit jedem Schritt spürte Helen, wie der Ärger über Ben, über ihre Mutter und die ganze Situation langsam verflog. Selbst die schrecklichen Todesfälle des heutigen Tages schienen wie in weite Ferne gerückt.

Erst als der Wiesenweg endete, achtete sie wieder auf ihre Umgebung. Vor ihr lag eine gepflasterte Straße: die Verbindungsstraße zwischen Exton und Humbleham. In der Einmündung des Wegs parkte ein Transporter mit offener Ladefläche, Frederic Jameson war damit beschäftigt, rot-weiße Zaunelemente aufzuladen.

»Hi, Fred!«, rief sie ihn an und zügelte Buster. Der Wallach blieb stehen.

Er fuhr herum, offenbar hatte er sie nicht kommen gesehen. »Hi, Helen«, stammelte er. Und wurde knallrot. »So spät noch unterwegs?«

»Aber ja.« Sie sah ihn erstaunt an. Eigentlich ritt sie häufig noch nach Dienstschluss aus. Wieso, zum Teufel, reagierte Fred, als hätte er etwas zu verbergen? »Ist alles okay?«

»Aber ja, aber ja.« Er stellte sich vor die Ladefläche des Transporters und verbarg die Hände hinter dem Rücken wie ein Kind. »Alles in Ordnung. Ich muss nur noch diese ... Dinger da wegbringen.«

Helen sah genauer hin. Diese »Dinger« waren ziemlich stabile Absperrungen, wie sie auch die Polizei für Straßensperren verwendete. Frederic benutzte sie auf seinen Schafweiden, das wusste Helen, aber was wollte er hier zwischen den Feldern damit? Schafe gab es hier weit und breit nicht.

Auf einmal erinnerte sie sich an Jeremys Bemerkung, und ihr ging ein Licht auf. »Habt ihr hier heute Morgen die Straße abgesperrt?«, fragte sie. »Und nicht nur hier, sondern auch vorne an der Main Road?« Humbleham besaß im Grunde nur zwei Straßen, über die es erreichbar war: die Main Road, die mitten durchs Dorf verlief, sowie die enge Exton Road, die praktisch nur die Einheimischen benutzten und auf der sie sich gerade befand. Oder befinden würde, wenn nicht Frederics Transporter den Weg blockierte.

Zerknirscht nickte Frederic und wich ihrem Blick aus. »Es war Marians Idee. Sie meinte, das Dorf würde einen viel besseren Eindruck machen, wenn nicht die ganze Zeit der Verkehr durch die Main Street brettert. Deshalb haben wir eine Umleitung über Kendrew Barracks ausgeschildert und heute Morgen niemanden mehr durchgelassen. Außer der Jury natürlich, die hat der Pfarrer persönlich vom Bahnhof abgeholt.«

»Das könnt ihr doch nicht einfach so machen.« Helen runzelte die Stirn. »Ihr hättet das zumindest anmelden müssen.«

»Wenn ich mit dem großen Harvester unterwegs bin, kommt auch keiner mehr durch«, gab Frederic zurück. »Und Marian meinte, du hättest sicher nichts dagegen.«

Helen schnaubte. Mit Marian musste sie ein ernstes Wörtchen reden. Das ging einfach gar nicht.

»Ich hoffe, du bist jetzt nicht sauer«, sagte Frederic und hob den Blick. Treuherzig sah er sie an. »Das Dorf sieht ohne den Autoverkehr einfach viel schöner aus.«

Dem konnte Helen nicht einmal widersprechen. Sie schüttelte den Kopf, dann fiel ihr etwas ein. »Seit wann war denn abgesperrt?«, fragte sie.

»Von sechs Uhr morgens an. Und wir haben erst um halb elf wieder aufgemacht, als wir wussten, dass die Jury durch ist.«

Helens Augenbrauen gingen hoch. »So früh schon?«

»Aber ja. Marian wollte doch den Marktplatz nicht zugeparkt haben. Dann hätte man ja nichts mehr vom Blumenschmuck gesehen.«

Helen verdrehte die Augen. »Das heißt, wer heute Morgen nach Humbleham wollte, musste hier vorbei?«, fragte sie. »Wie habt ihr das kontrolliert?«

»Meine Mädchen waren das, Jill und Janet. Sie haben jedem, der ins Dorf wollte, erklärt, dass man heute nicht auf der Main Road parken darf, und alle haben sich daran gehalten.«

Helen kannte Frederics Töchter. Die beiden waren elf und vierzehn, und Helen zweifelte nicht daran, dass die beiden diese wichtige Aufgabe sehr ernst genommen hatten. Und offenbar hatten die Dorfbewohner den Spaß tatsächlich mitgemacht. »Sag Jill und Janet bitte, dass ich mit ihnen reden will«, sagte sie. »Vielleicht haben sie ja jemanden bemerkt, der sich auffällig verhalten hat.«

Frederic sog erschrocken die Luft zwischen den Zähnen ein. »Du meinst, da kam heute ein Mörder vorbei?«

»Wer weiß«, gab Helen zurück. Sie wollte Frederic nicht beunruhigen, aber vielleicht war den Mädchen etwas aufgefallen, vielleicht hatten sie Glück, und es gab auf diese Weise einen entscheidenden Hinweis. »Ich melde mich morgen bei euch. Und jetzt fahr den Wagen weg, ich will nach Hause.«

KAPITEL 7

Der Samstag begann klar und frisch, und Helen fröstelte in ihrem dünnen Pullover, als sie das Haus verließ. Heute war wieder alles wie immer, der Verkehr schob sich wie jeden Morgen durch die Main Street, und sorgfältig schloss sie das Tor hinter sich. Womöglich machte es wirklich einen Unterschied für die Katzen, und sie wollte nicht dafür verantwortlich sein, wenn einem der Tiere am Ende doch etwas passierte.

Es waren auch wieder Menschen unterwegs – trotz der Geschehnisse des gestrigen Tages schien das Leben in Humbleham ganz normal weiterzugehen. Nicht einmal am »Boxing Hares« war eine Veränderung zu bemerken: Es hatte geschlossen, was an einem Samstagmorgen nicht ungewöhnlich war – der Pub öffnete immer erst am Nachmittag. Heute war das allerdings nicht zu erwarten, und einen Moment lang fragte Helen sich, wie es Eileen wohl ging. Es gab nichts, was sie tun konnte, um ihr den Verlust zu erleichtern. Das Einzige, was ihr blieb, war mitzuhelfen, diese furchtbare Tat aufzuklären. Selbst wenn sich ihr Anteil auf das Verfassen des Protokolls zur Auffindesituation beschränken würde.

Sie beschleunigte ihren Schritt und überquerte den Markt-platz. Ein Wagen mit dem Emblem der BBC bog hinter ihr in die Church Lane ein, und Helen blickte ihm stirnrunzelnd hinterher. Sir Anthony war bestimmt nicht erfreut, wenn die Presseleute in sein Haus einfielen. Ob Chief Inspector Halligan bereits eine Pressekonferenz gegeben hatte? Bestimmt hatte er das, und die Journalisten schwärmten offenbar schon in der Umgebung aus.

Hillary Fainton stellte gerade die Gemüsekisten vor ihrem Laden auf, der Ständer mit den Zeitungen wartete bereits neben der geöffneten Tür auf die ersten Kunden. Natürlich hatten alle Blätter den Mord am Parlamentsabgeordneten auf der Titelseite, doch Helen griff nach dem *Midland Mirror*. »Bluttat in Humbleham: Wer erschoss Pete Stanford?«, lautete die Schlagzeile. Sie faltete die Zeitung auseinander. Das Porträt des Abgeordneten lachte ihr entgegen, das sie schon von zahllosen Wahlplakaten kannte. Sie kramte in ihrer Tasche nach ein paar Münzen und kaufte die Zeitung, dann ging sie weiter zu ihrem Office, schloss auf und betrat den winzigen Raum.

Als Erstes zog sie die Rollläden hoch und ließ das Tageslicht herein. Staub tanzte in der Luft und erinnerte sie daran, dass sie hier mal wieder sauber machen sollte – der Nachteil dieser winzigen Dienststelle: Sie war hier wirklich für alles allein verantwortlich, auch für das Putzen. Aber immerhin gab es eine Kaffeemaschine, die hatte Leicester gerade noch bewilligt. Helen schaltete sie an, schlug die Zeitung auf und überflog den Artikel, den Oliver Shute offenbar gestern Abend noch geschrieben hatte. Doch wenn sie erwartet hatte, dass der Lokalreporter mehr über die Vorgänge rund um »Rutland in Bloom« wusste, dann wurde sie enttäuscht. Shute erging sich in Spekulationen über den Tathergang, schien sowohl die um den Sieg beim Blumenschmuckwettbewerb konkurrierenden Dörfler als auch Stanfords Parteigenossen in Verdacht zu haben, die ihm angeblich seinen Sitz im Unterhaus neideten, und hinterließ ganz allgemein den Eindruck, keine Ahnung zu haben. Was Helen nicht verwunderte – nicht einmal die Polizei hatte eine konkrete Spur, geschweige denn einen Verdächtigen. Im Stillen hatte sie wohl gehofft, dass dem Journalisten irgendein Detail aufgefallen wäre, von dem sie nichts wussten, doch das war ganz offenbar nicht der Fall. Das Foto auf der zweiten Seite zeigte den Krankenwagen, der auf dem Rasen von Humble Manor stand. Dahinter ragte ein Paar beschuhter Füße hervor, nur zu erkennen, wenn man wusste, dass der Politiker da gelegen hatte.

Resigniert klappte sie die Zeitung wieder zu, schenkte sich eine Tasse Kaffee ein und fuhr den Laptop hoch. Auch wenn sie eigentlich dienstfrei hatte, checkte sie dennoch als Erstes die Vorkommnisse in ihrem Bezirk, und wie meistens war es auch in der vergangenen Nacht völlig ruhig gewesen: keine besonderen Vorkommnisse im Oakham Police District, wobei es gestern Abend vermutlich gar keine Kontrollen mehr gegeben hatte. Nicht nach solch einem Tag. Sie scrollte nach unten. In den anderen Revieren im District war mehr los gewesen: Einige angetrunkene Autofahrer natürlich, für viele begann das Wochenende schon am Freitagabend. Eine Ruhestörung in Uppingham, ein Fahrraddiebstahl in Wyfordby, ein Autounfall in der Nähe von Horninghold. Das Foto zeigte ein ziemlich verbeultes Auto und einen Rettungswagen, dessen Blaulicht die Szene überstrahlte. Rasch klickte Helen das Bild weg, rief stattdessen das Eingabeformular für die Protokolle auf und machte sich an die Arbeit.

Zwei Tassen Kaffee später, Helen war gerade fertig geworden und reckte sich genüsslich in ihrem Schreibtischstuhl, meldete sich ihr Telefon. »*Brrrrr ... Sugar – oh, honey, honey! You are my candy girl ...*« Sie fuhr zusammen und nahm das Gespräch an.

»Hallo, Helen.« Bens Stimme klang ein wenig amüsiert, als hätte er sehen können, wie sie bei ihren Dehnübungen halb aus ihrem Stuhl gerutscht war.

Rasch setzte sie sich aufrecht hin und zog den Pullover glatt. »Guten Morgen, Ben«, antwortete sie in neutralem Tonfall. »Gibt es etwas Neues?«

»Ja, das gibt es tatsächlich.« Nun war er wieder ernst und klang geschäftsmäßig. »Eure Coroner, Doc Skimmingdale, hat mich gerade angerufen. Ich soll nach Leicester kommen, sie will uns etwas zeigen. Und ich dachte, du möchtest vielleicht dabei sein.«

Helen schwieg einen Moment. Es war Wochenende, und eigentlich hatte sie frei, und draußen war herrliches Wetter für einen langen Ausritt mit Buster. Und nur weil Ben sie gnadenhalber an den Ermittlungen beteiligte ... Im nächsten Moment schalt sie sich selbst für diesen kindischen Gedanken. Wäre es Jeremy, der sie deswegen anrief, hätte sie sich gefreut und würde keine Sekunde lang zögern. Natürlich wollte sie dabei sein, und es sollte ihr vollkommen egal sein, wer die Ermittlungen leitete.

»Ich komme sehr gern mit. Danke.«

»Sehr schön. Holst du mich ab? Ich wohne im ›Seven Arms‹ in Oakham.«

»Hast du denn keinen eigenen Wagen?« Irritiert hob sie die Brauen.

»Nein, ich bin gestern mit der Bahn gekommen, das ging wesentlich schneller als mit dem Auto. Und ich wusste ja, dass ich dich hier treffen würde.«

Helen schluckte schwer. Schon wieder hatte sie sich in ihm getäuscht. In Wahrheit wollte er ihr gar keinen Gefallen tun, indem er sie in seine Ermittlungen einbezog, sondern brauchte einen Chauffeur. Es war schlicht eine dienstliche Angelegenheit, und die ortskundige Polizistin hatte dafür auch ihr freies Wochenende zu opfern. »Werd endlich erwachsen, PC Franklin«, murmelte sie mit zusammengebissenen Zähnen.

»Wie bitte?«

»Nichts. Ich bin in zwanzig Minuten da.«

Zwanzig Minuten waren eine sehr optimistische Ansage gewesen, und natürlich kam sie zu spät. Schließlich hatte sie noch nach Hause gemusst, um sich umzuziehen und die Autoschlüssel zu holen, und Lydias alter Vauxhall war nun einmal kein Rennwagen. Aber immerhin war auf dem Weg nach Oakham ihr Ärger beinahe verflogen – in ihrer Londoner Zeit hatte sie solche Vor-Ort-Ermittlungen schließlich nicht anders geführt, als Ben es gerade tat. Er machte einfach nur seinen Job, und sie war die Beamtin vor Ort. Sie musste ihren privaten Unmut über ihn vergessen, durfte ihn nur als Kollegen betrachten, solange sie bei diesem Fall zusammenarbeiteten. Nur dann konnte sie auch gute Arbeit leisten.

Das »Seven Arms« auf dem Marktplatz war eines der ältesten Gebäude der Stadt, ein spitzgiebeliger Backsteinbau mit schiefergedecktem Dach und zahllosen Erkern und Türmchen, das wie aus der Zeit gefallen schien. Über der grün gestrichenen Eingangstür prangte ein goldenes Wappen, und wie befürchtet wartete Ben schon am Bürgersteig davor. Angestrengt spähte er die Straße entlang, Mums staubigen dunkelgrünen Wagen beachtete er nicht.

Helen drückte kurz auf die Hupe, er drehte den Kopf, und sie musste lachen über seinen erstaunten Gesichtsausdruck. »Hast du ein Problem mit deinem Transportmittel?«, fragte sie.

»Aber nein.« Er grinste zurück. »Hat die Polizei in Rutland denn kein Geld für Polizeiautos?«

Helen zuckte mit den Schultern und setzte den Blinker. »Die Dienststelle in Humbleham war weder geplant, noch gibt es dafür ein Budget«, erklärte sie, während sie den Vauxhall wieder auf die Straße steuerte. »Deshalb verfügt sie auch über keinen eigenen Wagen.«

»Verstehe.« Ben wandte sich um und musterte skeptisch die Pferdedecken auf der Rückbank. »Deshalb benutzt du deinen Privatwagen?«

»Er gehört Lydia.« Helen tätschelte das Lenkrad. »Ich kann natürlich jederzeit einen der Einsatzwagen aus Oakham nehmen. Aber das ist jedes Mal Papierkram, und innerhalb des Dorfs brauche ich ihn einfach nicht.«

»Na dann.« Ben streckte die Beine aus. Es knisterte verdächtig, er zog die Füße wieder ein.

Eilig angelte Helen die Tüte mit den Pferdeleckerchen aus dem Fußraum der Beifahrerseite und warf sie nach hinten zu den Decken. »Sorry. Wenn ich gewusst hätte, dass ich Taxi spielen muss, hätte ich vorher aufgeräumt.«

»Und vielleicht auch mal sauber gemacht?« Er deutete auf das staubige Armaturenbrett.

»Lohnt sich nicht.« Helen grinste. »Ich transportiere damit ständig Heu und Futter für die Pferde. Das ist ein Auto und kein Statussymbol.«

»Nein, bestimmt nicht.« Er lachte trocken. »Auf so etwas hast du ja noch nie Wert gelegt.«

»Das ist richtig.« Helen warf ihm einen Seitenblick zu. Wieso wurde er auf einmal persönlich? Abgesehen davon hatten sie in London beide kein Auto besessen. Wozu auch? Sobald man einmal einen Parkplatz in der Nähe der Wohnung gefunden hatte, bewegte man es ohnehin nur noch im äußersten Notfall weg. Das war definitiv ein Vorteil, wenn man auf dem Land lebte: Es gab keine Parkplatzprobleme.

»Entschuldige bitte. Ich wollte dir nicht zu nahe treten.« Er machte tatsächlich ein zerknirschtes Gesicht. »Die Situation ist auch für mich nicht ganz einfach.«

»Ach.« Sie holte tief Luft. »Was denkst du, wie sich das für mich anfühlt? Du als Detective Sergeant aus London und ich die kleine Polizistin vom Land. Was hat sich Superintendent Brighton dabei nur gedacht?«

»Er weiß doch nicht, dass wir zusammen waren. Für ihn waren wir nur Kollegen, ein eingespieltes Team. Und als deine Mutter krank wurde, hast du dich hierher versetzen lassen.« Er drehte ihr das Gesicht zu. »Das ist die offizielle Story, und ich habe nie etwas anderes verlauten lassen.«

»Natürlich nicht.« Sie funkelte ihn wütend an. »Dann hättest du ja zugeben müssen, dass du …«

»Helen, bitte.« Er legte ihr die Hand auf den Arm. »Können wir diesen Streit nicht einfach begraben?«

Sie schüttelte ihn ab und ruckte dabei am Lenkrad. Ein entgegenkommender Wagen hupte, und rasch steuerte sie zurück auf die linke Seite. Ihr Herz schlug bis zum Hals. »Ich kann nicht so tun, als wäre nichts gewesen«, sagte sie leise. »Ich werde mit dir zusammenarbeiten, weil ich muss, aber alles andere …«

»Mehr erwarte ich gar nicht.« Ben verschränkte die Arme und sah aus dem Fenster. Eine Zeit lang schwiegen sie beide. »Wir waren doch mal Partner«, sagte er schließlich. »Vielleicht bekommen wir das ja wieder hin.«

Helen nickte knapp. »Wenn wir diesen Fall lösen wollen, sollten wir das zumindest versuchen.«

Sein Gesicht hellte sich auf. »Du hast ›wir‹ gesagt.« Er blinzelte ihr zu. »Du warst mal ein verdammt guter Detective, Helen, und ich bin wirklich froh, dich im Team zu haben. Ganz abgesehen davon, dass du Land und Leute hier besser kennst als jeder andere.«

Im Keller des Leicester Royal Infirmary Hospital war es kalt. So kalt wie die stählernen Tische im Sektionssaal, auf denen die Toten zur Untersuchung lagen, diskret bedeckt von Tüchern in Blau und Grün. Doc Skimmingdale stand mit Jeremy Barnes an einem dieser Tische, sie unterbrachen ihr Gespräch, als Helen und Ben den Raum betraten.

Wenn die Coroner überrascht war über Helens Anwesenheit, so zeigte sie es nicht. Ben stellte sich vor, sie schüttelte ihm die Hand und wechselte ein paar Worte mit ihm, bevor sie auch Helen die Hand hinstreckte. »PC Franklin, nicht wahr?«

»Ja.« Felicitas Skimmingdales Händedruck war trocken und sehr fest. »Humbleham Neighbourhood Police«, fügte sie hinzu. »Die beiden Todesfälle gestern passierten in meinem District.«

Doc Skimmingdale nickte knapp und winkte sie weiter zu einem Schreibtisch hinter einer Glaswand. Ein großer Monitor zeigte das hoch aufgelöste Röntgenbild eines Schädels, eine dünne gerade Linie im Nacken leuchtete strahlend weiß.

»Das ist der Schädel des unglücklichen Mr. Garner«, begann die Coroner. »Was Sie hier sehen, ist natürlich nicht der Dartpfeil, der ihn getötet hat, sondern eine Sonde aus Metall, die den Stichkanal markiert. Aber Sie können vermutlich erkennen, dass es praktisch unmöglich ist, einen Dartpfeil so zu werfen, dass er das Rückenmark in einer Weise verletzt, wie es hier geschehen ist.« Mit einem Kugelschreiber wies sie auf die leuchtende Struktur im Röntgenbild und deutete die Richtung an. »Der Dartpfeil drang zwischen Schädelbasis und Atlas ins Foramen magnum ein und durchtrennte hier die Medulla oblongata, was zum sofortigen Tod führte.« Sie wandte sich zu ihnen um. »Das war kein Unfall, Kollegen, sondern vorsätzlicher Mord.«

Ben runzelte die Stirn. »Selbst wenn das durch einen Stich und nicht durch einen Wurf geschah, ist es anatomisch kaum vorstellbar.«

Doc Skimmingdale nickte anerkennend. »Gut beobachtet, Mr. Baxter.« Sie deutete auf Helen. »Ich darf demonstrieren?«

»Bitte.« Helen nahm die Kappe ab und drehte sich um. Sie war selbst neugierig geworden. Auf dem Röntgenbild war deutlich zu erkennen, wo das Hinterhauptloch im Schädel lag: rundum vom Wirbelkörper des ersten Halswirbels geschützt.

Doc Skimmingdale schob ihren Zopf beiseite, und Helen fühlte eine kühle Hand in ihrem Nacken. »Sehen Sie?«, dozierte die Coroner. »Da haben wir die kräftige Nackenmuskulatur und darunter den knöchernen Bogen des Atlas. Selbst mit einem Messer wäre hier kein Durchkommen.« Sie legte die Hand auf Helens Hinterkopf, und Helen ließ zu, dass die Coroner ihren Nacken nach vorne beugte, bis ihr Kinn den Brustkorb berührte. »Ganz anders stellt sich die Lage nun dar.« Helen fühlte einen kalten Stich im Nacken und zuckte zusammen. Aber es war nur Doc Skimmingdales metallener Kugelschreiber. »Wenn sich der Kopf wie jetzt in maximaler Beugestellung befindet, ist das Foramen magnum zwischen Schädelbasis und erstem Halswirbel zugänglich. Ein dünner Gegenstand mit scharfer Spitze kann eindringen und sein tödliches Werk verrichten.« Sie gab Helen einen Schubs, der sie taumeln ließ. Helen spielte mit und ließ sich theatralisch auf die Knie fallen. Doc Skimmingdale trat einen Schritt zurück und blickte stolz in die Runde. Ben und Jeremy applaudierten. Dann reichte sie Helen die Hand und half ihr auf die Beine. »Danke, Kollegin.«

»Gern geschehen.« Helen klopfte sich den Schmutz von der Hose. »Aber wie, in Gottes Namen, bringt man einen Mann dazu, seinen Nacken so zu beugen und dann auch noch lange genug still zu stehen?«

»Das kann ich Ihnen nicht sagen. Ich kann Ihnen nur zeigen, wie es gemacht wurde.«

»Das war sehr beeindruckend.« Ben nickte anerkennend. »Ich hätte nicht gedacht, dass die Spitze eines Dartpfeils überhaupt lang genug ist.«

»Wenn der Nacken so gebeugt wird, wie ich es gerade demonstriert habe, sind nur wenige Zentimeter nötig.«

»Man nennt das abnicken«, ließ sich Jeremy vernehmen. »Wenn ein Jäger ein Reh nach einem Fehlschuss töten muss, wird das genauso gemacht. Man beugt den Nacken des Tieres und rammt ihm ein Messer ins Genick. Dafür reicht eine kurze Klinge aus.«

»Das ist der Grund, warum ich Ihnen das so genau erklären wollte.« Doc Skimmingdale sah sie ernst an. »Wir haben bereits erste Ergebnisse aus der Ballistik bekommen. Die Kugel, mit der Pete Stanford getötet wurde, hat das Kaliber .308. Die genauere Bestimmung der Waffe steht noch aus.«

»Ein gebräuchliches Kaliber für ein Jagdgewehr.« Jeremy runzelte die Stirn. »Und eine Technik aus der Jagd im anderen Fall. Das ist tatsächlich ein auffälliges Zusammentreffen.«

»Dann war es vielleicht doch derselbe Täter.« Helen sah ihn triumphierend an. »Ich habe gleich gesagt, dass du das nicht ausschließen solltest.«

»Das hast du gesagt, Lenilly.« Jeremy blinzelte ihr zu, doch seine Miene blieb ernst. »Aber es kann auch Zufall sein. Wie du gestern richtig bemerkt hast, besitzt jeder Zweite hier ein Jagdgewehr. Ich übrigens auch.«

Ben warf Jeremy einen missmutigen Blick zu. »Jedenfalls müssen wir die Möglichkeit ins Auge fassen, dass die beiden Fälle doch in Verbindung stehen.« Er sah Felicitas Skimmingdale an. »Wenn es Ihnen recht ist, Ma'am, übernehme ich die Leitung in beiden Fällen.«

Die Coroner hob die Brauen. »Dazu sind Sie befugt. Aber wenn ich einen Vorschlag machen darf, dann arbeiten Sie von hier aus und kehren gar nicht erst nach London zurück. Es spricht zu viel dafür, dass das Motiv für die beiden Taten hier zu suchen ist und nicht in Stanfords politischer Tätigkeit in London.«

»Da kann ich Ihnen nicht widersprechen.« Er runzelte die Stirn. »Ich brauche ein Büro, am besten in Oakham. Das Neighbourhood Office in Humbleham ist viel zu klein.« Dann sah er Jeremy an. »Stellen Sie bitte ein Team zusammen und kümmern Sie sich darum, dass wir alles Notwendige haben.«

Jeremy nickte. »Wird gemacht.«

Zuletzt richtete er seinen Blick auf Helen. »Und du, Helen, hältst dich zu meiner persönlichen Verfügung.«

Helen biss die Zähne zusammen, doch sie ließ sich nichts anmerken. Er war nun einmal der vorgesetzte Detective, zu ihr musste er nicht einmal Bitte sagen. »In Ordnung.«

Erst auf dem Rückweg, als sie sich stadtauswärts durch den dichter gewordenen Verkehr kämpften, erinnerte sich Helen wieder an das, was ihr Frederic Jameson gestern Abend gestanden hatte: die von Marian initiierten privaten Straßensperren an Humblehams Ortseinfahrten. Als sie es Ben gegenüber erwähnte, gingen seine Augenbrauen hoch. »Diese Frau hat *was* getan?«

»Sie hat sich nichts dabei gedacht.« Sie warf ihm einen Seitenblick zu.

Ben schüttelte den Kopf. »Das ist ein Eingriff in die öffentliche Ordnung, Helen. So etwas ist strafbar.«

»Ich weiß. Aber im Normalfall hätte ich es nicht einmal mitbekommen. Ich habe mich nur gewundert, wieso gestern Morgen kein Verkehr auf der Main Street herrschte.«

Ben verdrehte die Augen. »Und du bist dem nicht nachgegangen?«

»Keine Sorge, ich werde sie noch zur Rede stellen«, gab sie zurück. »Und hier hilft es uns womöglich. Die Sperren bestanden den ganzen Morgen über, und vielleicht hat jemand etwas bemerkt.«

»Du sagst, niemand konnte ungesehen rein?«

»Genau. Nur die Exton Road war offen. Das ist ein Schleichweg, den praktisch nur die Einheimischen kennen. Da standen Frederics Töchter und haben angeblich alle Fahrzeuge kontrolliert.«

»Hm.« Ben rieb sich die Nasenwurzel. »Zu schade, dass sie das nicht länger getan haben. Womöglich wäre ihnen der Attentäter aufgefallen, als er nach der Tat geflüchtet ist.«

»Ich bin froh, dass sie das nicht getan haben.« Helen zog die Nase kraus. »Aber ich werde trotzdem mit ihnen reden. Vielleicht haben sie ja am Morgen etwas bemerkt, als jemand ins Dorf wollte.«

»Du?« Ben zog die Augenbrauen hoch. »Helen, ich leite diese Ermittlungen, und solange du mit mir zusammenarbeitest, ignoriere ich gern, dass du keine Detective mehr bist. Aber du kannst nicht allein diese Kinder befragen. Das ist auf ganz vielen Ebenen unmöglich.«

»Unmöglich ist gar nichts«, entgegnete Helen. »Wenn wir da zu zweit auflaufen, werden sie uns überhaupt nichts sagen. Glaub mir, wenn ich einfach so, quasi halb privat, mit ihnen rede, erfahren wir am meisten. Und wenn sich daraus etwas ergibt, können wir sie noch immer offiziell als Zeugen vernehmen.«

Ben schüttelte den Kopf. »Das gefällt mir nicht.«

»Denkst du, diese Kinder werden mich bei Brighton verpfeifen?« Sie lachte trocken auf. »Ben, wir sind auf dem Dorf. Da laufen die Dinge anders als in London.«

»Das stelle ich auch gerade fest.« Er seufzte. »Also gut. Du bringst mich nach Oakham, dann fährst du nach Humbleham und sprichst mit den Kindern. Ich kümmere mich inzwischen um die Fortschritte des Ermittlungsteams von Barnes.«

»Brrrr ... Sugar – oh, honey, honey!«

Helen zuckte zusammen und warf einen Blick aufs Display ihres Telefons. Soeben hatte sie Ben Baxter an der Oakham Police Station abgesetzt. Sie war nicht gleich weitergefahren, hatte kurz innegehalten, einmal durchgeatmet und den Augenblick genossen, den sie ganz für sich war. Und als ob Mum so etwas aus der Entfernung spüren konnte ... Sie nahm das Gespräch an. »Hi, Mum, was gibt's?«

Ein Schnaufen in der Leitung. »Wo steckst du, Kind?«

»Im Dienst.« Ihre Stimme klang harsch, das hörte sie selbst, und im nächsten Augenblick tat es ihr leid. Ihre Mutter konnte nicht wissen, dass dies praktisch die ersten Minuten des Tages waren, die sie für sich allein hatte. In denen sie sich hatte sammeln wollen für das bevorstehende Gespräch mit den beiden Mädchen. Das sie beileibe nicht so auf die leichte Schulter nahm, wie sie Ben gegenüber behauptet hatte. Es waren Kinder, und ihnen womöglich Angst zu machen mit ihrer Befragung, war das Letzte, das sie wollte.

»*Sorry.*« So wie Lydia das Wort hervorstieß, bedeutete es das genaue Gegenteil. »Falls du *zufälligerweise* dienstlich in Oakham bist, denk bitte an das Katzenfutter. Du hast den Wagen genommen, ich kann also nicht selber fahren.«

Helen seufzte. Wo Mum recht hatte … »Ja, mache ich. Ich halte gleich noch beim Co-op Market an.«

»Dann kannst du auch gleich Erbsen mitbringen, ich brauche sie morgen für die Chicken Pie.«

»Sonst noch etwas?«

»Wenn mir noch was einfällt, rufe ich noch mal an.«

»In Ordnung.«

Helen legte das Telefon auf den Beifahrersitz, startete den Motor und fädelte sich in den Verkehr ein, der sich durch Oakhams High Street wälzte. Der zäh fließende Verkehr zerrte an ihren Nerven, sie trommelte mit den Fingern auf dem Lenkrad, doch es ging davon nicht schneller. Am liebsten wäre sie direkt zurück nach Humbleham gefahren, um die Befragung der beiden Mädchen hinter sich zu bringen, aber nachdem sie Lydia gestern schon mit dem Katzenfutter versetzt hatte, konnte sie es nun nicht erneut verschieben.

Nach einer gefühlten Ewigkeit – in Wahrheit waren wohl höchstens fünfzehn Minuten vergangen – bog sie auf den Parkplatz des Supermarktes ein. Rasch hinein, zwei Paletten der Dosen gegriffen und ebenso rasch in die Schlange an der Kasse. Nein, noch einmal zurück, sie hatte die tiefgekühlten Erbsen vergessen, aber nun zur Kasse, über den Parkplatz und zum Auto. Sie lud gerade ihre Einkäufe in den Kofferraum, als neben ihr ein quietschgelber Kleinwagen so schwungvoll einparkte, dass er nur um Millimeter die Stoßstange von Lydias altem Vauxhall verfehlte. Der Fahrer des Toyota war niemand anderer als Foster Drake, kaum zu erkennen in einem blauen Overall, wie Handwerker ihn trugen.

»Constable Franklin, guten Tag.« Er musterte sie von oben bis unten. »Sogar heute im Dienst?«

Sie nickte knapp. »Während so einer Ermittlung gibt es für die Polizei kein Wochenende.« Das stimmte zwar nur bedingt, da sie als Neighbourhood Officer üblicherweise nicht an Mordermittlungen beteiligt war, aber irgendwie musste sie ja begründen, warum sie die Einkäufe für ihre Mutter in Uniform erledigte. Was sie sonst tunlichst zu vermeiden suchte.

»Verstehe.« Drake öffnete die Heckklappe. »Ist ja bei mir nicht anders.« Er deutete auf seinen Blaumann. »Heute Morgen musste ich mal wieder diese vorsintflutliche Heizungsanlage reparieren. Ist doch ziemlich kühl für Juni.« Er lachte trocken. »Und schließlich bin ich Butler, Chauffeur und Hausmeister in einer Person.«

»Und Chefeinkäufer dazu«, meinte Helen und deutete auf die leeren Getränkekästen im Kofferraum. Es waren Limonadenflaschen von Clifford's, die auch Lydia manchmal kaufte, weil sie das klebrig süße gelbgrüne Zeug so an ihre Kindheit erinnerte. Helen fand das Getränk widerlich und hätte nicht erwartet, dass der alte Richter das ebenfalls mochte.

»Die sind nicht für Sir Anthony«, sagte Drake auf Helens Blick hin und grinste. »Die sind für Ms. Kinkaid, sie trinkt das Zeug literweise. Ich bringe es ihr mit, weil sie nicht mehr so schwer schleppen kann.«

»Ach so.« Helen lachte ebenfalls. Ja, zu der pensionierten Lehrerin passte diese Vorliebe deutlich besser. »Das ist aber nett von Ihnen.«

»War nicht meine Idee.« Drake schnitt eine Grimasse. »Es ist ja nicht so, als ob ich nicht genug zu tun hätte. Nein, Sir Anthony hat das vorgeschlagen.« Er wackelte mit den Augenbrauen, was komisch aussah. »Ich glaub, da läuft was zwischen den beiden. Zu wünschen wär's ihm ja. Aber in dem Alter?« Er zuckte mit den Achseln. »Was soll's, geht mich ja nichts an. Ich hab nur mehr Arbeit dadurch, die mir keiner bezahlt. Kann ich gleich Ihren Wagen haben?« Er angelte eine Pfundmünze aus der Hosentasche.

»Klar«, antwortete sie und öffnete die Fahrertür.

»Danke«, antwortete Drake. Schwungvoll wuchtete er die Kästen in den Einkaufswagen. Er zögerte, wandte sich noch einmal zu Helen um. »Wissen Sie denn schon, wer auf Stanford geschossen hat?«

Helen hielt inne und schüttelte den Kopf. »Nein, leider nicht. Im Augenblick werden noch die Spuren ausgewertet.«

»Ich glaub ja immer noch nicht, dass Sie da was finden werden«, meinte Drake. »Da war keiner im Haus, das sag ich Ihnen.«

»An der Friedhofsmauer wurde nichts gefunden«, entgegnete Helen. Und biss sich auf die Lippen. Es gab keinen Grund, Sir Anthonys Butler irgendwelche Ermittlungsergebnisse mitzuteilen. Andererseits kam er ja als Täter nicht infrage – es gab kaum ein besseres Alibi, als neben dem Opfer zu stehen, während es mit einer Fernwaffe erschossen wurde.

»Eigenartig«, meinte Drake und schüttelte den Kopf. »Vielleicht sollten Ihre Kollegen noch mal genauer nachsehen.« Er grinste entschuldigend.

Helen schluckte die scharfe Antwort hinunter, die ihr auf der Zunge lag. Aus der Sicht des Butlers war es vermutlich viel wahrscheinlicher, dass bei der polizeilichen Ermittlung geschlampt worden war, als dass sich ein Fremder Zutritt zu Humble Manor verschafft hatte. Was womöglich auf ihn zurückfallen konnte. »Ich geb's weiter«, sagte sie stattdessen und stieg ein. »Schönen Tag noch, Mr. Drake.«

»Ihnen auch, Officer. Wir sehen uns bestimmt die Tage noch, nicht wahr?«

»Ganz bestimmt.« Helen ließ den Motor an. »Bye!«

KAPITEL 8

Es war den Tiefkühlerbsen geschuldet, dass Helen erst nach Hause musste und nicht direkt zum Hof von Frederic Jameson durchfahren konnte. Mum erwartete sie schon und überfiel sie mit einem Redeschwall, der ihren Gemütszustand widerspiegelte: Der Tod von Brian Garner war nicht spurlos an ihr vorübergegangen, und vermutlich erging es ihr damit nicht anders als dem Rest der Dorfgemeinschaft. Vielleicht war der Pubwirt nicht bei allen beliebt gewesen – eine tragende Säule der Gemeinschaft war er dennoch gewesen, und sei es nur, weil der Pub als lokaler Treffpunkt fungierte, der nun, wo es wirklich ein Thema gab, das alle interessierte, besonders deutlich fehlte.

»Ich hoffe, Eileen sperrt heute Abend wieder auf«, plapperte Lydia prompt, während sie Helen ein Thunfischsandwich bereitete.

»Ich hoffe, sie tut es nicht«, gab Helen scharf zurück. »Sie wird genug damit zu tun haben, den Tod ihres Vaters zu verarbeiten.«

Lydia verstummte. Und wurde tatsächlich rot. »Du hast ja recht, Kind. Das war jetzt nicht sehr nett von mir.« Sie klappte das Sandwich zusammen, legte es auf einen Teller, verscheuchte eine der unvermeidlichen Katzen und reichte ihn Helen.

Dankbar nahm Helen das Sandwich entgegen und biss hinein. »Weißt du, wie es ihr geht?«, fragte sie mit vollem Mund. »War jemand bei ihr?

»Hillary hat gesagt, dass Ada gestern Abend noch zu ihr gefahren ist. Sie soll wohl recht gefasst gewesen sein.« Lydia schob der Katze die leere Thunfischdose hin.

»Ausgerechnet Ada?« Helen erinnerte sich, was Rose erzählt hatte, und zog die Brauen hoch.

»Wieso denn nicht? Immerhin hat Ada da einige Jahre gearbeitet, und die beiden kennen sich gut.« Ihre Mum wandte sich um und wusch sich die Hände an der Spüle.

Helen kaute an ihrem Sandwich und beobachtete müßig die Katze, die mit der Dose durch die Küche klapperte. Offenbar wusste Lydia nichts von dem Verhältnis, das Ada und Brian angeblich gehabt hatten. Im Grunde ging das auch niemanden etwas an. Und Eileen, der das wohl kaum verborgen geblieben war, hatte sich offensichtlich nicht daran gestört. Ob Jeremy überhaupt schon mit Ada geredet hatte? Das erinnerte sie an ihr bevorstehendes Gespräch mit den Jameson-Mädchen. Sie war noch immer im Dienst. Eilig beendete sie ihre Mahlzeit und stand auf.

»Wo willst du hin?«, fragte Lydia. »Ich könnte Hilfe im Garten gebrauchen. Du hast doch heute frei, oder nicht?«

»Nein, leider nicht«, antwortete Helen. »Ich muss nachher noch mal rüber nach Oakham.« Und vorher mit Frederics

Töchtern reden, dachte sie bei sich, doch das brauchte ihre Mutter nicht zu wissen.

»Na dann …« Lydia machte ein verdrießliches Gesicht. »Ich hoffe, du hast morgen Zeit für mich. Sonst muss ich Tom anrufen, damit er mir hilft.« Sie warf Helen einen auffordernden Blick zu. »Das ist so ein netter Junge. Und er hat immer Zeit für mich.«

Helen ging nicht auf die Andeutung ein. »Das ist eine gute Idee, Mum.« Sie beugte sich zu ihr und gab ihr einen Kuss auf die Wange. »Wir haben nämlich einen Mord aufzuklären.«

Zu Helens Überraschung entdeckte sie tatsächlich Toms altes Moped am Zaun, als sie auf dem Weg zur Jameson-Farm an den Pferdekoppeln vorbeifuhr. Als ob er geahnt hätte, dass sie gerade von ihm gesprochen hatten, dachte sie bei sich.

Tom, der »Junge«, war in Wahrheit ein junger Mann, der für Frederic Jameson arbeitete. Er war nur wenige Jahre jünger als Helen, und sie mochte ihn gut leiden, was Mum offenbar dazu verleitet hatte, ihn als ihren Wunschschwiegersohn zu betrachten. Dabei kümmerte Tom sich nur um die Pferde, fütterte sie morgens und abends und sah immer einmal nach dem Rechten, wie offenbar jetzt gerade auch.

Kurz entschlossen parkte Helen Mums Vauxhall hinter Toms Moped, stieg aus und sah sich um. Von Tom war nichts zu sehen, doch sie hörte Geräusche aus einem der offenen Schuppen, die den Ponys als Unterstand dienten. Sie überquerte den Paddock, kletterte durch das Gatter, ohne es zu öffnen, und blickte hinein. Tom stand auf einer Leiter und hämmerte an einem Dachbalken herum.

»Hi, Tom«, rief sie. »Ist etwas kaputt?«

»Das Dach. Es ist schon wieder undicht.« Er sprang von der Leiter und kam auf sie zu. »Hi, Helen.« Er nahm seine Schirmkappe ab und fuhr sich durchs Haar. »Wolltest du ausreiten? Ich hab die Ponys auf die rückwärtige Weide gebracht, damit ich hier in Ruhe arbeiten kann.«

»Eigentlich …« Sie zögerte. Eigentlich hatte sie nur mit Jill und Janet sprechen wollen, aber das mochte sie auch Tom nicht erzählen. Je weniger die Leute von dieser Befragung mitbekamen, umso besser. Und tatsächlich konnte sie genauso gut mit Buster zur Farm reiten, anstatt mit dem Auto zu fahren. »Ja. Ich wollte eine kleine Runde mit Buster drehen«, sagte sie rasch. »Aber ich kann ihn selbst holen. Lass dich nur nicht stören.«

»Du störst mich nicht, Helen.« Er sah sie treuherzig an. »Das weißt du doch.«

»Ja, natürlich.« Helen war auf einmal verlegen. Tom war ein lieber Kerl und ausgesprochen tüchtig, einer jener Menschen, die alles konnten, und damit eine unschätzbare Hilfe für jeden, der ihn um Hilfe bat. Nur was den Umgang mit Frauen betraf, war er hoffnungslos schüchtern, bekam kaum einen klaren Satz heraus, wenn es nicht gerade um die Tiere oder seine Arbeit ging. Lydia behauptete steif und fest, Tom sei in sie verliebt und Helen einfach viel zu abweisend ihm gegenüber. Helen war sich da nicht so sicher – Tom benahm sich Marian und sogar Mary gegenüber nicht anders, und Mary war immerhin schon fast siebzig.

»Das mit dem Dach ist wichtiger, Tom«, sagte sie und lächelte freundlich. »Und im Gegensatz zum Satteln von Buster kann ich das nicht selbst.«

»Da hast du vermutlich recht.« Er setzte die Kappe wieder auf und rückte sie zurecht. »Dann mach ich mal weiter.«

Buster war heute wenig begeistert von der Idee eines Ausritts. Erst wollte er sich das Halfter nicht anlegen lassen, dann trippelte er unruhig hin und her, während Helen ihm die schlimmsten Schlammklumpen aus Fell und Mähne bürstete, und zuletzt blies er den Bauch auf, sodass sie kaum den Sattelgurt einfädeln konnte. »Komm schon, Buzz. Stell dich nicht so an«, sagte sie zu ihm und klopfte mit der Hand gegen seinen Bauch. »Wenn wir erst einmal unterwegs sind, findest du es doch auch gut.«

»Brauchst du Hilfe?« Tom war herangekommen, den Hammer noch in der Hand.

Buster drehte den Kopf zu ihm und war einen Moment abgelenkt, Helen nutzte den Augenblick und zog die Riemen durch die Schnallen.

»Wenn du kurz den Sattel festhalten könntest?«

Tom hängte sein Gewicht an die rechte Seite, während Helen den Fuß in den linken Steigbügel setzte und sich hochzog.

Das war etwas, das diese Ponys ganz ausgezeichnet beherrschten: Man zog den Sattelgurt so fest an, wie man nur konnte, aber sobald man versuchte, in den Sattel zu steigen, rutschte alles nach unten. Helen war schon mehr als einmal unsanft zu Boden geplumpst, während Buster mit eindeutig amüsiertem Ausdruck zu ihr hinunterblickte.

Mit Toms Hilfe war das kein Problem, und mit geübten Handgriffen half er ihr, den Sattelgurt endgültig festzuzurren. Buster schnaubte ungnädig, doch sobald Helen ihr Gleichgewicht gefunden und die Zügel aufgenommen hatte, stellte er die Ohren nach vorn.

»Ich mach das Tor hinter euch zu«, meinte Tom. »Einen schönen Ritt wünsch ich euch!«

»Danke, Tom.« Sie lächelte auf ihn hinunter. Tom war schon okay, und sie hoffte inständig, dass er irgendwann ein Mädchen fand, das seine Art zu schätzen wusste. Nur sie war nicht die Richtige für ihn, egal was Lydia sich einbildete.

Tatsächlich erwies sich die Idee, mit Buster zu Jamesons Hof zu reiten, als Glücksgriff. Die beiden Mädchen seien draußen bei den Schafen, erklärte Frederic, und er habe keine Zeit, sie zu begleiten. Aber sie könne gern allein mit ihnen sprechen, er habe nichts dagegen.

So wendete Helen Buster und ritt vom Hof, einen Feldweg entlang, der zur Schafweide der Jamesons führte. Mit dem Auto hätte sie einen großen Umweg über Exton fahren müssen, während sie auf Busters Rücken deutlich schneller war. Und die Mädchen waren begeistert.

»Dürfen wir ihn füttern?«, fragte Jill, die Jüngere der beiden.

»Wir haben Karotten und Äpfel für die Schafe«, erklärte Janet. »Davon darf er doch etwas haben, oder?«

Helen nickte. »Buster liebt Äpfel. Eine größere Freude könnt ihr ihm gar nicht machen.« Sie schwang sich aus dem Sattel und lockerte seinen Gurt, dann sah sie zu, wie Jill ihm ein

Stück Apfel reichte. Auf der flachen Hand, wie man es richtig machte. Trotzdem blieb sie aufmerksam – Buster hatte es faustdick hinter den Ohren, und nur weil Jill ihm kaum bis zum Schultergelenk reichte, hieß das nicht, dass er besondere Rücksicht nehmen würde. Wie zur Antwort ruckte er mit dem Kopf und schubste Helen, sodass sie zwei Schritte nach hinten stolperte. »Vorsichtig, Buster.«

Doch Jill lachte nur. »Er ist ein so tolles Pony«, sagte sie und tätschelte seinen Hals. »Darf ich mal rauf?«

Helen zögerte. Buster war ein ruhiges Pony, und sie hatte großes Vertrauen in ihn, aber sie hatte keine Ahnung, wie er auf Kinder reagierte.

»Jill hat das schon öfter gemacht«, meinte Janet. »Mrs. Clouding hat Jill immer auf Buster reiten lassen.«

»Ach, ist das so?« Helen musterte Jill, die ernsthaft nickte. »Na, dann hoch mit dir.«

Helen hielt Jill die verschränkten Hände hin, das Mädchen setzte das Knie hinein und ließ sich auf Busters Rücken hieven. Oben angekommen, strahlte die Kleine übers ganze Gesicht. Ihre Beine waren viel zu kurz für die Steigbügel, aber sie besaß ein natürliches Gleichgewicht und hielt sich problemlos im Sattel. Trotzdem fasste Helen die Zügel ein wenig fester – sie wollte auf gar keinen Fall schuld sein, wenn das Mädchen herunterfiel und sich womöglich verletzte.

»Dad hat gesagt, Sie wollten uns was fragen?«, meinte Janet und holte noch ein Stück Apfel aus der Tasche.

»Ja.« Helen wandte sich ihr zu. »Ihr wart doch gestern Morgen an der Straßensperre an der Exton Road, oder?«

»Genau.« Janet nickte ernsthaft. »Sie sind uns doch nicht böse deswegen?«

»Nein, natürlich nicht.« Sie verzog das Gesicht. Sie musste wirklich noch mit Marian sprechen. »Aber ihr wisst, dass so etwas Aufgabe der Polizei ist.«

»Wenn ich groß bin, will ich auch Polizistin werden«, krähte Jill von oben herab. »Das meiste können wir ja jetzt schon.«

Janet lächelte entschuldigend. »Wir haben sozusagen schon geübt«, sagte sie. »Wir haben alle Autos kontrolliert und alles aufgeschrieben.«

»Genau wie richtige Polizistinnen.« Das war Jill. »Ich wollte auch Fotos machen, aber Janet hat gesagt, das dürfen wir nicht.«

»Da hat Janet recht«, erwiderte Helen ernst. »Das dürfen wir auch nicht ohne besonderen Auftrag.«

Jill kicherte. »Aber wir hatten doch einen Auftrag.«

»Das stimmt auch wieder.« Helen wandte sich wieder Janet zu. »Dürfte ich euer …«, sie zögerte kurz, »… Protokoll einmal sehen?«

»Klar.« Janet kramte in ihrer Umhängetasche und reichte Helen ein zerknittertes Schulheft. »Hier ist es.« Sie senkte die Stimme. »Glauben Sie auch, dass wir dem Mörder begegnet sind?«

»Hat euer Vater das gesagt?«

Janet nickte mit großen Augen. »Ich glaub das aber nicht. Es waren alles nur Leute von hier, keine Fremden. Und die Polizei natürlich.«

»Die Polizei?« Helen zog die Augen hoch.

»Ja, zwei Autos, kurz vor halb zehn. Aus Leicester. Wir haben aber nicht gefragt, was sie wollen, sondern haben sie einfach durchgelassen. Immerhin waren es Polizisten.«

Helen verkniff sich ein Lächeln. Das mussten Jeremy und das Team der Spurensicherung aus Leicester gewesen sein. Und offenbar hatten sie den Spaß, für den sie es halten mussten, mitgemacht.

»Und Mister Drake«, ließ sich Jill vernehmen. »Der ist ja nicht aus dem Dorf, der wohnt nur da.«

»Aber deshalb ist er doch kein Mörder.« Janet sah ihre kleine Schwester missbilligend an.

»Mister Drake kam bei euch vorbei? Wann war das?« Helen schlug das Heft auf. In einer sauberen Kinderschrift war alles Wichtige notiert: das Kennzeichen, die Namen der Insassen, die Fahrtrichtung und – das Wichtigste überhaupt: die Uhrzeit. Helen fuhr mit dem Finger die Seite entlang. Tatsächlich: Foster Drake war kurz vor halb sieben Uhr in Richtung Humbleham gefahren. Das war eigenartig – der Butler wohnte im Herrenhaus, soweit Helen wusste, er hatte da eine eigene kleine Wohnung, und es gab eigentlich keinen Grund, so früh am Morgen unterwegs zu sein. Mit den beiden Todesfällen hatte das ziemlich sicher nichts zu tun, aber wenn er so früh zurückkehrte, war er womöglich irgendwann in der Nacht aufgebrochen – vielleicht hatte er etwas bemerkt. Im Geiste machte sich Helen eine Notiz.

Das Schulheft wies erstaunlich viele Einträge auf, bemerkte Helen. Die beiden Mädchen hatten drei Seiten vollgeschrieben – niemals hätte sie vermutet, dass am Tag des Jurybesuchs solch ein Kommen und Gehen geherrscht hatte. Natürlich waren nicht alle deswegen zu Hause geblieben, einige mussten auch an diesem besonderen Tag morgens zur Arbeit fahren oder hatten unaufschiebbare Termine. Am erstaunlichsten war allerdings, wie weit die Einträge gingen. Bis zum Mittag nämlich. Helen zog die Brauen hoch. »Habt ihr nach Aufhebung der Sperre weitergemacht?«, fragte sie.

Janet nickte und wurde rot. »Jill wollte nicht aufhören«, sagte sie. »Deshalb haben wir weiter Protokoll geführt. Wir hatten ja schulfrei und sonst nichts zu tun.«

Zumindest nichts, das annähernd so viel Spaß machte, dachte Helen bei sich und schmunzelte. Ob ihr Vater das gutgeheißen hätte? Dann wurde sie ernst. »Das ist uns wirklich eine große Hilfe«, sagte sie. »Darf ich das Heft mitnehmen? Wir müssen eure Beobachtungen mit den Zeugenaussagen abgleichen.«

Jill schlug sich mit der Hand vor den Mund. »Und wenn jemand lügt, können Sie ihm das damit beweisen?«

»Ja, vielleicht.« Helen lächelte. »Das habt ihr wirklich großartig gemacht.« Sie verstaute das Heft in ihrer Jacke und warf einen Blick auf Jill. »Du wirst bestimmt einmal eine gute Polizistin.«

Das kleine Mädchen richtete sich in Busters Sattel auf und blickte triumphierend zu ihrer Schwester. »Siehst du, Janet, ich habe es dir gleich gesagt.«

»Ja, das hast du.« Janet verzog das Gesicht. »Und ich kann mir das jetzt ein Jahr lang anhören.«

»Mindestens.« Jill lachte silberhell. Dann tätschelte sie Busters Hals, schwang ein Bein über den Sattelknauf und rutschte zu Boden, Helens helfende Hand ignorierend. »Danke fürs Reiten«, sagte sie, mehr an Buster als an Helen gewandt, und steckte dem Pony noch eine Möhre zu.

»Gern geschehen.« Helen zog den Sattelgurt wieder fest – jetzt ließ Buster es sich gefallen –, setzte einen Fuß in den Steigbügel und schwang sich in den Sattel. »Ich habe zu danken.«

Den Rückweg legte Helen in tiefen Gedanken zurück. Dass die Kinder aus der Überwachung der Absperrung ein Spiel gemacht hatten, das eine akribische Aufzeichnung der Bewegungen an diesem Vormittag beinhaltete, war ein unerwarteter Glücksfall. Die offiziellen Polizeisperren an Humblehams Ausfallstraßen hatten nach dem Anschlag auf Pete Stanford niemanden aufhalten können, sie waren einfach viel zu spät eingerichtet worden. Doch wenn die Main Road in den Minuten nach dem Schuss noch gesperrt gewesen war, bestand vielleicht eine winzige Chance, dass der Täter an den Mädchen vorbeigekommen war. Der dann tatsächlich einer der Dorfbewohner sein musste, wenn man Janet Glauben schenkte. Der wiederum gar keinen Grund hatte, den Schauplatz seiner Tat fluchtartig zu verlassen und sich damit verdächtig zu machen.

Es kribbelte in Helens Fingern, das Heft hervorzuholen und nachzusehen. Doch Buster spürte genau, wenn sie unkonzentriert war, er war schon jetzt in einen schlendernden Schritt verfallen, beiläufig links und rechts des Wegs nach den hohen Halmen des Getreides schnappend, was sie ihm normalerweise nicht gestattete. Sie nahm die Zügel auf, verstärkte den Schenkeldruck und trieb ihn in einen zügigen Trab.

Wenig später war sie zurück am Paddock. Toms Moped stand nicht mehr am Zaun, dafür parkte Marians Wagen vor Mums altem Vauxhall. Als Helen abgestiegen war, um das Tor zu öffnen, kam Marian hinter dem Unterstand hervor, den Tom zuvor repariert hatte, einen Eimer mit Putzzeug in der Hand und Ginger am Halfter.

»Geht schon durch, ich mache hinter euch zu«, rief sie. »Hattet ihr einen schönen Ritt?«

Buster schnaubte wie zur Antwort, Ginger erwiderte mit einem leisen Wiehern. »Ja, hatten wir.« Helen wartete, Buster am Zügel, bis Marian wieder heran war. Ernst sah sie ihre Freundin an. »Ich habe eben mit Jill und Janet gesprochen. Sie waren an der Straßensperre, die *du* hast errichten lassen.«

»Ja.« Marians Miene hellte sich auf. »Die beiden waren sehr tüchtig. Es hat tatsächlich niemand auf dem Marktplatz geparkt.«

Helen schnaubte. »Das kannst du doch nicht machen, Marian. Du hättest zumindest mir Bescheid sagen müssen.«

Marian zuckte mit den Achseln und nahm eine Bürste aus dem Eimer. »Du hättest wieder tausend Bedenken gehabt, Helen. Und es ging doch nur um ein paar Stunden.«

»Was wäre passiert, wenn ein Rettungswagen oder die Feuerwehr einen Einsatz gehabt hätten? Die Minuten, die ein Umweg kostet, hätten einen Menschen das Leben kosten können.«

»Hätte, hätte«, gab Marian zurück. »Es ist doch nichts passiert. Außerdem hätten wir das rechtzeitig erfahren. Der alte Mr. Jameson macht immer noch Bereitschaftsdienst bei der Feuerwehr, und der Jüngste von den Sullivans ist Rettungssanitäter. In einem echten Notfall hätten wir die Sperre natürlich sofort geöffnet.« Sie bürstete Gingers Rücken mit kräftigen Strichen.

»Marian, es *ist* etwas passiert. Brians Leiche wurde gefunden und Pete Stanford erschossen.«

»Brian konnte niemand mehr helfen. Außerdem wusste ich davon nichts. Und als das mit Stanford geschah, waren die Sperren vermutlich schon wieder abgebaut.«

Helen sah sie an, sie war sprachlos. Und sie hatte keine Idee, wie sie Marian klarmachen sollte, dass das … einfach nicht ging. Das überschritt eindeutig die Kompetenzen einer Vorsitzenden des Parish Council.

Marian grinste. »Jetzt krieg dich wieder ein. Du bist doch nur sauer, weil dir niemand etwas davon gesagt hat.«

Helen starrte sie an. Schluckte. Setzte zu einer scharfen Antwort an. In diesem Moment schnaubte Buster und schubste sie von hinten zwischen die Schulterblätter. Sie stolperte nach vorn, Marian streckte geistesgegenwärtig die Hand aus und bewahrte sie vor einem Fall. »Danke«, stieß sie hervor. Gleichzeitig wurde ihr bewusst, dass ihre Freundin nicht ganz unrecht hatte. Sie grinste schief. »Das nächste Mal sag es mir einfach vorher. Ich muss doch wissen, was im Dorf los ist.«

»Versprochen.« Marian blinzelte und wandte sich wieder Ginger zu. »Aber ich glaube ohnehin nicht, dass das noch einmal notwendig sein wird.«

»Gott sei Dank.« Helen öffnete Busters Sattelgurt und nahm ihm den Sattel ab. »Humbleham wird also keinen weiteren Jurybesuch mehr bekommen?«

Marian bückte sich, um Gingers Hufe zu säubern. »Vermutlich nicht. So ein Anschlag ist ja nicht die beste Werbung für unser Dorf.«

»Willst du sagen, Humbleham nimmt jetzt gar nicht mehr am Wettbewerb teil?« Helen riss die Augen auf. All die Arbeit, all das Engagement – für nichts? Nur weil ein Attentäter ausgerechnet den Besuch von Pete Stanford in ihrem Dorf als Zeitpunkt für seine Tat gewählt hatte?

»Ich habe keine Ahnung.« Marians Gesicht hatte sich verfinstert. »Ms. de Souza ist völlig aufgelöst. Sie sagt, sie weiß noch nicht, ob sie das Protokoll auch alleine schreiben kann. Oder möchte. Und ohne Juryprotokoll gibt es keine Beurteilung.«

»Brian hätte das bestimmt nicht gewollt.« Helen seufzte. Sie nahm ein grobes Tuch aus Marians Eimer. Trotz des gemütlichen Tempos bei ihrem Ritt hatte Buster ein wenig geschwitzt, und mit kreisenden Bewegungen rieb sie sein Fell trocken.

»Hoffen wir das Beste.« Marian warf den Hufkratzer zurück in den Eimer, dann ging sie zum Schuppen und kam mit Sattel und Zaumzeug zurück. »Das liegt jetzt nicht mehr in unserer Hand.«

Helen nickte. Das war eine Eigenschaft, um die sie Marian wirklich beneidete: Wenn sie etwas nicht mehr beeinflussen konnte, dann machte sie sich darüber auch keine Gedanken mehr. Das war schon bei den Klassenarbeiten zu Schulzeiten so gewesen: Kaum dass die Arbeit abgegeben war, hatte Marian sie aus ihren Gedanken verbannt. Während sie, Helen, sich tagelang Sorgen gemacht hatte, bis sie die Noten erfahren hatte. Die im Allgemeinen deutlich besser waren als die ihrer Freundin, weswegen sich Marian auch immer lustig gemacht hatte über sie.

»Hast du Tom noch getroffen?«, fragte sie. »Du weißt, wir müssen demnächst die Zäune umsetzen, da brauchen wir seine Hilfe.«

»Ja, hab ich.« Marian nickte. »Aber vielleicht sprichst besser du mit ihm? Mich starrt er immer nur an und wird rot, aber er bekommt keinen vernünftigen Satz heraus.«

»Das ist bei mir nicht viel besser. Selbst mit Mary hat er Probleme.« Helen hob die Schultern. »Er ist eben sehr schüchtern.«

»Ich dachte immer, er steht auf dich. Mich sieht er ja mit dem Arsch nicht an.«

Helen schüttelte den Kopf. »Mum behauptet das auch, aber das ist Blödsinn. Und selbst wenn – ich will ihn nicht.«

»Nein?« Marian musterte sie. »Ich finde ihn irgendwie niedlich.«

»Niedlich.« Helen warf den Lappen zurück, angelte den Hufkratzer aus dem Eimer und bückte sich nach Busters Hufen. »Ich will bestimmt keinen niedlichen Mann. Genau genommen will ich überhaupt keinen Mann.«

»Auch nicht, wenn er so einen knackigen Hintern hat wie Tom?« Marian blinzelte ihr zu. »Ich würde ihn jedenfalls nicht von der Bettkante stoßen.«

»Also wirklich, Marian.« Helen prustete los. »Was würde dein Oliver dazu sagen?«

»Man wird doch wohl noch träumen dürfen.« Marian blinzelte, dann kicherte sie. »Keine Sorge, ich habe kein Interesse an Tom. Der braucht ein braves Mädchen, so eine wie dich.«

»Das mag schon sein«, meinte Helen und wuchtete Busters Fuß auf ihr Knie. »Aber ich bin nicht zu haben.«

KAPITEL 9

Kaum zu Hause angekommen, eilte Helen nach oben. Sie war staubig, roch nach Pferd und brauchte dringend eine Dusche, bevor sie sich in ihre Uniform werfen und nach Oakham fahren konnte. Die Notizen der Mädchen ließ sie auf ihrem Bett liegen.

Als sie mit feuchten Haaren aus dem Badezimmer kam, lagen sie allerdings nicht mehr da, dafür stand Lydia mitten im Zimmer.

»Was ist das?«, fragte sie und wedelte mit dem Protokoll.

»Ermittlungsunterlagen«, antwortete Helen und nahm ihr das Heft aus der Hand. »Du sollst doch nicht allein Treppen steigen.«

»Ich habe dich gerufen, aber du hast mich nicht gehört«, antwortete Lydia und zuckte mit den Schultern. »Ich wollte dich bitten, heute Abend pünktlich zum Essen hier zu sein. Die Broth Soup steht noch im Kühlschrank, und ich muss sie sonst wegkippen. Oder jemanden zum Essen einladen.« Vielsagend hob sie die Augenbrauen.

Das fehlte gerade noch. »Okay, ich werde da sein‹, versprach Helen.

Sie hatte keinen Nerv auf eine neuerliche Diskussion mit ihrer Mutter. Wieso konnte Lydia nicht akzeptieren, dass sie ohne Mann in ihrem Leben glücklicher war? Ausgerechnet Mum, die sie doch sogar alleine großgezogen hatte. Weil ihr Vater kein Interesse an Familie und Kindern gehabt hatte, wie sie Helen an ihrem sechzehnten Geburtstag erklärt hatte. Mehr war zur Person ihres Erzeugers nicht aus Lydia herauszubekommen, und irgendwann hatte Helen es aufgegeben, sich darüber Gedanken zu machen. Männer waren eben unzuverlässig, und Ben war der lebende Beweis dafür, dass ihre Mutter im Grunde recht hatte. Wieso nur wollte sie dann ihr, Helen, andauernd einen Mann andienen?

Ins Handtuch gewickelt setzte sie sich an ihren alten Schreibtisch und schlug das Heft auf. Natürlich wusste sie, dass Ben in Oakham auf sie wartete, aber sie konnte schließlich nicht gut mit nassen Haaren in der Dienststelle aufkreuzen. Vermutlich hatte er mit Jeremy und den Kollegen vom Ermittlungsteam in Leicester ohnehin genug zu besprechen, auch ohne dass sie anwesend war. Und in der Zwischenzeit konnte sie schon einmal feststellen, ob die Aufzeichnungen der Mädchen wirklich handfeste Indizien beinhalteten.

Mit dem Finger fuhr sie die Spalte mit den Uhrzeiten entlang. Um sechs Uhr war erwartungsgemäß noch nicht viel los gewesen, nur Drake war ins Dorf zurückgekehrt, kurz darauf gefolgt von Hillary Fainton, die vermutlich für ihren Laden frisches Obst und Gemüse vom Markt geholt hatte. In die andere Richtung war mehr vermerkt: Hamish Sullivan, der Pfarrer, war früh unterwegs gewesen. Genau wie Leroy Casterton, der Tierarzt, der praktisch immer im Dienst war. Und einige Leute aus der kleinen Neubausiedlung am westlichen Ortsausgang, die allesamt nicht so eifrig am Dorfleben teilnahmen wie die alteingesessenen Bewohner und zur Arbeit fuhren wie an jedem anderen Tag auch. Bis zehn Uhr war nichts Ungewöhnliches vermerkt. Erst als sie den Namen von Bill Jameson sah, stutzte Helen. Der Farmer, dessen Farm dem Park von Humble Manor praktisch gegenüberlag, war um zwanzig nach zehn in Richtung Exton gefahren. Unmittelbar nachdem der Schuss gefallen war. Das war eigenartig, denn sie hatte ihn wenig später bei den Schaulustigen vor dem Tor von Humble Manor gesehen. Sie runzelte die Stirn. Andererseits – warum sollte er nicht etwas erledigt haben, einen Einkauf beim örtlichen Farm Supply Shop in Cold Overton vielleicht? Sie fuhr die Spalte weiter hinunter, vorbei am Eintrag zu den beiden Polizeiwagen aus Leicester, fand Bills Rückkehr kurz vor zwölf und rechnete nach: Ja, die Zeit hätte locker ausgereicht.

Im nächsten Augenblick schalt sie sich selbst. Was sie hier trieb, brachte genau gar nichts. Es bedeutete, jeden der Dorfbewohner, der an diesem Tag Humbleham erreichen oder verlassen wollte, als Verdächtigen zu betrachten. Und das war der falsche Ansatz. Vielmehr musste sie doch die beiden Opfer zentral in den Mittelpunkt ihrer Gedanken stellen: Wer hatte Grund, Brian Garner oder Pete Stanford zu töten? Oder war womöglich für beide Todesfälle verantwortlich? Diese Antwort war nur im Umfeld der beiden Männer zu finden. Und wenn es wirklich nur ein einziger Täter gewesen war: Wo war die Verbindung?

Frustriert klappte Helen das Heft zu. Sie musste nach Oakham. Solange sie nicht wusste, was Jeremy zu berichten hatte und was Bens Kollegen in London herausgefunden hatten, durfte sie nicht damit beginnen, aus den Aufzeichnungen der beiden Mädchen irgendwelche Schlüsse zu ziehen. Abgesehen davon, dass es gar nicht ihre Ermittlung war, wie sie sich immer wieder ins Gedächtnis rufen musste. Es waren Ben und Jeremy, die hier das Sagen hatten, und sie musste auch noch dankbar sein, wenn die beiden sie an ihren Erkenntnissen teilhaben ließen. Fluchend stand sie auf. Sie flocht die immer noch feuchten Haare zu einem Zopf, zog eine frische Uniform an und lief nach unten.

Wenig später war sie wieder unterwegs. Am Ortsschild von Market Willow trat sie scharf auf die Bremse. Um ein Haar hätte sie die Ortseinfahrt übersehen und den unauffälligen silbernen Van, der da mit dem Heck zur Fahrtrichtung stand. Das fehlte gerade noch, dass sie wegen überhöhter Geschwindigkeit aufgehalten wurde. Zwar würde sie keine Strafe zahlen müssen, immerhin war sie im Dienst und in Uniform, und die Kollegen kannten sie natürlich, aber es wäre eine weitere Verzögerung, die sie gerade nicht gebrauchen konnte.

Doch es war zu spät. Prompt öffnete sich die Fahrertür des Vans, und ausgerechnet Jennifer Sharning sprang heraus. Mit einer ausholenden Bewegung ihrer Kelle winkte sie den Vauxhall an den Fahrbahnrand. Schicksalsergeben gehorchte Helen und kurbelte das Fenster herunter. »Hi, Jen«, sagte sie und setzte eine unverbindliche Miene auf. »Ich war doch nicht zu schnell?«

»Ach, du bist es.« Jennifer Sharning steckte die Kelle weg. »Genau genommen hattest du noch sechsunddreißig Meilen drauf, als du am Ortsschild vorbei warst.«

»Ich bin in Eile.« Helen lächelte entschuldigend. »DS Baxter wartet auf mich in Oakham.«

»Der Schnösel aus London?« Ihre Vorgesetzte verzog das Gesicht. »Der hat uns gerade noch gefehlt.«

Helen nickte knapp. Ausnahmsweise war sie mit Sharning einer Meinung. »Er hat mich als ortskundige Beamtin sozusagen zwangsrekrutiert«, erklärte sie. »Ich soll ihn bei sämtlichen Befragungen begleiten.«

»Verstehe.« Sharning warf einen missbilligenden Blick auf Helens Auto. »Aber tu mir den Gefallen, und nimm dir einen Polizeiwagen. Ich habe keine Lust auf das Gespött in London, wenn du ihn in diesem Museumsstück rumkutschierst.« Sie spähte ins Wageninnere. »Vom Dreck ganz zu schweigen.«

Helen verzog das Gesicht. »Das ist kein Dreck, sondern Pferdefutter. Aber gut, ich nehme einen der anderen Wagen.« Sharning hatte ja recht. Sie hätte schon gestern für die Fahrt nach Leicester nicht Mums Vauxhall nehmen müssen. Aber Ben hatte es offenbar eilig gehabt, und der Umweg über das Office in Oakham samt Papierkram zur Übernahme des Wagens hätte sie locker eine halbe Stunde gekostet. »Ist sonst noch was?«

»Nein.« Jennifer Sharning schlug mit der flachen Hand auf das Autodach. »Vergiss nur nicht wieder, ein Protokoll zu schreiben.«

»Bestimmt nicht.« Helen gab Gas und suchte das Weite, bevor Sharning noch mehr einfiel, was sie ihr aufdrücken konnte. Das war definitiv ein Vorteil ihres Postens in Humbleham: Niemand erteilte ihr Anweisungen, und solange sie ihren Job erledigte, war sie niemandem Rechenschaft schuldig. Nun plötzlich wieder in einem Team zu arbeiten, war definitiv gewöhnungsbedürftig.

Es war nach vier Uhr, als Helen endlich den Vauxhall im Hof der Police Station in Oakham parkte. Sie stieg aus und sah sich um. Drei Polizeiwagen standen auf ihren Plätzen, daneben zwei zivile Fahrzeuge, die vermutlich den Kollegen aus Leicester gehörten. Mit raschen Schritten überquerte sie den Hof. Sie betrat das Gebäude und wandte sich dem diensthabenden Kollegen am Tresen zu. »Hi, Nigel, wo finde ich das Ermittlungsteam im Fall Garner und Stanford?«, fragte sie.

»Oben im kleinen Konferenzraum«, antwortete der Mann. »Ich glaube, sie warten schon auf dich.«

Helen dankte ihm mit einem Nicken, nahm immer zwei Treppenstufen auf einmal und kam etwas atemlos oben an. Ben würde mit Recht sauer sein, er hatte bestimmt früher mit ihr gerechnet. An der Tür zum Besprechungszimmer straffte sie die Schultern, zog die Uniformweste zurecht und betrat, ohne anzuklopfen, den Raum.

Alle Köpfe wandten sich ihr zu. »Hi, Helen«, sagte Jeremy und lächelte erfreut. Er stand am Kopfende eines langen Tisches, in seinem Rücken befand sich ein Whiteboard, an dem schon einiges an Fotos, Beschriftungen und bunten Pfeilen zu sehen war.

»Du kommst reichlich spät.« Das kam von Ben, beinahe gleichzeitig mit Jeremy und eindeutig verstimmt.

»Sorry, das mit den Mädchen dauerte länger als gedacht.« Sie lächelte in die Runde. »Hallo zusammen. Habe ich etwas verpasst?«

»Nein.« Jeremy deutete auf einen leeren Stuhl am Konferenztisch. »Setz dich doch. Sam und Nathan sind auch soeben erst gekommen. Ich wollte gerade zusammenfassen, was wir bisher haben.«

Die beiden Kollegen aus Leicester nickten ihr zu, Helen kannte sie vom Sehen. DC Samuel Fletcher, ein Jungspund direkt von der Polizeischule, sowie DS Nathan Zamyatin, der ihr zulächelte. Seine Zähne leuchteten hell in seinem dunklen Gesicht.

Helen ließ sich aufatmend in den Stuhl fallen und nahm das Schulheft aus ihrer Tasche.

Ben hob fragend die Brauen, sie machte ein Daumen-hoch-Zeichen. Dann legte sie den Finger auf die Lippen und wies auf Jeremy, der gerade zu sprechen begann.

»Wie ihr wisst, ereigneten sich gestern zwei gewaltsame Todesfälle in Humbleham«, begann Jeremy. »Bei dem einen handelt es sich um Brian Garner, den Wirt des ›Boxing Hares‹.« Er wies auf eines der Fotos, das Brian zeigte. Einen etwas jüngeren, lebenden Brian, und dem angespannten Gesichtsausdruck nach zu schließen einem Ausweis entnommen. »Laut dem Bericht der Rechtsmedizin kam er gegen ein Uhr morgens zu Tode. Die Todesursache war die Spitze eines Dartpfeils, die sein Rückenmark an der Schädelbasis durchtrennt hat.« Er deutete auf eine Kopie des Röntgenbildes, das Helen schon kannte. »Es ist der gleiche Vorgang wie beim Abnicken eines Rehs. Weshalb wir beim Täter von jemandem mit jagdlicher Erfahrung ausgehen können.«

Sam hob die Hand. »War der Mann betäubt?«, fragte er. »Oder wieso hat er stillgehalten?«

»Keine Betäubung.« Jeremy schüttelte den Kopf. »Er hatte Alkohol im Blut, aber viel zu wenig, als dass man von einer Betäubung sprechen könnte. Wieso er sich nicht gewehrt hat, wissen wir nicht.«

»Er könnte den Täter gekannt haben«, ließ sich Nathan vernehmen. »Das würde es vielleicht erklären.«

»Ja, vielleicht.« Jeremy nickte. »Aber bis jetzt ist alles nur Spekulation.« Er hob die Schultern. »Jedenfalls können wir einen Raubmord ausschließen, es wurde nichts gestohlen.«

»Hat man Spuren an dem Dartpfeil gefunden?«, wollte Ben wissen.

»Keine Fingerabdrücke.« Jeremy sah bedauernd drein. »Der Täter muss Handschuhe getragen haben. Aber die DNA-Untersuchung läuft noch, vielleicht haben wir Glück.«

»Das ist doch eigenartig«, warf Helen ein. »Kein Mensch spielt Darts mit Handschuhen. Das müsste Brian eigentlich aufgefallen sein.«

Jeremy nickte Helen zu. »Ich habe nur wiedergegeben, was aus der Kriminaltechnik hereingekommen ist. Wie es dazu kam, ist Gegenstand unserer Ermittlungen. Aber wir sollten diesen Punkt im Auge behalten.« Er griff nach einem Stift und schrieb »Handschuhe?« neben das Foto des Dartpfeils, das unter Brians Konterfei hing.

»Kommen wir zu unserem anderen Toten.« Er deutete auf das Bild von Pete Stanford. Helen kannte es, es hatte im letzten Herbst wochenlang von jeder Plakatwand gelächelt. »Pete Stanford wurde gestern Vormittag durch einen Schuss aus einem Jagdgewehr getötet. Der Schuss fiel zehn Minuten nach zehn, die Zeugenaussagen stimmen in diesem Punkt überein. Bis jetzt scheint es keinen Zusammenhang zwischen den beiden Fällen zu geben. Außer der Tatsache natürlich, dass beide Männer innerhalb von wenigen Stunden in Humbleham ums Leben kamen.«

»Und der Art der Tötung«, ließ sich Ben vernehmen. »Beides weist auf einen Jäger hin.«

»Von außen betrachtet, ja.« Jeremy nickte knapp. »In Wahrheit trifft das aber auf die Hälfte der Landbevölkerung zu. Wir sollten uns da nicht zu früh festlegen.«

»Davon kann ja nicht die Rede sein.« Ben stand auf. »Die MET wurde hinzugezogen, weil im Fall des Parlamentsabgeordneten wir vom New Scotland Yard zuständig sind. Auch wenn der Tod von Brian Garner normalerweise in Ihren Bereich fallen würde, Barnes, ist hier nur ein gemeinsames Vorgehen sinnvoll.«

»Da bin ich ganz Ihrer Meinung.« Jeremys Miene blieb unbewegt. »Sie leiten die Ermittlungen, Baxter.«

Sam sah verwirrt von einem zum anderen. »Ich dachte, wir sollen …«

»Sie konzentrieren sich auf Garner«, unterbrach ihn Ben. »PC Franklin und ich kümmern uns um alles, was Stanford und diesen Blumenschmuckwettbewerb betrifft, während die Kollegen in London Stanfords beruflichen und privaten Background durchleuchten. Sie alle berichten bitte direkt an mich.« Er wies auf das Whiteboard. »Unsere Ergebnisse laufen hier zusammen, und hier entscheiden wir über das weitere Vorgehen.«

»In Ordnung.« Jeremy nickte knapp und bedachte Sam mit einem warnenden Blick. Offenbar hatte es Unmut über die Einmischung der MET in die Ermittlungen des Teams aus Leicester gegeben, dachte Helen. Doch es half nichts, die Detectives von New Scotland Yard waren in so einem Fall weisungsbefugt. Und sie und Ben erlebten genau diese Situation nicht zum ersten Mal. Wobei sie selbst natürlich noch nie auf der Seite der lokalen Behörden gestanden hatte, ging ihr durch den Kopf.

»Sie befragen bitte auch die Teilnehmer dieses Dartturniers, das am Vorabend von Garners Tod stattgefunden hat«, fuhr Ben fort. »Reden Sie als Erstes mit dem Pfarrer, Sun… Sum… Wie hieß er noch mal, Helen?«

»Sullivan. Hamish Sullivan. Er wohnt direkt neben der Kirche.«

»Genau. Sullivan. Angeblich war er bei dem Dartturnier und sollte euch sagen können, wer noch alles anwesend war. Fragt ihn, ob ihm etwas aufgefallen ist, ob sich jemand auffällig benommen hat oder womöglich Streit mit Garner hatte. Das Übliche eben.«

»Verstanden.« Zamyatin machte sich eine Notiz. »Und anschließend nehmen wir uns die anderen Anwesenden vor.«

»Exakt.« Ben nickte ihm zu. »Sehen Sie zu, dass Sie heute noch so viele wie möglich erwischen. Und stellen Sie fest, wo sich die Leute nachts um eins aufgehalten haben.«

Der dunkelhäutige Officer erhob sich und gab Sam einen

Wink. »Lass uns gleich anfangen, sonst schaffen wir das heute nicht mehr.«

Sam sprang eilfertig auf. »Sie bekommen unseren Bericht noch heute Abend, Sarge«, versprach er.

»Ich brauche keinen Bericht«, gab Ben zurück. »Mir reicht es, wenn ihr mir morgen früh persönlich berichtet. Sagen wir, um neun?«

Zamyatin verdrehte die Augen. »Okay, Boss. Morgen um neun.«

Ben wartete, bis sich die Tür hinter den beiden schloss, dann wandte er sich Helen zu. »Nun verrate uns doch bitte, was es mit diesem Schulheft auf sich hat.«

Helen nickte und legte die Hand darauf. »Du hast ja mitbekommen, dass Marian die Main Street absperren hat lassen«, begann sie.

Jeremy hob die Brauen. »Das war Marian Whalen? Wir mussten außenrum und über Exton rein. Da waren zwei Mädchen, die uns aufgehalten haben.« Er verzog das Gesicht. »Ich dachte, die spielen irgendein Spiel. Was Kinder eben so spielen an einem schulfreien Tag.«

»Für die beiden war das auch ein Spiel«, antwortete Helen. »Aber sie haben es sehr akribisch betrieben und jeden aufgeschrieben, der nach Humbleham wollte oder von dort kam.«

Bens Gesicht hellte sich auf. »Das heißt, wir haben so etwas wie ein Bewegungsprotokoll der Leute?« Er kam zu ihr und schaute ihr über die Schulter.

»Ja, so ähnlich.« Sie schlug das Heft auf. »Ich dachte, wir können damit eventuell die Alibis abgleichen.«

»Das ist sehr gut.« Ben nickte anerkennend.

Auch Jeremy war herangekommen und beugte sich über das Heft. »Sie haben tatsächlich auch unsere Durchfahrt notiert«, sagte er und deutete auf den Eintrag. »Im Wagen hinter mir waren die Leute von der Spurensicherung. Offenbar haben die auch mitgespielt.« Er schüttelte den Kopf. »Wenn die gewusst hätten, dass das auf dem Mist eurer Ortsvorsteherin gewachsen ist ...«

»In diesem Fall können wir froh sein«, nahm Helen ihre Freundin in Schutz. »So haben wir vielleicht wirklich etwas in der Hand.«

Ben deutete auf die Liste. »Fällt dir etwas Verdächtiges auf? Mir sagen die Namen ja alle nichts.«

»Nur die beiden hier.« Helen legte den Finger auf Drakes Namen. »Foster Drake, der Butler von Sir Anthony, ist in aller Herrgottsfrühe von wo auch immer zurückgekehrt. Er ist nicht der Typ, der frühmorgens Sonderschichten fährt. Ich würde gern wissen, was er gemacht hat.«

Ben nickte. »Und der Zweite?«

»Bill Jameson.« Helen wies auf den Eintrag. »Er wohnt direkt gegenüber von Humble Manor, und er hat Humbleham unmittelbar nach dem Schuss verlassen. Wenig später kam er zurück und mischte sich unter die Schaulustigen. Das muss nichts zu bedeuten haben, aber wir ...«

»Wir sollten ihn ebenfalls befragen.« Ben richtete sich auf. »Dann los, lass uns anfangen.«

Jeremy trat einen Schritt zurück. »Und was soll ich tun?«

Ben sah ihn aufmerksam an. »Sie sprechen bitte nochmals

mit Garners Tochter. Versuchen Sie rauszufinden, ob ihr Vater mit irgendwem Streit hatte. Oder ob sonst etwas in der letzten Zeit vorgefallen ist, was sich mit seinem Tod in Verbindung bringen lässt.«

Jeremy nickte. »In Ordnung. Dann sehen wir uns morgen früh zur nächsten Besprechung.« Er blinzelte Helen zu. »Viel Erfolg, Lenilly.«

»Wieso sagt Barnes eigentlich immer Lenilly zu dir?«, fragte Ben, als sie nebeneinander die Treppe hinuntergingen.

Helen warf ihm einen Seitenblick zu, doch sie konnte seine Miene nicht deuten. »Wir waren zusammen auf der Polizeischule«, antwortete sie. »Da war das mein Spitzname.«

»Hm.« Ben runzelte die Stirn. »Er sollte das nicht vor den Kollegen sagen. Immerhin bist du eine erwachsene Frau und kein kleines Mädchen mehr.«

»Schön, dass dir das aufgefallen ist«, gab sie zurück und grinste. »Ich finde es nett.«

»Nun, wie du meinst.« Seine Stimme klang kühl. »Ich finde es eher seltsam.«

Jetzt musste Helen lachen. »Lass das nur meine Sorge sein. Jeremy ist schon in Ordnung. Ich mag ihn sehr gern.«

»Das habe ich mir schon gedacht.«

Klang er jetzt tatsächlich verschnupft? War Ben am Ende … eifersüchtig auf Jeremy? Einen Moment lang war Helen versucht, ihm zu sagen, dass sich Jeremy ganz bestimmt nicht in dem Sinn für sie interessierte, den er gerade anzudeuten schien, doch dann besann sie sich. Sie war ihm keinerlei Rechenschaft schuldig. Und sollte er wirklich glauben, dass da mehr zwischen ihr und Jeremy war, und sich daran stören – nach seiner eigenen Aktion hatte er es nicht besser verdient. Also ignorierte sie seine Bemerkung und schob die Eingangstür auf.

»PI Sharning hat gesagt, wir sollten einen Polizeiwagen nehmen«, sagte sie. »Sie meinte, Mums Wagen sei unpassend für einen Detective aus London.«

Ben schmunzelte. »Da kann ich ihr nicht widersprechen.« Er sah sich um. Der Innenhof der Polizeiwache lag verlassen im Sonnenlicht. Nur noch ein ziviles Fahrzeug parkte neben Lydias Vauxhall, die anderen Autos waren verschwunden. »Wo steht er denn?«

Helen runzelte die Stirn. Vorhin hatte sie noch drei Einsatzfahrzeuge auf dem Hof gesehen, deshalb hatte sie nicht gedacht, dass das ein Problem sein würde. Sie sah auf die Uhr: Es war inzwischen nach fünf, das bedeutete, der Dienst hatte in der Zwischenzeit gewechselt. Offenbar waren die Kollegen von der Spätschicht alle bereits unterwegs. Sie fluchte unterdrückt. »*Dammit*, sie sind alle weg. Ich hätte ihn mir vorhin gleich zuteilen lassen sollen. Dann wäre ich aber noch später gekommen.«

Ben hob resignierend die Schultern. »Also doch wieder der Stallwagen«, sagte er. »Wir werden es überleben.«

»Du vielleicht. Sharning wird mir den Kopf abreißen.« Sie öffnete die Fahrertür und stieg ein. »Die sucht doch nur einen Grund, mich wieder vorzuführen.«

»Was hat sie gegen dich?«, fragte Ben. »Hast du ihr etwas getan?«

»Nicht ich.« Helen schüttelte den Kopf und legte den Rückwärtsgang ein. »Chief Inspector Halligan, unser oberster Chef in Leicester, ist mit Lydia befreundet und dachte, er tut ihr und mir einen Gefallen, wenn er in Humbleham ein Neighbourhood Office für mich einrichtet. Das fand Sharning nicht so toll, weil ich auf diese Weise für die normalen Dienstpläne nicht zur Verfügung stehe.«

»Und das lässt sie an dir aus.« Ben schüttelte den Kopf. »Das ist nicht fair.«

»Nein, das ist es allerdings nicht.« Helen lenkte den Wagen auf die Straße. »Ich wollte keine Sonderbehandlung. Aber vermutlich glaubt sie, dass diese Idee auf meinem Mist gewachsen ist.« Sie seufzte. »Dabei habe ich nur um eine Versetzung nach Leicester gebeten.«

»Wo es keine Stelle für dich gab.«

Helen nickte knapp. Die Erinnerung an ihr erstes Gespräch mit Halligan war ihr noch lebhaft im Gedächtnis. »Ich werde tun, was ich kann, Helen«, hatte er gesagt. »Aber du weißt, dass mir die Hände gebunden sind.« Und dann war er mit dem Vorschlag gekommen, dass sie in der Zwischenzeit Dienst als Neighbourhood Officer in der Police Station in Oakham tun könne. Da sei gerade eine Stelle frei geworden. Wenn sie sich also vorstellen könne, als uniformierte Police Constable zu arbeiten, natürlich nur so lange, bis bei der Kriminalpolizei in Leicester eine Stelle für eine Detective frei werde, dann wolle er dafür sorgen, dass ihre Aufgaben … Und da hatte sie offenbar ausgeblendet, war einen Moment lang unaufmerksam gewesen. Denn als sie wenige Tage später in ihrer funkelnagelneuen

Uniform zum Dienstantritt in Oakham erschienen war, hatte Sharning sie mitnichten freundlich begrüßt. »Du bist also der Protegé von Halligan«, hatte sie gesagt und sie kritisch gemustert. »Nun gut, dein Einsatzort ist in Humbleham, so hat er es festgelegt. Dann werden wir uns ohnehin nicht sehr häufig begegnen.« Da hatte Helen noch gedacht, der anfängliche Unmut angesichts dieser Entscheidung, die Halligan über Sharnings Kopf hinweg getroffen hatte, würde sich mit der Zeit legen. Wenn sie ihre Arbeit gut erledigte und sich an den Wunsch ihrer Vorgesetzten hielt, sich so wenig wie möglich in Oakham blicken zu lassen. Doch falls das so war, ließ Sharning nichts davon erkennen. Ihr Verhältnis war so distanziert wie am ersten Tag. Im Grunde konnte sie nur warten und hoffen, dass das mit der Versetzung nach Leicester nicht mehr allzu lang dauerte.

»Es ist, wie es ist«, sagte sie laut. »Jedenfalls denkt Sharning, dass ich mir aus Halligans Freundschaft zu Lydia einen Vorteil verschaffen wollte. Dabei bin ich die Letzte, die so etwas tun würde.«

»Ich weiß.« Seine Stimme war sanft. »Du würdest das niemals tun.« Es klang fast bedauernd, wie er das sagte. Als ob er plötzlich bereute, dass er genau das selbst getan hatte.

Sie biss die Zähne zusammen und reckte das Kinn vor. »Nein, das würde ich wirklich nicht«, antwortete sie. Sie passierte das Ortsschild, trat aufs Gas, der Motor heulte auf, und der Vauxhall ruckte nach vorne.

KAPITEL 10

Wenig später bremste Helen vor dem schmiedeeisernen Tor von Humble Manor. Ben stieg aus und drückte auf den Knopf der Sprechanlage, die am rechten Pfeiler angebracht war. Sie sah ihn sprechen, dann öffneten sich die Torflügel in behäbiger Langsamkeit. Ben stieg wieder ein, und sie fuhr die geschotterte Auffahrt hoch. Im Rückspiegel sah sie, wie sich das Tor hinter ihnen wieder schloss. Die Bäume an der Friedhofsmauer warfen lange Schatten auf den Rasen. Das Herrenhaus leuchtete wie altes Gold in der tief stehenden Sonne. Der Kies knirschte unter ihren Reifen, als sie vor dem Haus hielt, wo schon ein anderer Wagen parkte. Sie kannte ihn, er gehörte Dr. Casterton, dem Tierarzt.

Die Tür ging auf, und Foster Drake sah mit sichtlicher Überraschung auf sie herunter. Er war in Hemdsärmeln und trug eine dunkelblaue Schürze. »Sir Anthony sitzt mit Dr. Casterton beim Tee. Sind Sie angemeldet? Er hat mir gar nichts gesagt.«

»Nein, wir sind nicht angemeldet.« Ben trat einen Schritt vor. »Wir wollten zu Ihnen.«

»Zu mir?« Drakes Augenbrauen gingen hoch. »Na dann … Kommen Sie bitte.«

Sie stiegen die Treppenstufen hoch und folgten dem Butler ins Haus. Das Licht der Nachmittagssonne fiel schräg durch die Scheiben über der Tür und beschien den Rollstuhl von Sir Anthony, der am Fuß der breiten Treppe stand. Der Stuhl des Treppenliftes fehlte, und Helen warf einen Blick nach oben, wo die Treppe im Dunkel verschwand. Sir Anthony musste im oberen Stockwerk in seinen Räumen sein.

Drake winkte sie weiter durch die einfache Holztür rechts des Treppenaufgangs. Dahinter war es, als beträten sie eine andere Welt. Wo vorne gefliester Boden, hohe, stuckverzierte Decken und Flügeltüren das Bild bestimmten, befanden sie sich nun in einem niedrigen Korridor mit abgetretenem Linoleum und schmalen Türen in den dicken Wänden. Drake lotste sie in eine geräumige moderne Küche mit viel Edelstahl und hellen Fronten. Jackomo, der Terrier, sprang von einem Kissen in der Ecke auf und begrüßte sie mit wedelndem Stummelschwanz. Helen beugte sich zu ihm hinunter und streichelte ihn. »Hallo, Jackomo.« Sie sah auf. »Ist er denn krank?«

»Aber nein, wieso?« Drake sah sie verwundert an.

»Weil Dr. Casterton hier ist«, antwortete Helen. »Ich dachte ...«

»Ach so.« Der Butler schüttelte den Kopf. »Dr. Casterton und Sir Anthony sind alte Freunde. Seit wir keine Pferde mehr haben, kommt der Tierarzt nur noch zum Tee.« Er wies auf einen alten Holztisch, der so blank gescheuert war, dass das Holz beinahe weiß geworden war. »Nehmen Sie Platz. Möchten Sie vielleicht auch Tee?«

Ben schüttelte den Kopf. »Nein danke.«

Helen zog die Nase kraus. Ben war durch und durch Londoner Detective, der sich so wenig wie möglich gemeinmachte mit den zu Befragenden, wie er es nannte. Sie aber war Dorfpolizistin, für sie galten andere Regeln. Sie tätschelte noch einmal Jackomos Kopf und setzte sich an den Tisch. »Ich hätte gern einen Kaffee, wäre das möglich?«

Ben warf ihr einen missbilligenden Blick zu, Drake sah sie überrascht an. »Klar. Kommt sofort.« Er wandte sich einer chromblitzenden Espressomaschine zu und hantierte mit einer dickwandigen Tasse. Es zischte und dampfte, und es dauerte nicht lang, dann stand eine Schale herrlich duftender Kaffee vor ihr, komplett mit Milchschaum und einer angedeuteten Blüte aus hellbrauner Crema.

Bens Blick hatte sich von Missbilligung in puren Neid gewandelt; sie schmunzelte, als sie vorsichtig über die Oberfläche des Getränks blies und den ersten Schluck nahm. Die Blüte zerlief zu einem wirren Muster.

Ben klatschte das Heft der beiden Mädchen auf den Tisch und schlug es auf. »Können Sie uns sagen, wo Sie gestern um halb sieben Uhr morgens hergekommen sind?«, fragte er.

Jackomo ließ ein erschrockenes Kläffen vernehmen, Drake riss die Augen auf und starrte Ben an.

Helen hätte Ben am liebsten vors Schienbein getreten. »Wir befragen Sie als möglichen Zeugen«, warf sie rasch ein. »Wir vermuten, dass Sie Humbleham während der Nachtstunden verlassen haben, und würden gern wissen, ob Ihnen rund um das ›Boxing Hares‹ etwas aufgefallen ist.«

»Ach so.« Drake wirkte spürbar erleichtert. »Nein, mir ist gar nichts aufgefallen«, sagte er. Jackomo verzog sich wieder auf sein Kissen und begann zu schnarchen.

»Wann waren Sie denn unterwegs?«, fragte Ben.

»Also, ich …« Der Butler zögerte. Und wurde rot. »Es muss kurz nach elf gewesen sein. Sir Anthony war schon im Bett. Im ›Boxing Hares‹ war noch Licht, aber ich habe nicht angehalten.«

»Wo wollten Sie denn hin?« Helen sah ihn aufmerksam an.

»Muss ich das sagen?«, fragte Drake zurück.

»Es wäre schon besser, wenn Sie ehrlich zu uns sind«, gab Ben zurück. »Wenn Sie uns etwas verheimlichen, wirft das ein schlechtes Licht auf Sie.«

Drakes Miene verfinsterte sich. »Ich kenne meine Rechte. Ich muss Ihnen überhaupt nichts sagen.«

Ben setzte zu einer scharfen Antwort an, Helen unterbrach ihn. »Wir werden Ihre Aussage mit größter Diskretion behandeln«, versicherte sie. »Natürlich nur, wenn Sie nichts mit dem Mord an Brian Garner zu tun haben.«

Der Butler schnappte nach Luft. »Natürlich habe ich damit nichts zu tun. Was denken Sie eigentlich von mir?«

»Wir denken gar nichts, solange wir ermitteln«, sagte Ben trocken. »Sagen Sie uns einfach, was Sie gemacht haben.«

»Ich war bei meiner Freundin«, stieß Drake hervor.

»Na, geht doch.« Ben lehnte sich zurück. »Die kann das bestimmt bezeugen.«

Drake wurde rot und schüttelte den Kopf. »Mir wäre es lieber, wenn Sie sie raushalten aus der Sache. Sie hat damit nichts zu tun.«

»Das wird nicht möglich sein, Mr. Drake«, sagte Helen bestimmt. »Wir müssen alle Dorfbewohner befragen. Und wenn Sie ein Alibi haben, dann ist es am einfachsten, Sie sagen es uns.«

»Also gut.« Der Butler atmete tief durch. »Ich war bei Ada Jameson.«

»Bei Ada?« Helen hob überrascht die Brauen. »Ist sie nicht …«

»Verheiratet. Genau.« Drake rang die Hände. »Das ist ja das Problem. Es soll niemand erfahren, dass da was läuft zwischen uns.«

»Muss ja nicht.« Ben klopfte mit dem Ende seines Kugelschreibers auf das Schulheft. »Und Sie sind erst frühmorgens zurückgekehrt?«

»Genau. Mein Dienst beginnt um acht, da bereite ich das Frühstück vor. Sir Anthony braucht mich vorher nicht. Und ich stehe auch nicht vierundzwanzig Stunden am Tag zur Verfügung.« Er hob das Kinn. »War es das?«

»Ja, das war es.« Ben stand auf. »Und Sie haben ganz sicher nichts bemerkt?«

»Nein.« Bestimmt schüttelte Drake den Kopf. »Ich habe aber ehrlich gesagt auch nicht drauf geachtet. Ich hab mich auf Ada gefreut.« Ein Lächeln huschte über seine Züge. Die auf einmal überraschend … anziehend wirkten. Aber dennoch – ausgerechnet Ada?

Helen erhob sich ebenfalls. »Danke für Ihre Hilfe«, sagte sie. »Und für den Kaffee. Der war wirklich gut.«

Drake grinste erfreut. »Gerne wieder. Jederzeit.« Er blinzelte ihr zu und nahm ihre Tasse vom Tisch.

»Wir sollten Jeremy Bescheid sagen, dass er Eileen auf Ada anspricht«, sagte Helen halblaut zu Ben, als sich Drake der Spüle zuwandte.

»Was hat Eileen Garner mit Ada zu tun?«, fragte Ben.

»Ada hat bis vor Kurzem im ›Boxing Hares‹ gearbeitet«, antwortete Helen. »Sie hat vor ein paar Wochen gekündigt.«

»Oh.« Ben runzelte die Stirn. »Mr. Drake, wissen Sie etwas darüber?«

Drake hatte sich umgewandt, offenbar hatte er ihre letzten Worte gehört. »Nein.« Er schüttelte den Kopf. »Ich dachte, sie wollte sich einfach verändern. Sie arbeitet jetzt in der Barnsdale Bakery. Wissen Sie, wir sind noch nicht so lange …« Verlegen fuhr er sich durchs Haar. »Das ist alles noch ziemlich neu.«

Ben schmunzelte. »Wir werden sie selbst fragen.«

Drake machte eine abwehrende Geste. »Ich hab gedacht …«

»Nur wegen Brian, Mr. Drake«, erklärte Helen. »Wir müssen Ada wegen ihres Verhältnisses zu Brian befragen.«

»Ada hatte mit Brian ein Verhältnis?« Ungläubig starrte der Butler sie an.

»Ihr Arbeitsverhältnis«, korrigierte sie sich rasch. »Wir müssen sie befragen, weil sie für Brian gearbeitet hat.«

»Ach so.« Drake stieß die Luft aus. »Ich dachte schon.«

Helen verbiss sich ein Schmunzeln. Offenbar hatte der arme Mann keine Ahnung über Adas … Verhältnisse. Aber das ging sie wirklich nichts an.

Eine Klingel ertönte, Jackomo hob den Kopf, Drake straffte sich. »Sie müssen jetzt gehen«, sagte er. »Sir Anthony braucht mich.« Auffordernd sah er sie an.

Sie folgten dem Butler nach draußen in die Halle. Helen streichelte Jackomo zum Abschied, und sie verließen das Haus, während der Butler die Treppe nach oben eilte. Die Dämmerung war hereingebrochen, unter den alten Kastanienbäumen lagen schon die Schatten des Abends. Sie stiegen ins Auto, Helen startete den Motor und lenkte den Wagen über die gekieste Auffahrt hinunter. Das schmiedeeiserne Tor öffnete sich wie von Geisterhand, als sie sich näherten, Helen fuhr hindurch und hielt an. »Wohin jetzt?«, fragte sie.

»Zu diesem Bill aus dem Protokoll der beiden Mädchen«, antwortete Ben. »Mir ist nicht entgangen, dass er ebenfalls Jameson heißt. Genau wie Drakes Freundin Ada.«

Helen grinste. »Jameson ist ein recht verbreiteter Name hier. Aber Bill Jameson ist tatsächlich Adas Schwager. Sie ist mit seinem Bruder Dennis verheiratet.«

»Na dann los. Du sagtest, er wohnt gleich gegenüber?«

»Genau.« Sie legte den Gang ein, der Wagen setzte sich in Bewegung. »Es ist das Haus dort drüben.«

Sie trafen Bill Jameson im Stall an, er war dabei, die Kühe zu melken, und schien nicht besonders erfreut über ihren Besuch. »Sehen Sie nicht, dass ich zu tun habe?«, knurrte er unwillig, während er eine gescheckte Kuh in den Melkstand führte. »Können Sie nicht tagsüber kommen, wie jeder andere anständige Mensch auch?«

»Verzeihen Sie, Sir«, gab Ben zurück. »Verbrecher kennt nun einmal keine Bürozeiten.«

»Das haben Sie dann ja mit einem Farmer gemeinsam«, brummte Jameson. »Also sagen Sie schon, was Sie von mir wollen.«

»Du hast kurz nach dem Attentat auf Pete Stanford Humbleham verlassen«, sagte Helen. »Wir würden gern wissen, warum.«

»Hab ich das?« Er wirkte ehrlich überrascht. »Jetzt, wo du es sagst …« Er kratzte sich am Nacken. »Ich hab einen Schuss gehört, da war ich aber schon unterwegs. Ich hab mir nichts gedacht dabei, es ist ja Rehbocksaison.«

»Du wurdest auf der Straße nach Exton gesehen. Wo wolltest du denn hin?«

»Haben euch das Frederics Gören gesagt?« Er grinste schief. »Ich wollte eigentlich nur nach Barnsdale rüber, aber die Main Street war gesperrt. Deshalb musste ich umkehren und über Exton fahren. Ich denke, da werde ich auch den Schuss gehört haben.« Er machte ein erschrockenes Gesicht. »Das war der Schuss, mit dem Stanford getötet wurde?«

»Ja.« Ben nickte. »Was wollten Sie in Barnsdale?«

Die Miene des Farmers verfinsterte sich. »Das geht Sie eigentlich nichts an.«

»Bill, wenn ein Mensch ermordet wird, geht uns das sehr wohl etwas an.«

»Damit habe ich doch nichts zu tun.« Er wandte sich wieder seiner Melkmaschine zu und schloss die Zylinder an das Euter der Kuh an. »Wie gesagt, ich war schon im Auto, als der Schuss gefallen ist.«

»Gibt es dafür denn Zeugen?«

Bill fuhr auf. »Bin ich jetzt verdächtig, oder was?«

»Nur wenn Sie uns die Auskunft verweigern.« Ben klang streng.

»Wir müssen das jeden fragen«, ergänzte Helen. »Und wenn du nichts zu verbergen hast …«

»Jaja, schon gut.« Resigniert hob Jameson die schweren Schultern. »Ich bin zu Ada gefahren.«

»Zu Ada?« Bens Augenbrauen hoben sich. »Was wollten Sie bei Ihrer Schwägerin?«

»Muss ich ihm das wirklich sagen?« Er sah Hilfe suchend zu Helen. »Das ist eine Familiensache.«

»Ja, Bill«, antwortete Helen. »Es ist viel einfacher, wenn du uns einfach sagst, was du von ihr wolltest.«

»Na gut«, brummte Jameson. »Die Leviten wollte ich ihr lesen. Ich hab meinen Bruder von Anfang an vor ihr gewarnt, aber er wollte ja nicht auf mich hören.« Er bückte sich und kontrollierte den Sitz der Melkmaschine, dann gab er der Kuh einen Klaps auf die Kruppe. Die Maschine gab rhythmische Geräusche von sich, und Helen beobachtete, wie die Milch durch den durchsichtigen Schlauch schoss.

»Was hat Ada denn angestellt?«, wollte sie wissen.

Bill Jameson richtete sich auf. »Sie betrügt Dennis«, erklärte er ernst. »Ich dachte erst, das geht von Brian aus. Deshalb hab ich ihn mir vorgenommen und ihm gesagt, er soll die Finger von ihr lassen. Das hat er dann auch wohl getan.« Er schüttelte den Kopf. »Aber gestern hab ich erfahren, dass sie schon mit dem Nächsten rummacht. Deswegen bin ich zu ihr gefahren.« Anklagend sah er von Helen zu Ben. »Das kann doch nicht sein, dass diese Frau mit anderen Männern rummacht, kaum dass mein Bruder ihr den Rücken zukehrt.«

Helen wechselte einen Blick mit Ben, er schüttelte unmerklich den Kopf.

»Ist das nicht eine Sache zwischen den beiden?«, fragte sie.

»Nein.« Er ballte die Fäuste. »Wenn sie meinem Bruder Hörner aufsetzt, dann geht mich das auch etwas an. Und wenn Dennis zu schwach ist, um ihr zu sagen, was Sache ist, muss eben ich das machen.«

»Dennis ist wohl viel außer Haus?«, fragte Ben.

Jameson nickte knapp. »Er ist Viehhändler und viel zu viel auf den Viehmärkten unterwegs. Er sollte sie einfach nicht so oft allein lassen.«

»Was hat sie zu den Vorwürfen gesagt?«, wollte Ben wissen.

»Ausgelacht hat sie mich.« Er runzelte die Stirn. »Sie meinte, Dennis macht das ganz genauso. Sie hat behauptet, sie führten eine offene Ehe.« Er spuckte in die Güllerinne. »Dass ich nicht lache. Das ist doch eine Ausrede. Sie ist einfach ein liederliches Frauenzimmer, und er hat was Besseres verdient.«

»Vielleicht solltest du dich einfach raushalten, Bill.« Helen sah ihn ernst an. »Wie die beiden ihre Ehe führen, geht dich wirklich nichts an.«

»Ja, vielleicht. Aber am Ende fällt es doch auf die Familie zurück, wenn Dennis seine Frau nicht im Zaum halten kann.«

Helen schüttelte den Kopf. »Sie ist doch keines deiner Tiere, Bill. Das müssen die beiden selbst klären.«

Jameson wandte sich ab und stellte die Melkmaschine aus. »Vor allem geht das die Polizei nichts an«, sagte er missmutig. »Das ist eine Familienangelegenheit.«

»Hoffen wir, dass es wirklich so ist.« Ben sah ihn ernst an. »Wo waren Sie während der Nacht von Donnerstag auf Freitag?«

»Ich war im ›Boxing Hares‹, hab eine Runde Darts gespielt. Gegen Mitternacht bin ich nach Hause, dann habe ich geschlafen.«

»Kann das jemand bezeugen?«

»Das halbe Dorf hat mich gesehen.« Er grinste spöttisch. »Wollen Sie mir jetzt auch noch den Mord an Brian anhängen?«

»Nun, offensichtlich haben Sie ein Motiv«, gab Ben kühl zurück. »Kann jemand bezeugen, dass Sie um ein Uhr zu Hause waren?«

»Fragen Sie meine Frau. Die hat mich gesehen, wie ich heimgekommen bin.« Jameson wandte sich der Kuh zu und löste die Zylinder der Melkmaschine von ihrem Euter. »Und jetzt lassen Sie mich bitte arbeiten. Sonst werde ich heute gar nicht mehr fertig.«

»Glaubst du wirklich, dass Bill Jameson etwas mit dem Tod von Brian Garner zu tun hat?«, fragte Helen, als sie zurück nach Oakham fuhren.

»Er hat praktisch zugegeben, dass er sich mit Garner geprügelt hat«, antwortete Ben. »Und wenn er meint, er müsse die Familienehre verteidigen, hat er auf alle Fälle ein Motiv.«

»Bill ist ein braver englischer Farmer und kein Mörder«, gab Helen zurück. »Wenn er meint, die Ehre seines Bruders verteidigen zu müssen, wird er vielleicht den Liebhaber seiner

Schwägerin verprügeln, aber ihn doch nicht gleich umbringen.«

»Kannst du dir da so sicher sein?« Ben runzelte die Stirn. »Wir hätten ihn fragen sollen, ob er ein Jagdgewehr besitzt.«

»Ein Jagdgewehr? Wie kommst du denn darauf?« Helen lachte trocken auf. »Oder denkst du, er hat auch Stanford erschossen?«

»Wenn, dann nicht absichtlich«, sagte Ben langsam. »Aber womöglich war gar nicht Stanford das Ziel.«

Helen sog erschrocken die Luft ein. »Du meinst, er wusste von Drakes Beziehung zu Ada? Und er wollte in Wahrheit Foster Drake erschießen?«

»Das wäre doch möglich, oder nicht?« Ben rieb sich über die Nase. »Wir sind davon ausgegangen, dass niemand von dem Verhältnis der beiden wusste. Aber was, wenn er davon erfahren hat? Und nach dem Schuss ist er zu ihr gefahren, um ihr zu sagen ...«

»Dass er den falschen Mann erschossen hat?« Helen schüttelte den Kopf. »Das erscheint mir sehr weit hergeholt.«

»Es würde erklären, wieso er sich nachher unter die Schaulustigen gemischt hat. Er wollte sich vergewissern, wen er nun eigentlich getroffen hat.«

»Weil Ada ihm gesagt hat, dass Drake es nicht war?« Helen stieß die Luft aus. »Der einzige Mensch, der uns das sagen kann, ist vermutlich Ada.«

Ben nickte. »Wir sollten mit ihr sprechen.« Er sah auf die Uhr. »Nein, du musst das alleine tun. Ich erwische gerade noch den Abendzug nach London.«

»Du fährst zurück?« Helen sah ihn überrascht an. »Ich dachte, du bleibst hier. Skimmingdale sagte doch …«

»Aber ja, klar, ich leite die Ermittlungen von hier aus.« Ben grinste schief. »Aber wir haben auch eine weitere Ermittlungsrichtung in London. Ich muss mit meinen Kollegen sprechen und wollte Stanfords Frau persönlich aufsuchen. Du kannst dich in der Zwischenzeit um Ada kümmern.«

Helen nickte. »In Ordnung. Ich fahre gleich nachher zu ihr. Aber erst muss ich nach Hause. Lydia wartet mit dem Essen auf mich.«

»Ach ja, deine Mutter.« Ben verzog das Gesicht. »Sie wollte mich gestern schon zum Essen einladen.«

»Ich weiß.« Helen setzte den Blinker und bog auf den Bahnhofsvorplatz ein. »Wir sehen uns dann Montag, ja?«

Die größte Herausforderung an diesem Abend war nicht Lydias Scotch Broth Soup, sondern zu versuchen, Mums wilde Spekulationen über die beiden Mordfälle einzudämmen. Helen hegte den leisen Verdacht, dass ihre Mutter nur deshalb im Minutentakt neue Verdächtige aus dem Hut zauberte, um ihr eine Reaktion zu entlocken – und sei es ein Widerspruch, der sie zu neuen Mutmaßungen beflügeln würde. Erst als Lydia ausgerechnet Hamish Sullivan, den Pfarrer, anführte und behauptete, er sei allein deshalb verdächtig, weil er nicht bei der Vorbesprechung zum Jurybesuch am Freitagmorgen im Community Centre anwesend gewesen war, gebot Helen ihr Einhalt.

»Hörst du dir eigentlich selbst beim Reden zu?«, fragte sie. »Man könnte meinen, dass unsere Dorfgemeinschaft aus lauter

Schwerverbrechern besteht.« Sie lachte trocken. »Hamish war deshalb nicht im Community Centre, weil er die Jurymitglieder vom Bahnhof abgeholt hat.«

»Wenn du mir nichts erzählst, bleibt mir schließlich nichts anderes übrig, als zu spekulieren«, gab Lydia zurück. Sie klang verschnupft.

»Ich darf zu einer laufenden Ermittlung nichts sagen, Mum. Das weißt du doch.«

»Als ob.« Ihre Mutter funkelte sie an. »Du weißt genau, dass ich nicht darüber reden würde.«

»Das glaubst du doch selbst nicht.« Helen verzog das Gesicht. »Du würdest es Hillary oder Mary erzählen, natürlich unter dem Siegel der Verschwiegenheit. Und Hillary und Mary würden es genauso zuverlässig und im Vertrauen weitergeben. Ich kenne doch unsere …«

»Pass auf, was du sagst, Kind.« Lydia schob den Stuhl zurück und stand auf. Eine der Katzen strich maunzend um ihre Beine. »Es gäbe lange nicht so viele Gerüchte im Dorf, wenn die Leute wüssten, was Sache ist.«

»Glaub mir, Mum, ich wäre schon froh, wenn wir es selbst wüssten.«

»Du willst sagen, ihr habt noch gar keinen Verdächtigen?« Lydias Augenbrauen hoben sich fast bis zu ihrem Haaransatz. »Was habt ihr denn gestern und heute den ganzen Tag über getan?«

Helen schüttelte den Kopf. »Wir reden mit den Leuten und versuchen uns ein Bild zu machen. Bis jetzt gibt es nur wenige konkrete Anhaltspunkte.«

»Stimmt es denn, dass Brian mit einem Dartpfeil niedergestochen wurde?«

Helen nickte knapp. »Das ist korrekt. Aber für diesen Teil der Ermittlungen ist Jeremy Barnes zuständig.«

»Ich weiß.« Lydia bückte sich nach einer leeren Katzenfutterschale und befüllte sie aus einer angebrochenen Dose. Die Katze sprang auf die Arbeitsfläche, ihr Schwanz peitschte aufgeregt. »Gestern waren zwei Beamte hier und wollten wissen, ob ich am Donnerstag beim Dartturnier war. Ich habe ihnen gesagt, dass ich die meiste Zeit im Rollstuhl sitze, da sind sie wieder gegangen.«

»Das waren zwei Detectives aus Leicester«, sagte Helen. »Sie befragen alle Dorfbewohner.«

»Das fühlte sich an, als wäre ich verdächtig«, erwiderte Lydia. »Das ist kein schönes Gefühl.«

»Sie tun nur ihre Arbeit. Und je ehrlicher die Leute antworten, umso schneller wird der wirkliche Täter gefasst.«

»Ich kann mir gar nicht vorstellen, dass es jemand aus dem Dorf war«, meinte Lydia und setzte die maunzende Katze auf den Boden. Sie stellte ihr die Schüssel hin und sah zu, wie sie sich gierig über das Futter hermachte.

»Das klang aber vorhin noch ganz anders.«

»Das war nur laut gedacht.« Lydia schüttelte den Kopf. »Eigentlich kann ich mir überhaupt nicht vorstellen, dass ein Mensch einen anderen tötet. Schon gar nicht auf diese Weise. Das ist so ... unmittelbar.«

»Ich weiß, was du meinst.« Helen nickte langsam. »Ein Schuss aus der Entfernung ist deutlich einfacher zu bewerkstelligen, als jemanden zu erstechen.«

»Wahrscheinlich waren es deshalb auch zwei verschiedene Täter, meinst du nicht?« Lydias Blick hatte etwas Lauerndes.

Helen schüttelte den Kopf. »Du wirst mich nicht dazu bringen, etwas dazu zu sagen«, antwortete sie. »Wir wissen es noch nicht und ermitteln in alle Richtungen.«

»Schon gut, Kind.« Lydia griff nach Helens Suppenschale. »Willst du noch etwas von der Suppe?«

»Nein danke.« Helen winkte ab. »Ich muss noch mal los.«

»Willst du noch jemanden verhören?«

»Es heißt Vernehmung und nicht Verhör«, gab Helen zurück. »Aber ich werde niemanden vernehmen. Ich will zu Ada und mit ihr reden.«

»Mit Ada Jameson? Die wirst du am Samstagabend bestimmt nicht zu Hause erwischen.« Lydia verzog missbilligend das Gesicht. »Die ist sicherlich tanzen. Heute Abend ist doch Party im Community Centre.«

»Vermutlich hast du recht.« Helen erhob sich. »Dann werde ich sehen, ob ich sie da finde.«

KAPITEL 11

Als Helen ankam, war die Party bereits in vollem Gange. Die Musik dröhnte fast schmerzhaft in ihren Ohren, und auf der Tanzfläche drängte sich ein bunt gemischtes Publikum. Wobei von »bunt« keine Rede sein konnte: Die schummrige Beleuchtung, ständig durchbrochen vom irisierenden Flackern einer Discokugel, ließ kaum Farben erkennen. Es war nichts als ein dunkler, wogender Pulk von sich einzeln und paarweise bewegenden Menschen, in dem Helen keine bekannten Gesichter ausmachen konnte. An der Bar meinte sie für einen Augenblick die roten Locken von Marian zu erspähen, doch bis sie sich dorthin durchgedrängt hatte, war ihre Freundin – wenn sie es denn gewesen war – schon wieder weg.

Jemand drückte ihr ungefragt ein Glas in die Hand – Tom stand hinter dem Tresen und nickte ihr aufmunternd zu. Sie nippte, es war Gin Tonic, vermutlich das richtige Getränk, um den Lärm und das chaotische Licht überhaupt ertragen zu können. Wobei es besser wurde. Entweder gewöhnten sich Augen und Ohren tatsächlich daran, oder ihr Gehirn hatte schlichtweg aufgegeben, diese Reizüberflutung verarbeiten zu wollen.

Sie kniff die Augen zusammen, musterte die Menschen auf der Tanzfläche. Die Band spielte gerade ein etwas langsameres Lied, Pärchen fanden zusammen und bewegten sich wiegend im Takt der Musik. Manche nutzten den Song offenbar zum Verschnaufen, andere dagegen schoben sich in Slowfox-Schritten im Kreis. Eine einzelne Silhouette in der Mitte der Tanzfläche zog Helens Blick auf sich. Eine Frau, gekleidet in enge Hosen und ein bauchfreies Top, sie hatte die Arme erhoben und drehte sich in einer trägen Pirouette, trat einen Schritt zur Seite und wieder zurück, in der Mitte biegsam wie eine Weidenrute. Ihr Haar bauschte sich in der Bewegung, leuchtete golden im unsteten Licht. Helen war fasziniert von der präzisen Anmut dieser Frau, die nichts mit den unbeholfenen Versuchen der anderen gemein hatte, mit den Füßen im Rhythmus zu bleiben.

Erst als die Musik verstummte, erkannte sie Ada Jameson. Eine andere Frau löste sich aus der Menge der Tanzenden und sprach mit ihr, es war Eileen. Zusammen verließen sie die Tanzfläche und wandten sich zum Ausgang. Helen gab sich einen Ruck. Sie stellte das Glas zurück auf den Tresen und folgte den beiden nach draußen.

Die Nachtluft empfing sie erfrischend und lau zugleich. Es war ein warmer Juniabend, doch der leise Luftzug, der über ihre Arme strich, als die Tür hinter ihr zufiel, streichelte ihre bloße Haut wie ein kühlender Hauch. Wie Seide, ging ihr durch den Kopf. Es gab wenige Abende wie diese in den Midlands, es war eindeutig die schönste Zeit im Jahr.

Die Musik war hinter ihr verstummt, wie abgeschnitten von

der geschlossenen Tür. Helen blieb stehen, spähte in die Finsternis, lauschte. Wo waren die beiden hin? Zu sehen waren sie nicht mehr, doch Helen hatte keinen Motor gehört, sie konnten nicht weit sein. Da – waren das nicht leise Stimmen? Sie wandte sich nach links und bog um die Hausecke.

Pechschwarze Finsternis im Schatten des Gebäudes. Sie wartete einen Augenblick, bis sich ihre Augen an die Dunkelheit gewöhnt hatten. Es musste Neumond sein, nur die Sterne standen am Himmel. Langsam, wenn sie nicht zu genau hinsah, schälten sich Konturen aus der Schwärze. Ein Gestänge, eine Leiter, die Schräge eines Daches: der Kinderspielplatz. Die Stimmen klangen nun näher, und da waren sie: Ada und Eileen saßen auf einer Bank, nur als schwarze Scherenschnitte vor dem Dunkel des Rasens hinter dem Community Centre zu erkennen.

Rasch überquerte sie den Spielplatz, näherte sich den beiden von der Seite, räusperte sich. »Darf ich mich zu euch setzen?«

Ada fuhr zusammen, Eileen legte ihr die Hand auf den Arm. »Es ist nur Helen«, sagte sie leise. »Klar«, zu Helen gewandt, und rückte ein Stück zur Seite.

Helen nahm neben ihr Platz. Aus dem Augenwinkel betrachtete sie Ada, die Glut ihrer Zigarette warf einen schwachen Schimmer auf ihr Gesicht. »Ich habe euch gesucht«, begann sie.

»Du bist dienstlich hier?« Eileen sah sie überrascht an.

»Nur so halb.« Helen grinste schief. Und fragte sich im selben Moment, ob die beiden Frauen das überhaupt erkennen konnten. »Ich wollte vor allem mit Ada reden«, fuhr sie fort. »Aber vermutlich ist es besser, wenn wir das nicht offiziell machen.«

»Nicht offiziell?« Ada hob den Kopf. »Was hab ich denn angestellt?« Silbriger Glanz lag auf ihren Wangen, Glitzerpuder offenbar, vom Sternenlicht reflektiert, was der zierlichen Frau vage das Aussehen einer Elfe verlieh.

»Gar nichts«, antwortete Helen. »Zumindest nichts, was die Polizei interessiert.«

»Was willst du dann von mir?« Ihr Tonfall war lange nicht so unfreundlich, wie die Worte vermuten ließen.

Eileen förderte eine Packung Zigaretten zutage, zündete sich eine an und hielt Helen das Päckchen hin. Helen nahm sich ebenfalls eine und beugte den Kopf zu Eileens Flamme. Tief inhalierte sie, bevor sie antwortete. Und unterdrückte den Hustenreiz – eigentlich hatte sie das Rauchen schon vor Jahren aufgegeben. Aber hier und heute war der Rückfall gerechtfertigt, als Mittel zum Zweck, sich gemeinzumachen mit den beiden Frauen, von denen sie eine ehrliche Antwort brauchte. Von Ada ebenso wie von Eileen.

»Es geht um dein Verhältnis mit Brian«, sagte sie und bemühte sich, jede Wertung aus ihrer Stimme zu lassen. »Und um das zu Foster Drake.«

»Ach so.« Ada lachte silberhell. Eileen fiel in das Lachen ein.

»Wieso interessiert sich die Polizei dafür, mit wem Ada schläft?«, fragte Eileen.

»Dein Vater ist tot, Eileen, und er wurde ziemlich sicher ermordet. Eifersucht ist ein sehr starkes und sehr häufiges Motiv.«

»Du glaubst, Dennis hat Brian umgebracht?« Ada schüttelte den Kopf. »Ich kann dir versichern, er war das nicht. Außerdem ist die Sache mit Brian … Da war eigentlich gar nichts.«

»Zumindest dein Schwager ist da anderer Meinung.«

»Bill ist ein Idiot«, gab Eileen zurück. »Der mischt sich in Sachen ein, die er nicht versteht.«

»Ich würde es gern verstehen«, sagte Helen und zog an ihrer Zigarette. »Kannst du es mir erklären?«

»Klar.« Ada zuckte mit den Schultern. Auf der Tanzfläche hatte sie zart, fast ätherisch gewirkt. Nun erkannte Helen, dass sie kräftige Schultern und Arme hatte, unter ihrem hellen Top spielten gut trainierte Muskeln, die Sehnen an ihrem Hals traten deutlich hervor. »Dennis … Er hat nichts dagegen. Er weiß, dass ich sonst nicht hierbleiben könnte.« Sie senkte den Kopf, rauchte mit schnellen, hektischen Zügen.

»Du meinst, ihr führt eine offene Ehe?«, hakte Helen nach. »Er nimmt sich diese Freiheit auch?«

Ada schaute weg, ihre Locken wippten. »Er hatte schon immer in jeder Stadt jemanden, der ihm das Bett wärmte«, sagte sie. »Schon als ich ihn kennenlernte.«

»Verstehe.« Helen nickte. »Und mit Foster Drake ist das auch so?«

»Foster?« Ada sah sie überrascht an. »Was hat Foster damit zu tun?«

»Der Anschlag auf Stanford.« Helen drückte die Zigarette aus und schob sie in die Hosentasche. »Er könnte auch Drake gegolten haben. Er stand direkt daneben.«

Ada runzelte die Stirn. »Aber wer sollte …«

»Bill wohnt direkt gegenüber, und er hat vermutlich auch ein Jagdgewehr. Er sagt, er war am Freitagvormittag bei dir in der Bäckerei, und er behauptet, als der Schuss fiel, sei er schon unterwegs gewesen. Aber ich wollte mich bei dir vergewissern, ob das wirklich so war.«

Ada schüttelte den Kopf und strich sich die Haare aus der Stirn. »Es ist vollkommen anders, als du glaubst.«

Helen hob die Brauen. »Dann erklär es mir.«

»Dennis' Liebschaften sind nicht von einer Art, dass er es Bill sagen könnte«, warf Eileen ein. »Ada ist seine Alibifrau.«

»Ach.« Helen verbiss sich ein Schmunzeln. Was in London schon fast zum guten Ton gehörte, war hier in Humbleham offenbar noch immer ein Problem. Zumindest für Männer wie Bill Jameson.

»Ich war Tänzerin, als ich Dennis in einer Bar in Birmingham kennenlernte«, erzählte Ada. »Ich hatte gerade ein Engagement bei einem Musical bekommen, da stellte ich fest, dass ich schwanger war. Ich wollte das Kind, aber ich konnte mir eigentlich nicht leisten, es zu bekommen. Dennis bot mir an, mir aus der Patsche zu helfen. Er würde mich heiraten, das Kind als das seine ausgeben und mir ein sorgenfreies Leben ermöglichen. Im Gegenzug würde ich ihm helfen, seine … Neigungen hier im Dorf geheim zu halten. Zumindest bis sein Vater unter der Erde ist, der ihn sonst garantiert enterben würde.«

»Und das Kind …«

»Ich hab's verloren. Im sechsten Monat.« Adas Gesicht hatte einen schmerzlichen Ausdruck angenommen, als sie sich noch eine Zigarette anzündete. »Aber ich habe ihm mein Wort gegeben, und er ist ein guter Kerl. Also bin ich bei ihm geblieben und tanze nur noch auf den Partys im Community Centre.«

»Vielleicht sollte Dennis seiner Familie trotzdem reinen Wein einschenken«, sagte Helen. »Wenn Bill wirklich Schuld am Tod von zwei Menschen trägt, dann …«

»Dann sind wir dafür verantwortlich. Ich hab das schon verstanden.« Ada stand auf und reckte sich. Das Top rutschte hoch und gab einen straffen, gut bemuskelten Bauch frei. »Ich werde mit Dennis reden. Vielleicht ist die Wahrheit wirklich besser.«

»Du könntest dann wieder nach Birmingham zurück«, sagte Eileen und stand ebenfalls auf. »So leid mir das auch täte.«

»Das glaubst du doch selber nicht«, gab Ada zurück. »Ich bin viel zu alt, um als Tänzerin noch mal von vorn anzufangen. Außerdem – so schlecht ist es hier gar nicht. Ich mag dieses Dorf. Und die Sache mit Foster …« Ihr Gesichtsausdruck wurde weich. »Er ist ganz anders als die anderen, er kümmert sich wirklich um mich. Ich glaube, ich würde tatsächlich lieber bleiben.«

Am Sonntag hatte Helen keine Ausrede mehr – Lydia war unerbittlich. »Du musst wenigstens den Rasen mähen. Beim letzten Mal hat das Tom mit dem Traktor gemacht und die Hälfte der Sträucher ruiniert. Das will ich nicht noch einmal.«

Helen konnte sich das kaum vorstellen, Tom war umsichtig und geschickt, aber offenbar *wollte* Mum, dass sie das machte und nicht er. Seufzend holte sie den Rasenmäher aus dem Schuppen, füllte Benzin ein und begann zu mähen. Hin und her, am Gemüsegarten vorbei, den Zaun entlang bis zum Tor und wieder zurück. Es hatte etwas beinahe Meditatives, den brummenden Rasenmäher durch das Gras und um Lydias Stauden herumzuschieben. Denen in Wahrheit gar nichts fehlte, wie sie dabei feststellen konnte. Der Geruch von frisch geschnittenem Gras lag in der Luft, und als sie die Kurve am Kräuterbeet etwas zu knapp erwischte, stieg ihr eine Wolke von Lavendel in die Nase. Es roch eindeutig nach Sommer.

Ein hässliches Krachen riss sie schlagartig in die Gegenwart zurück, der Motor des Rasenmähers stotterte und verstummte. Ein kindskopfgroßer Stein lag im Gras, sie hatte ihn mit dem Schneidbalken erwischt. Als sie den Motor wieder startete, ertönte ein unangenehm klopfendes Geräusch.

Lydia, die im Gemüsegarten gearbeitet hatte, richtete sich auf. »Was hast du jetzt wieder gemacht, Kind?«

»Gar nichts. Wieso liegt dieser Stein hier mitten in der Wiese?«

»Da haben wir doch Monty begraben«, antwortete Lydia. »Weißt du das denn nicht mehr?«

»Doch, natürlich.« Helen senkte den Kopf. Monty war ihr erster Kater gewesen, der Erste einer ganzen Reihe von Katzen, die seither das Haus ihrer Mutter bevölkerten. Natürlich hatte sie ihn nicht vergessen. Sie hatte nur vergessen, dass dieser Stein hier im Rasen lag, überwuchert von Gras und Efeu und kaum noch auszumachen. »Ist der Rasenmäher nun kaputt?«, fragte sie.

»Wahrscheinlich nicht.« Lydia kam auf ihren Stock gestützt näher. »Dreh ihn mal um. Mit etwas Glück ist es nur der Balken.«

Helen gehorchte. Und sah mit einem Blick, dass Mum recht hatte: Eines der Messer am Mähbalken war schartig und so verbogen, dass es die Kunststoffverkleidung berührte.

»Das ist nicht schlimm, ich habe ein Ersatzmesser«, sagte Lydia. »Es liegt im Schuppen, du kannst es einfach austauschen.«

»Hoffentlich gelingt mir das.« Helen musterte ihre bisherige Arbeit. Sie war beinahe fertig, nur in der Mitte fehlte noch ein kleines Stück. Ausgerechnet hier stand alles voll mit Gänseblümchen und Löwenzahn, ihrer Mutter ein Dorn im Auge, während sie selbst es eigentlich recht hübsch fand. Die Bienen und Hummeln, die sich da tummelten, sowieso.

Seufzend stellte sie den Rasenmäher wieder auf und schob ihn zum Schuppen. Das Ersatzmesser war schnell entdeckt, es lag in einem Regal. Die Schraubenschlüssel musste sie ein wenig länger suchen und fand sie säuberlich der Größe nach sortiert in einem Schrank. Doch als sie die Schlüssel durchprobierte, war der passende nicht dabei. Ratlos starrte sie auf die Werkzeuge.

»Mum? Kannst du mal kommen?«

Lydia humpelte heran. »Was ist los, Kind? Kriegst du die Schraube nicht gelöst?«

»Nein.« Helen wies anklagend auf die Schraubenschlüssel. »Offenbar hat keiner die richtige Größe. Wie kann das denn sein?«

»Ach so.« Ihre Mutter lachte. »Der Rasenmäher ist ein deutsches Fabrikat, die haben andere Maße bei den Schrauben.« Lydia deutete zum Haus. »Die metrischen Schlüssel habe ich in der Küche, sie liegen in der linken Schublade. Ich glaube, hier brauchst du den mit der Nummer fünfzehn.«

»In Ordnung.« Helen schloss den Schrank und ging zurück zum Haus.

Mums »linke Schublade« war ein Sammelsurium von selten bis nie benötigten Dingen: alte Schnürsenkel, abgebrochene Bleistifte, Flaschenkorken, gebrauchte Pinsel, eine leere Streichholzschachtel, Reste von Bindfäden und Blumendraht, Schlüssel, zu denen es vermutlich schon längst kein Schloss mehr gab, und sicherlich irgendwo dazwischen die deutschen Schraubenschlüssel, die sie suchte.

Kurz entschlossen zog Helen die Schublade komplett heraus und kippte sie auf dem Küchentisch aus. Es klirrte und schepperte, eine leere Garnspule rollte davon, Helen erwischte sie im letzten Moment. Sie drehte die Schublade herum, um die Spule zurückzulegen, und verharrte mitten in der Bewegung. Der Boden der Schublade war mit Zeitungspapier ausgelegt, die Schlagzeile sprang ihr förmlich ins Gesicht. »Cooper wegen Asylbetrugs vor Gericht!« stand da in dicken Lettern. Wobei das nebenstehende Foto nicht etwa Sir Anthony Cooper zeigte, sondern eine sympathisch wirkende Frau in den Dreißigern. Die Helen irgendwie bekannt vorkam. Sie stellte die Garnspule auf den Tisch, zog sich einen Stuhl heran und begann zu lesen.

Die Wiederwahl der Abgeordneten Gladys Cooper galt als sicher. Nun steht sie vor Gericht in einer undurchsichtigen Affäre um eine Afrikanerin mit unklarem Aufenthaltstitel. Zameera S. hat sämtliche Rechtsmittel ausgeschöpft – nur noch die Eheschließung mit einem britischen Staatsbürger kann sie vor der drohenden Abschiebung retten. So wenig in unserer aufgeklärten Zeit auch Bedenken

bestehen gegenüber gleichgeschlechtlichen Heiraten, so
streng blickt unsere Justiz auf Arrangements, bei denen
etwas völlig anderes im Spiel sein könnte als die große
Liebe. Die politische Agenda einer Abgeordneten
nämlich, die als Flüchtlingsbeauftragte für die
Midlands bereits wiederholt mit unkonventionellen
Maßnahmen in die Kritik geraten ist.
Pete Stanford, Coopers Mitbewerber um den Parlaments-
sitz, stellt die Verdienste Coopers um Rutland County
ausdrücklich nicht in Abrede. »Ein Verstoß gegen das
Asylgesetz aber kann nicht toleriert werden«, hebt er
hervor. »Gerade eine Parlamentsabgeordnete darf sich
in keinem Fall über Recht und Ordnung stellen.«
Und ebendiesen Anschein erweckt das Vorgehen
Coopers. Der einstige Verlobte der Abgeordneten,
Pubbesitzer Brian G. aus Humbleham, etwa zeigt sich
konsterniert: »Natürlich hatten wir unsere Probleme,
wie es sie in jeder normalen Beziehung gibt. Aber für
Frauen hat sich Gladys zuvor nie interessiert!«
Eine eigenwillige Auffassung von Recht und Unrecht scheint
Cooper dabei schon von Kindheit an gehabt zu haben. Ihre
frühere Lehrerin an der St. Niclas Primary School berichtet
von Betrugsversuchen, als die spätere Abgeordnete ihre
Klassenarbeiten mit denen einer Mitschülerin vertauschte.
Für unseren Redakteur Oliver Shute jedenfalls ist die
Sache klar: Allerhöchste Zeit, dass Licht ins Dunkel
um eine Politikerin kommt, die Rutland County
in Westminster zu repräsentieren gedenkt.

»Gladys«, murmelte Helen. »Natürlich.« Sie ließ das Blatt sinken. Es war gerade einmal zwei Tage her, dass sie das Gesicht dieser Frau gesehen hatte: auf einem der Fotos nämlich, die Sir Anthonys Kaminsims zierten. Gladys Cooper war niemand anderes als die Tochter des alten Mannes, und sie war seit Jahren tot. Ein rascher Blick auf den Kopf der Seite bestätigte Helens Vermutung: Der Artikel war natürlich nicht aktuell, sondern über zehn Jahre alt. Er musste wenige Tage vor Gladys' Unfall erschienen sein, jenem Unfall, der sie damals das Leben gekostet hatte. Helen war zu dieser Zeit gerade an der Polizeischule gewesen und hatte die Tragödie nur am Rande mitbekommen. Aber sie erinnerte sich gut an die Parlamentsabgeordnete: MoP Cooper war beliebt gewesen bei den Leuten, hatte Bürgernähe gezeigt und sich wirklich für ihr County engagiert. Der Artikel zeichnete dagegen ein ganz anderes Bild: das Bild einer Frau, die Recht und Gesetz missachtete, um ihren Willen durchzusetzen. Was davon wirklich zutraf, vermochte heute natürlich niemand mehr zu sagen.

Noch einmal überflog Helen die Zeilen – und stutzte. Pete Stanford wurde namentlich genannt. Und der erwähnte Gastwirt Brian G. musste Brian Garner sein. Alle beide waren jetzt tot, zu Tode gekommen innerhalb von vierundzwanzig Stunden.

Sie rieb sich die Nasenwurzel. War Gladys Cooper das Bindeglied, das ihnen fehlte? Doch wie konnte das sein, heute, zehn Jahre nach ihrem Tod? Was war damals wirklich passiert? Noch einmal blickte sie auf das Blatt in ihrer Hand. Offenbar gab es einen Menschen, der darüber mehr wissen würde: Oliver Shute, der Verfasser dieses reißerischen Artikels. Ob sie ihn einfach befragen sollte? Er erinnerte sich bestimmt noch an die Hintergründe zu dieser Geschichte. Nur ob er darüber mit der Polizei reden würde, stand auf einem anderen Blatt. Sie könnte natürlich Marian bitten, mit ihm ganz inoffiziell zu sprechen. Ihre Freundin würde ihr den Gefallen bestimmt tun, allerdings gab es jemanden, der unmittelbar greifbar war und vermutlich ebenfalls darüber Bescheid wusste. Diejenige steckte gerade den Kopf zur Küchentür herein: »Wo bleibst du denn, Kind? Hast du den richtigen Schlüssel gefunden?«

»Noch nicht«, antwortete Helen und deutete auf das Chaos auf dem Küchentisch. »Aber ich habe etwas anderes entdeckt.« Sie hob das Blatt mit dem Zeitungsartikel. »Erinnerst du dich noch, was damals passiert ist?«

Lydia humpelte näher, auf ihren Stock gestützt. Heute schien sie wieder schlechter zu laufen als in den Tagen zuvor, und Helen plagte sofort ihr Gewissen: Sie hatte sich nicht so um Mum gekümmert, wie sie es sollte. Andererseits hatte sie auch gerade wirklich wenig Zeit für ihre Mutter, durfte zum ersten Mal, seit sie aus London zurück nach Humbleham gekommen war, wieder *ihre* Arbeit tun. Nicht dass der Job einer Neighbourhood Officer nicht auch ihre Arbeit war, aber im Grunde ihres Herzens war sie Detective. Das war ihr in den letzten beiden Tagen mit Ben klar geworden, und sie nahm sich vor, möglichst bald mit Chief Inspector Halligan zu sprechen. Dieser kleine Posten in Humbleham war ja ganz nett, aber es war nicht das, was sie langfristig wollte.

Lydia griff nach dem Zeitungsartikel und warf einen Blick auf die Schlagzeile. »Das war damals eine richtig tragische Geschichte«, sagte sie. »Ich kannte Gladys natürlich, schon seit sie ein kleines Mädchen war. Mary, unsere Nachbarin, arbeitete damals bei Sir Anthony und kümmerte sich um die Kleine, bis sie alt genug fürs Internat war. Sie hat sie auch manchmal mit nach Hause genommen. So ein aufgewecktes, freundliches Kind, es war so traurig.« Lydia seufzte. »Den Vater trifft natürlich keine Schuld. Sir Anthony hat alles für sie getan, was möglich war. Aber vielleicht fehlte am Ende wirklich die liebevolle Hand einer Mutter.«

»Aber das hier klingt eher nach einer Schmutzkampagne, die ihr politisch schaden sollte.« Helen deutete auf die Zeitungsseite.

»Man weiß es nicht.« Lydia hob die Schultern. »Ihr Engagement für die Flüchtlinge hat nicht jedem gefallen. Sie hatte doch die verrückte Idee, diese afrikanischen Studenten in Higherhill Mansion unterzubringen. Kannst du dir das vorstellen?« Mum klang entrüstet. »Ausgerechnet in Higherhill, das noch dazu dem National Trust untersteht. Damit hat sie ziemlich viele Leute hier gegen sich aufgebracht.«

»In dem Zeitungsartikel steht, dass sie eine Afrikanerin heiraten wollte, um sie vor der Abschiebung zu bewahren«, erwiderte Helen. »Glaubst du, das stimmt?«

»Ich habe keine Ahnung. Irgendwas wird schon dran gewesen sein. Sonst hätten die das doch nicht geschrieben.« Ihre Mutter verzog das Gesicht. »Wo Rauch ist, ist auch irgendwo ein Feuer.«

»Du hast also keine Ahnung.«

»Ach, Kind.« Lydia seufzte. »Kurz nach dieser Geschichte ist Gladys gestorben. Das war so schrecklich, da hat doch niemand mehr nachgefragt.«

»Ach so.« Helen stand auf. »Weißt du zufällig, wer an der Primary School ihre Lehrerin war?«

»Woher soll ich denn das wissen.« Lydia musterte angestrengt das Sammelsurium auf dem Küchentisch. »Frag Mary, vielleicht erinnert sie sich noch. Aber vorher reparierst du bitte den Rasenmäher und bringst deine Arbeit zu Ende.« Mit einem triumphierenden Ruf fischte sie einen Schraubenschlüssel aus dem Durcheinander. »Hier, der müsste passen.«

Resigniert nickte Helen. »In Ordnung. Aber nachher muss ich mich um meine *richtige* Arbeit kümmern.«

KAPITEL 12

Die Turmuhr von St. Mary's Church schlug gerade drei Uhr, als Helen vor Ms. Kinkaids Cottage aus dem Wagen stieg. Die pensionierte Lehrerin wohnte in der Bridge Lane am entgegengesetzten Ende des Dorfs in einem winzigen Häuschen, das sich unter einem weit heruntergezogenen reetgedeckten Dach duckte. Mit seinen niedrigen Fenstern erinnerte es an eine Zwergenbehausung, was irgendwie auch zu dieser kleinen alten Dame passte. In ihrem Vorgarten blühten Kussröschen, ein Miniaturapfelbäumchen, akkurat in Form geschnitten, beschattete den Eingang.

Natürlich hatte sich Mary noch erinnert, bei wem Gladys Cooper zur Schule gegangen war. Lydia hatte das Helen so stolz verkündet, als wäre es ihr eigenes Elefantengedächtnis gewesen und nicht das ihrer Nachbarin, die diese Information beigesteuert hatte. Jedenfalls hatte Helen auf diese Weise erfahren, dass es Ms. Kinkaid gewesen war, die Sir Anthonys Tochter damals unterrichtet hatte, und immerhin kannte Lydia ihre Adresse, wo Helen nun auf den Klingelknopf drückte. Doch nichts rührte sich, nicht einmal der Ton der Türglocke war zu hören.

Helen sah sich um. Links vom Haus entdeckte sie ein schmales Törchen in der blühenden Hecke, sie schob die Zweige von Geißblatt und Wicken zur Seite, öffnete den Riegel und trat ein.

Ms. Kinkaids Garten war eine Überraschung für Helen. Statt auf die erwarteten Gartenzwerge und tönernen Fliegenpilze blickte sie auf schnurgerade Beete. Tomaten, Gurken, Zucchini und Stangenbohnen wuchsen hier in Reih und Glied. Zur Rechten standen drei Gewächshäuser am Zaun, während direkt am Haus Lavendel und Thymian blühten. Doch die alte Lehrerin war nirgendwo zu sehen.

»Ms. Kinkaid?«, rief Helen und stellte sich auf die Zehenspitzen, um über die Rankhilfen der Erbsen hinwegzublicken.

»Ich bin hier drüben!«, zwitscherte es zur Antwort.

Helen folgte einem kopfsteingepflasterten Weg zum ersten Gewächshaus. Zwischen Johannisbeersträuchern erblickte sie etwas rosa Wolliges, und tatsächlich: Ms. Kinkaid richtete sich aus gebückter Haltung auf und blickte ihr entgegen.

»Ach, Helen, du bist es! Wie schön, dass du mich besuchst. Was führt dich denn zu mir?«

»Guten Tag, Ms. Kinkaid«, antwortete Helen und beschloss, direkt mit der Tür ins Haus zu fallen. »Verzeihen Sie, dass ich Sie am Sonntag mit so etwas störe, aber mir fiel vorhin dieser Zeitungsartikel in die Hände.« Sie zog das zusammengefaltete Blatt aus der Tasche. »Es geht um Gladys Cooper, und ich glaube, Sie sind die Lehrerin, die hier zitiert wird. Können Sie mir etwas dazu sagen?«

Ms. Kinkaid warf die Handvoll Unkraut, die sie gerade unter dem Johannisbeerstrauch gezupft hatte, in einen Eimer, wischte sich die Hände an ihrer Schürze ab und rückte ihre Brille zurecht, bevor sie nach dem Papier griff. »Komm mit«, sagte sie. »Wir setzen uns da drüben hin.« Sie deutete auf eine Bank an der Holzwand eines Schuppens. Mit einem Seufzen ließ sie sich nieder. »Holst du uns bitte etwas zu trinken? Die Limonade steht gleich hinter der Tür.«

Helen bog um die Ecke und schob die Tür des Verschlags auf. Im ersten Moment sah sie gar nichts, ihre Augen waren noch geblendet von der Helligkeit des Tages, doch dann erblickte sie die Getränkekästen und angelte zwei Flaschen heraus. Das Glas der Flaschen war überraschend kühl. Es waren Clifford's, und vermutlich handelte es sich um die Kästen, die Foster Drake gestern Vormittag für die alte Dame gekauft hatte.

Sie kehrte zu Ms. Kinkaid zurück und setzte sich neben sie auf die Bank. Geduldig wartete sie, während Ms. Kinkaid den Zeitungsartikel aufmerksam studierte. Die alte Dame runzelte die Stirn, dann schüttelte sie den Kopf, sodass ihre grauen Löckchen wippten. Ihre Miene hatte sich beim Lesen zunehmend verfinstert. Endlich ließ sie das Blatt sinken.

»Ich erinnere mich an die Sache«, sagte sie ernst. »Das war sehr, sehr unschön. Und vor allem traurig.«

»Wollen Sie mir erzählen, was damals wirklich passiert ist?«, fragte Helen vorsichtig. »Ich habe das Gefühl, Sie kannten Gladys recht gut.«

»Das stimmt.« Ms. Kinkaid nickte. »Sie war ein so liebes Mädchen. Und sie hat ihre alte Lehrerin nicht vergessen, sondern mich auch später immer wieder besucht. Sogar noch, als sie schon Abgeordnete in London war.« Sie blickte hoch, schaute in die Ferne. »Sie hatte das einfach nicht verdient.« Sie räusperte sich, dann zog sie ein Taschentuch aus der Schürzentasche und betupfte ihre Augen.

Helen wartete, bis sich die alte Lehrerin ihr wieder zuwandte. »Es stimmt also nicht, was hier steht?«, fragte sie. »Dass sie diese Flüchtlingsfrau nur heiraten wollte, weil ...«

»Nein.« Vehement schüttelte Ms. Kinkaid den Kopf. Dann sah sie noch einmal auf das Blatt Papier, musterte das Foto der sympathisch wirkenden Frau. »Nun, ein wenig Wahrheit steckt vielleicht doch dahinter.« Sie seufzte. »Es ist schon richtig, dass sich Gladys immer für andere einsetzte. Das hat sie bereits als kleines Mädchen getan.« Ms. Kinkaid schmunzelte. »Weißt du, sie war damals mit Kate Jameson befreundet, der Schwester von Bill, Dennis und Frederic, du kennst die Familie bestimmt.«

Helen nickte.

»Kate war ein richtiger Wildfang, hat ständig etwas angestellt. Und mehr als einmal hat Gladys die Schuld dafür auf sich genommen. Aus gutem Grund, denn Kates Vater ist schnell mal die Hand ausgerutscht, wenn er zornig war.« Sie verzog das Gesicht. »Einmal hat Gladys sogar ihre Klassenarbeiten vertauscht, für die Kate eine schlechte Note bekommen hatte. Das habe ich damals diesem Reporter erzählt, aber er hat meine Worte so verdreht, dass es so klang, als ob sich Gladys einen Vorteil erschlichen hätte. Dabei war es genau umgekehrt.«

»Verstehe.« Helen nickte langsam. »Und Sie denken, sie hätte so etwas auch für diese afrikanische Frau getan?«, fragte sie.

»Das weiß ich nicht.« Ms. Kinkaid hob die Schultern. »Gladys hat mir davon nichts erzählt. Ich weiß nur, dass sie sich sehr für die Flüchtlinge eingesetzt hat. Sie hatte einige besondere Schützlinge, denen sie ermöglichte, hier in England ihre Ausbildung oder ihr Studium zu Ende zu bringen. Sie organisierte Sprachkurse und half ihnen, hier Fuß zu fassen.« Die alte Lehrerin nickte ernsthaft. »Das war ein sehr guter Plan, und es waren wirklich vielversprechende junge Menschen. Wir hätten weniger Probleme auf der Welt, wenn es mehr Leute wie Gladys gäbe.«

»Wie kommt es dann zu so einem Artikel?«, fragte Helen. »Wer wollte ihr schaden?«

»Such es dir aus.« Ms. Kinkaid hob die Schultern. »Sie wollte ihre Schützlinge damals in Higherhill Mansion unterbringen. Damit hat sie sich nicht gerade beliebt gemacht.« Sie sah Helen an. »Weißt du, den Menschen ist doch immer erst einmal suspekt, was sie nicht kennen. Eine anonyme Gruppe von unbekannten Flüchtlingen sehen sie als Bedrohung an. Erst wenn sie sie als einzelne Personen wahrnehmen und sie ein wenig kennenlernen, stellen sie fest, dass die gar nicht so viel anders sind als wir.«

»Da sagen Sie etwas Wahres«, antwortete Helen. »Sie denken also, der Zeitungsartikel entstand aus dem Wunsch heraus, Gladys' Pläne mit dem Flüchtlingsheim in Higherhill zu vereiteln?«

»Das könnte ich mir gut vorstellen.« Ms. Kinkaid runzelte die Stirn. »Die Wahlen zum Unterhaus standen vor der Tür, und sie war ja nicht die einzige Bewerberin um das Amt. Es kann auch einer ihrer Konkurrenten gewesen sein, der diesem Journalisten einen Tipp gegeben hat.« Sie blickte noch einmal auf den Artikel. »Pete Stanford hat den Sitz dann ja auch gewonnen.«

»Sie glauben, Stanford hat diese Schmutzkampagne selbst initiiert?« Helen hob die Brauen.

»Der Journalist kann genauso gut selbst draufgekommen sein«, entgegnete Ms. Kinkaid. »Der war doch so ein Sensationsreporter und hat ständig über irgendwelche Dinge berichtet, die eigentlich niemand wissen will. Vermutlich hat er Stanford und Brian genauso die Worte im Mund verdreht wie mir. Am besten fragst du ihn selbst.«

Helen faltete das Blatt wieder zusammen und schob es zurück in ihre Tasche. »Das werde ich ganz bestimmt tun«, sagte sie. »Vielleicht hängt der Tod der beiden Männer wirklich damit zusammen.« Sie reichte Ms. Kinkaid eine der Limonadenflaschen.

»Ach.« Die hellblauen Augen der alten Dame wurden groß. »Bist du deswegen hier? Du denkst, die Morde an Stanford und Brian haben etwas mit dieser alten Geschichte zu tun?«

»Ich weiß es nicht. Aber es wäre eine mögliche Verbindung, oder nicht?«

Ms. Kinkaid schraubte den Deckel ihrer Flasche ab. »Rache wäre natürlich ein starkes Motiv. Aber warum sollte jemand zehn Jahre lang warten, bis er etwas unternimmt?«

»Das ist eine sehr, sehr gute Frage.« Helen runzelte die Stirn. »Wie ging es nach diesem Zeitungsartikel weiter? Wurde Gladys wirklich verurteilt?«

»Dazu kam es nicht mehr.« Ms. Kinkaid hob die Flasche und trank sie zur Hälfte leer, bevor sie weitersprach. »Wenige Tage nach Erscheinen dieses Artikels ist Gladys bei einem Autounfall ums Leben gekommen. Die Leute munkelten natürlich über einen möglichen Selbstmord, aber Sir Anthony hat dafür gesorgt, dass nichts davon an die Öffentlichkeit kam. Es war auch so schlimm genug.« Sie holte ein Taschentuch aus ihrer Schürze und schnäuzte sich. »Deshalb spricht er auch niemals von Gladys oder über ihren Tod. Bei meinem Kondolenzbesuch hat er mich nicht einmal ins Haus gelassen.« Sie schnaufte entrüstet.

»Und was ist aus dieser Flüchtlingsfrau geworden?« Helen sah die alte Dame fragend an. »Wissen Sie etwas darüber?«

»Nein.« Ms. Kinkaid schüttelte den Kopf, ihre Löckchen wippten. »Ich sagte doch, Gladys hat mir gegenüber nie von ihr gesprochen.«

»Mist.« Helen verzog das Gesicht. »Lebt Kate Jameson noch hier? Sie sagten doch, die beiden waren eng befreundet. Vielleicht kann sie uns mehr über die Geschichte erzählen.«

Ms. Kinkaid machte eine bedauernde Miene. »Kate ist nach Kanada gegangen und hat nie wieder von sich hören lassen. Bei dem Vater hat das auch niemanden verwundert.«

Helen seufzte. »Dann müssen wir wohl oder übel mit Sir Anthony reden. Er ist offenbar der Einzige, der uns mehr über die Sache sagen kann.«

»Was er bestimmt nicht tun wird. Was seine Tochter betrifft, ist er verschlossen wie eine Auster.« Ms. Kinkaid deutete auf die Flasche in Helens Hand. »Trink doch, Kind. Es ist wirklich warm heute, nicht wahr?«

Ms. Kinkaid hatte recht. Kein Lüftchen regte sich. Die Sonne hatte die Holzwand des Schuppens aufgeheizt und wärmte

Helens Rücken. Sie öffnete die Flasche und setzte sie an die Lippen. Einen Moment lang war sie einfach nur dankbar für die Kühle des Glases an ihrem Mund. Sie wappnete sich gegen die Süße des Getränks und nahm einen großen Schluck. Und spuckte die Flüssigkeit in hohem Bogen aus.

»Igitt, das schmeckt ja fürchterlich!« Entsetzt starrte sie auf die Flasche in ihrer Hand. Die quietschgelbe Limonade war gallenbitter. Vorsichtig schnupperte sie daran. Jetzt glaubte sie einen schwach stechenden Geruch wahrzunehmen, der ihr zuvor nicht aufgefallen war.

»Was ist los?«, fragte Ms. Kinkaid. »Ist die Limonade verdorben?«

»Ich weiß es nicht.« Misstrauisch betrachtete Helen die Flasche, doch die Farbe unterschied sich nicht vom Inhalt der Flasche, aus der Ms. Kinkaid soeben getrunken hatte. »Sie schmeckt bitter.«

»Das ist ja eigenartig.« Die alte Lehrerin griff nach Helens Flasche.

»Halt.« Helen schraubte den Verschluss wieder zu und stand auf. »Sie sollten das auf keinen Fall probieren.« Ihre Zunge brannte wie Feuer, aber das plötzliche Stechen in ihren Schläfen war vermutlich nur Einbildung. Trotzdem, beschloss sie, würde sie diese Limonade in die Kriminaltechnik bringen und untersuchen lassen. Nur zur Sicherheit. »Und bitte trinken Sie auch nichts mehr aus den anderen Flaschen.«

Am nächsten Morgen war Helen früher aufgestanden als sonst und bereits vor acht Uhr unterwegs. »Ich muss nach Oakham zu einer Dienstbesprechung«, hatte sie ihrer Mutter erklärt. Lydia hatte nicht überzeugt gewirkt – das war im ganzen letzten Jahr nicht ein einziges Mal vorgekommen und nun schon das zweite Mal in zwei Tagen. Allerdings hatte es da auch keine Mordermittlung in Humbleham gegeben, wie sie am Ende zugeben musste, und Helen ziehen ließ, ohne weiter nachzubohren.

Helen war allerdings nicht auf dem Weg zur Dienststelle in Oakham, sondern bog schon an der Umgehungsstraße in Richtung Leicester ab. Trotz des morgendlichen Berufsverkehrs und eines gemütlich vor ihr dahinzockelnden Traktors war sie bereits kurz nach neun an der Constabulary. Sie stellte sich dem diensthabenden Officer am Empfang vor, zeigte ihren Dienstausweis und fragte nach Jeremy Barnes.

»DS Barnes? Der ist nicht da.« Der Beamte schüttelte bedauernd den Kopf. »Die haben gerade eine Ermittlung in Rutland, und er arbeitet von Oakham aus.«

»Das weiß ich.« Helen biss sich auf die Lippen und schalt sich selbst für ihre Dummheit. Natürlich war Jeremy in Oakham und nicht hier. Sie hatte einfach nicht damit gerechnet, dass er schon so früh am Morgen in Oakham sein würde, sondern war davon ausgegangen, dass er noch hier war und sie ihm ihr Anliegen erklären konnte.

»Ich kann ihn anrufen«, bot der Beamte an. »Wie war noch mal Ihr Name?«

»Schon gut«, winkte Helen ab. »Das kann ich selbst erledigen, ich habe seine Nummer.«

Sie zog das Telefon aus der Tasche und tippte auf Jeremys

Eintrag in der Kontaktliste. Es dauerte ein paar Sekunden, bis der Detective sich meldete. »Lenilly, schön, dass du dich meldest! Ich bin gerade auf dem Sprung zu Ada Jameson«, sagte er. »Was gibt's denn?«

Zwei Polizistinnen durchquerten die Halle und warfen ihr neugierige Blicke zu. Sie wandte sich ab und senkte die Stimme. »Ich bin in Leicester«, erklärte sie. »Ich habe hier eine Flasche Limonade, die ich gern kriminaltechnisch untersuchen lassen würde. Kannst du das für mich in die Wege leiten?«

»Klar kann ich das. Aber eigentlich muss das unser Kollege aus London beauftragen. Hast du nicht mit ihm gesprochen?«

»Nein.« Helen biss sich auf die Lippen. Genau genommen hatte sie überhaupt nicht bedacht, dass sie diese Untersuchung von höherer Stelle genehmigen lassen musste. Die Notwendigkeit war doch offensichtlich! Aber sie war nun einmal keine Detective mehr, die so etwas entscheiden durfte.

»Sag mir doch einfach, worum es geht, Lenilly.« Jeremy klang leicht ungeduldig. »Dann werde ich sehen, was ich tun kann.«

»Okay.« In kurzen Worten berichtete sie, was sie am Vortag entdeckt hatte und was ihr beim Besuch von Ms. Kinkaid widerfahren war. »Ich glaube, jemand wollte sie vergiften«, schloss sie. »Deshalb würde ich diese Limonade gern analysieren lassen.«

Jeremy schwieg einen Moment. »Kann diese Limo nicht auch einfach verdorben sein?«, fragte er. »Wenn sie, wie du sagst, im Schuppen lagert …«

»Nein, Jeremy. Das schmeckte definitiv nicht wie verdorbener Fruchtsaft. Bitte vertrau mir, da ist Eile geboten.«

»Na gut. Ich rufe in der Kriminaltechnik an und sage ihnen, dass du in meinem Auftrag handelst. Und hoffen wir einfach, dass sie etwas finden.« Er lachte verhalten. »Sonst habe ich Doc Skimmingdale einiges zu erklären.«

Helen beendete das Gespräch und wandte sich an den Mann am Empfang, der die ganze Zeit neugierig herübergeschaut hatte.

»Wo finde ich das kriminaltechnische Labor?«, fragte sie. »Ich muss etwas untersuchen lassen.«

Der Officer hob die Brauen, doch er fragte nicht weiter nach, sondern deutete auf einen Gang zu seiner Linken. »Am Ende des Flurs links. Sie können es nicht verfehlen.«

»Danke.« Helen setzte sich in Bewegung. Vor einer breiten Doppeltür blieb sie stehen. »Criminal Investigation Departement« war auf einem Schild zu lesen. Sie klopfte an die Tür, straffte ihre Schultern und trat ein.

Ein Großraumbüro mit mehreren Schreibtischen. Bildschirmarbeitsplätze mit hochtechnischer Ausstattung, mehrere Drucker, Scanner und Geräte, die sie nicht identifizieren konnte. Schränke mit Aktenordnern, eine Art Labortisch vor dem Fenster, ein kleiner Besprechungstisch in der Mitte des Raums. Es war nur ein Beamter anwesend, der jüngere der beiden CSI-Männer, die am Freitag im »Boxing Hares« gewesen waren. Sein Gesicht hellte sich auf, als er Helen erkannte.

»Constable Franklin«, begrüßte er sie und kam auf sie zu, »Barnes hat gerade angerufen und gesagt, Sie bringen mir etwas zur Untersuchung?«

»Hallo, äh …«, antwortete Helen und durchsuchte verzweifelt ihr Gehirn nach seinem Namen. Aber Jeremy hatte ihr seine Leute nicht vorgestellt, und der Mann war in Zivil und trug kein Namensschild. Egal. Sie zog die Limonadenflasche aus der Tasche. »Können Sie das für mich analysieren bitte?«

Der Mann hob die Augenbrauen. »Limonade? Was ist damit?«

»Ich vermute, dass sie vergiftet ist«, erklärte Helen. »Ich war gestern bei einer Zeugin des Anschlags in Humbleham und hätte um ein Haar davon getrunken. Es ist möglicherweise Gefahr im Verzug, deshalb muss ich so schnell wie möglich wissen, was da drin ist.«

Der Mann nahm ihr die Flasche ab, öffnete den Verschluss und schnupperte an der quietschgelben Flüssigkeit. »Es riecht aber ganz normal«, meinte er.

»Tun Sie es trotzdem.« Helen lächelte ihn bittend an. »Wie lange werden Sie brauchen?«

»Das wird leider ein wenig dauern«, erwiderte der Beamte. »Unser Labor ist vollkommen ausgelastet mit den beiden Todesfällen in Humbleham. Wir haben viel zu wenig Leute.«

Helen legte all ihre Autorität in ihre Stimme. »Bitte behandeln Sie das mit Vorrang. Die MET ist in dem Fall beteiligt, und wir brauchen möglichst bald ein Ergebnis.«

»Na gut, ich kümmere mich gleich darum.« Die Erwähnung der Metropolitan Police half offenbar, der Officer ging zu seinem Schreibtisch. »Aber bei der Suche nach Gift kann man vorher nie wissen, wie lange es dauert. Wenn wir Glück haben, ist es was Gängiges, dann geht es schnell. Falls es was Exotisches ist, finden wir es womöglich nie.«

»Dann hoffen wir, dass der Attentäter nicht allzu kreativ war«, antwortete Helen. »Geben Sie uns bitte sofort Bescheid, wenn Sie etwas haben, okay?«

»Das mache ich.« Der Beamte ging an seinen Schreibtisch und bewegte die Maus. Der Monitor wurde hell, Helen kniff die Augen zusammen: Bildschirmfüllend öffnete sich das Foto eines ausgebrannten Wagens. Die Scheiben waren zersplittert, die Karosserie war verzogen, die Farbe des Lacks nicht mehr zu erkennen. Zwei Feuerwehrmänner hatten neben dem Fahrzeug Aufstellung genommen, sie hielten Löschschläuche auf einen rußgeschwärzten Sportwagen, der halb in der Hecke neben der Straße hing. Eine Dampfwolke verhüllte gnädig die Sicht, sodass die verkrümmte Gestalt hinter dem Lenkrad nur zu erahnen war, doch die Aufnahme zeigte auch so deutlich genug, dass in diesem Wagen ein Mensch den Tod gefunden hatte. Helen schauderte. »Was ist denn hier passiert?«, fragte sie.

»Letzte Nacht gab es einen Unfall mit einem Toten auf der Melton Road bei Wissenthorpe.« Der Mann verzog das Gesicht. »Unschöne Sache, das Fahrzeug ist komplett ausgebrannt. Zum Glück war sonst niemand beteiligt.«

»Weiß man schon, wer das ist?« Sie wies auf das Bild.

»Das Fahrzeug gehört einem Reporter vom *Midland Mirror*, er heißt Oliver Shute. Die Leiche ist noch in der Rechtsmedizin, aber wir gehen davon aus, dass er es ist.«

Helen erschrak und zog die Luft zwischen den Zähnen ein. »*Dammit!*«

»Kannten Sie ihn?« Mit neuem Interesse musterte sie der Beamte.

Sie machte eine verneinende Geste. »Nur flüchtig. Aber ich weiß, wer er ist.« Das war nicht einmal gelogen. Dass sie vorgehabt hatte, mit ihm über Gladys Cooper zu sprechen, musste sie dem Beamten wirklich nicht auf die Nase binden. Und schon gar nicht, dass ihre beste Freundin mit ihm ein Verhältnis hatte. Gehabt hatte. Sie musste es Marian sagen. Bei dem Gedanken zog sich ihr Magen schmerzhaft zusammen. »Wie ist es passiert?«, wollte sie wissen.

»Es gab eine Explosion, die Ursache ist ungeklärt«, erklärte der Officer. »Die Untersuchungen dauern noch an.«

»Wo steht der Wagen?«

»In der kriminaltechnischen Abteilung in Melton Mowbray.« Er sah sie überrascht an. »Denken Sie, dieser Unfall hat etwas mit Ihren Fällen in Humbleham zu tun?«

Helen winkte ab. »Shute war am Freitag vor Ort. Vielleicht hatte er noch Material im Wagen.«

»Da werden Sie kein Glück haben.« Der Beamte deutete auf das Foto auf seinem Monitor. »Was auch immer in diesem Auto war, wird nicht mehr verwertbar sein.«

»Vermutlich haben Sie recht.« Helen wandte sich zum Gehen. Mit den Gedanken war sie schon wieder bei Marian. Wie sie den Tod ihres Freundes wohl aufnehmen würde? »Bye«, sagte sie. »Und danke für Ihre Hilfe.«

»Gerne wieder.« Er lächelte breit. »Melden Sie sich einfach, wenn Sie etwas brauchen.«

Wie Helen schon fast erwartet hatte, war Ben Baxter ganz und gar nicht *amused*, als sie ihm wenig später auf dem Weg vom

Bahnhof zur Polizeidienststelle in Oakham von ihrem Besuch bei Ms. Kinkaid und der Limonadenflasche berichtete. »So etwas kannst du nicht bringen, Helen«, sagte er ernst. »Du weißt, dass ich deine Arbeit schätze, aber wir haben hier eine Dienstvorschrift, nach der du nur auf meine Weisung hin ermitteln darfst. Keinesfalls kannst du selbstständig Zeugen vernehmen oder gar kriminaltechnische Untersuchungen beauftragen.«

Helen schnaubte. Immerhin wäre sie beinahe einem Giftanschlag zum Opfer gefallen, der eigentlich Ms. Kinkaid gegolten hatte. War das allein nicht schon Grund genug, Himmel und Hölle in Bewegung zu setzen? Das war wieder typisch Ben, für den die Dienstvorschrift über alles ging. Sie atmete tief durch. »Jeremy Barnes hat die Untersuchung genehmigt. Und du hättest ganz genauso entschieden, wenn du an meiner Stelle gewesen wärst«, sagte sie mit bemüht ruhiger Stimme.

»Das mag schon sein. Aber ich bin der zuständige Ermittler, du hättest mich vorher fragen müssen.«

»Vertrau mir doch einfach, wenn ich sage, dass es einen Grund für die Eile gibt.« Sie funkelte ihn wütend an. »Wenn wirklich Gift in der Flasche ist, gibt das unseren Ermittlungen eine völlig neue Richtung.« Sie beugte sich über ihn, öffnete das Handschuhfach und nahm das Zeitungsblatt heraus. »Lies das bitte. Ich glaube nicht, dass Bill Jameson etwas mit der Sache zu tun hat.«

Ben faltete das Blatt auf und überflog rasch den Artikel. Dann hob er die Brauen. »Du vermutest einen Zusammenhang mit unseren Fällen?« Er schüttelte den Kopf. »Wer ist diese Gladys Cooper überhaupt?«

»Sie war die Tochter von Sir Anthony, dem Besitzer von Humble Manor. Sie ist vor zehn Jahren bei einem Autounfall ums Leben gekommen.«

»Verstehe.« Ben blickte erneut auf den Artikel. »Und du glaubst, jemand will nach all den Jahren Gladys Cooper rächen? Das kann ich mir beim besten Willen nicht vorstellen. Wieso sollte derjenige zehn Jahre damit warten?«

»Das weiß ich auch nicht, Ben.« Sie hob die Schultern. »Aber findest du es denn nicht auffällig, dass genau die drei Personen betroffen sind, die in dem Artikel erwähnt werden?«

»Es sind nur zwei«, stellte Ben richtig. »Das mit dem Anschlag auf Ms. Kinkaid ist erst einmal nur eine Vermutung von dir. Vielleicht war die Limonade auch einfach verdorben.«

Helen presste die Kiefer aufeinander. Sie war ganz sicher, dass mehr dahintersteckte, doch Ben würde sich nur von Beweisen überzeugen lassen. »Das ist noch nicht alles«, sagte sie leise. »Letzte Nacht ist ausgerechnet der Journalist, der den Artikel verfasste, ebenfalls gestorben. Er wurde bei einem Autounfall getötet.«

»Oha.« Ben runzelte die Stirn, schaute auf den Zeitungsartikel in seiner Hand und rieb sich die Nase. Helen wusste, das war ein Zeichen, dass er angestrengt nachdachte. »Ist denn bekannt, was aus dieser Zameera S. geworden ist?«, fragte er schließlich.

»Ich habe keine Ahnung.« Helen hob die Schultern. »Ich habe Ms. Kinkaid danach gefragt, aber sie wusste überhaupt nichts von der Geschichte. Offenbar hielten die beiden ihre Beziehung geheim, und das alles kam erst durch diesen Zeitungsartikel ans Licht.«

»Shute können wir nicht mehr danach fragen«, stellte Ben trocken fest.

»Aber vielleicht finden wir Zameera«, schlug Helen vor. »Du hast doch bestimmt noch immer deine Kontakte zur Ausländerbehörde.«

KAPITEL 13

Es kostete Bens Mitarbeiter in London nur einen Anruf bei der Einwanderungsbehörde, um herauszufinden, dass sich Zameera Senaï nicht mehr in Großbritannien aufhielt. Man hatte sie kurz nach dem Tod von Gladys Cooper des Landes verwiesen und in ihre Heimat Eritrea deportiert. Allerdings besaß Zameera laut Auskunft der Behörde einen Bruder, Qasim, der nach wie vor in England lebte. Er wohnte in der Nähe von Corby und arbeitete in einem großen Gartencenter.

»Das kenne ich, da war ich schon mit Lydia«, meinte Helen, als Ben ihr das berichtete. »Wir können hinfahren und ihn selbst befragen.«

Ben nickte. »Das ist eine gute Idee und geht schneller, als wenn wir ihn durch die örtliche Polizei vorladen lassen.«

Von Oakham nach Corby war es nicht weit, keine fünfzehn Meilen, und sie brauchten nicht mehr als eine halbe Stunde, denn das Gartencenter befand sich direkt am Ortseingang. Es war Schlag zwölf Uhr, als Helen auf den gut gefüllten Parkplatz einbog. Menschen strebten zum Eingang, andere kamen gerade heraus, sie schleppten schwere Taschen oder schoben Einkaufswagen mit Pflanzen und Töpfen und Gartenwerkzeug. Helen und Ben wurden misstrauisch beäugt, als sie aus dem Wagen stiegen – kein Wunder, ihre Uniform, Bens Trenchcoat und Mums alter Vauxhall passten wirklich nicht zusammen. Einige Leute zogen sogar ihre Smartphones heraus und machten Fotos von ihnen, als sie über den Parkplatz gingen – etwas, das Helen nicht mehr erlebt hatte, seit sie in Humbleham arbeitete.

Ben schien das alles nicht zu bemerken. Ohne nach rechts oder links zu schauen, eilte er zum Eingang und fragte an der Infotheke nach Mr. Senaï. Die Angestellte musterte Bens Dienstausweis, dann wanderten ihre Augen über Helens Uniform. »Hat er was ausgefressen?«, wollte sie wissen.

»Aber nein«, antwortete Helen schnell. »Wir haben nur ein paar Fragen an ihn.«

»Können Sie uns sagen, wo wir ihn finden?«, setzte Ben hinzu und setzte ein verbindliches Lächeln auf.

Die Mitarbeiterin warf einen Blick auf ihren Bildschirm. »Hinten beim Gartenbau. Aber vermutlich macht er gerade Pause.«

Ben bedankte sich. Helen deutete auf einen Wegweiser, der den Weg zum Außengelände wies. Es ging einmal quer durch alle Abteilungen, und sie passierten bunt glasierte Blumentöpfe, Kunstblumen, Grußkarten und Schuhe, erblickten Tierskulpturen und Lichterketten und zuletzt riesige rostige Gebilde auf einer eigenen Ausstellungsfläche, bei denen nicht zu erkennen war, worum es sich handeln mochte. Kunst, vermutete Helen und fragte sich, wer sich so etwas in den Garten stellte. Nicht einmal Lydia traute sie so eine Geschmacksverirrung zu.

Breite Glastüren führten sie schließlich hinaus zum Freigelände, wo in Töpfen und Eimern Blumen, Sträucher und ganze Baumreihen wuchsen. Sie fragten erneut nach Qasim und wurden hinter das Gebäude in den Mitarbeiterbereich geschickt. Zameeras Bruder saß mit einem Sandwich und einer Thermoskanne an einem verwitterten Holztisch unter einem etwas ramponierten Sonnenschirm aus Bast, der es offenbar nicht bis in den Verkauf geschafft hatte. Seine Miene verfinsterte sich, als Ben Zameeras Namen nannte. »Hat Sie die Ausländerbehörde geschickt?«, fragte er brüsk. »Was wollen Sie von ihr?« Er sprach gutes Englisch mit einem schwachen Akzent, den Helen nicht zuordnen konnte.

Ben setzte sich neben den Mann und stützte leutselig die Unterarme auf die Knie. »Aber nein«, sagte er. »Ich bin Detective Sergeant Baxter, das ist Police Constable Franklin.«

Helen nickte zum Gruß und setzte sich Qasim Senaï gegenüber.

Der Mann blickte von seinem Sandwich auf. »Wieso interessiert sich nach all den Jahren die Polizei für meine Schwester?«

»Es gab mehrere Todesfälle in Humbleham«, erklärte Helen. »Das ist die Ortschaft, in der Gladys Cooper lebte. Damals, als …«

»Ich hab davon gelesen.« Er senkte den Kopf, das krause Haar fiel ihm in die Stirn. »Aber Zameera hat damit doch nichts zu tun. Sie lebt schon seit über zehn Jahren nicht mehr in England.«

»Das wissen wir.« Ben sah den Mann aufmerksam an. »Hatten Sie in der Zeit Kontakt mit Gladys' Familie?«

Qasim Senaï lachte bitter auf. »Natürlich *nicht*. Was glauben Sie denn? Gladys' Vater hätt mich vom Hof gejagt, wenn ich mich da blicken hätt lassen.«

»Man war also nicht gut auf Zameera zu sprechen?«

Der Mann schüttelte den Kopf. »Vermutlich geben sie ihr die Schuld dran, was passiert ist.« Er blickte zu Boden, seine dunklen Augen waren verschattet.

»Wollen Sie uns erzählen, was damals geschah?«, fragte Helen mit sanfter Stimme.

Qasim Senaï schwieg so lange, dass Helen schon dachte, er hätte sie nicht gehört. Dann begann er leise zu sprechen. »Zu Anfang hab ich Gladys für eine dieser verrückten Engländerinnen gehalten. Eine Frauenrechtlerin, die sich mit der Rettung einer Flüchtlingsfrau großtun wollte. Hätten ihre Parteifreunde das richtig aufgezogen, hätt ihr das ganz schön Stimmen gebracht, hab ich mir damals gedacht.« Er hob den Kopf. »Aber so war's nicht. Ich hab's erst auch nicht glauben wollen, aber die beiden haben sich wirklich geliebt.« Er sah erst Ben, dann Helen an. »Zameera und Gladys wurde damals großes Unrecht getan«, sagte er ernst. »Dieser Artikel in der Zeitung ...« Er wischte sich über die Augen. »Gladys hat natürlich Feinde gehabt, und die haben sich wie die Aasgeier auf diese Geschichte gestürzt. Sie wollten sie politisch ruinieren und haben ihr böse Absichten unterstellt, deshalb ist das Ganze vor Gericht gegangen. Und Zameera haben sie im Eilverfahren aus England ausgewiesen.« Er sah sie an, seine dunklen Augen glänzten feucht. »Gladys hat ihre Gerichtsverhandlung nicht mehr erlebt. Sie hat sich vorher das Leben genommen.«

»Dieser Autounfall war ...«

»Ganz sicher Selbstmord.« Qasim nickte nachdrücklich. »Genau wie bei Romeo und Julia. Gladys wollte ohne Zameera nicht mehr leben.«

»Was ist mit Zameera passiert? Haben Sie noch Kontakt?«

Er schüttelte betrübt den Kopf. »Sie wurde gleich bei ihrer Ankunft in Eritrea verhaftet. Man hat ihr den Prozess gemacht und sie ins Gefängnis geworfen. Anfangs haben wir uns noch geschrieben, aber es dauert immer Monate, bis mich ein Brief von ihr erreicht, und nun habe ich schon seit über einem Jahr nichts mehr von ihr gehört. Ich hoffe, es geht ihr den Umständen entsprechend gut.« Er seufzte und stand auf. »Ich tröste mich damit, dass ich es wohl erfahren hätte, wenn sie nicht mehr lebt.«

Ben erhob sich ebenfalls. »Ich muss Sie leider fragen, wo Sie letzte Woche Freitag zwischen Mitternacht und zehn Uhr morgens waren«, sagte er.

Der Mann hatte sich schon zum Gehen gewandt. Nun fuhr er herum und sah Ben erschrocken an. »Sie glauben, ich hab etwas mit diesen Morden zu tun?«

»Nur wenn Sie für diese Zeit kein Alibi haben«, gab Ben trocken zurück.

Helen schüttelte im Stillen den Kopf. Qasim hatte offen von Gladys und Zameera erzählt. Er machte nicht den Eindruck, als hätte er etwas zu verbergen. Aber natürlich hatte Ben recht – wenn ihre Fälle wirklich mit Gladys Coopers Tod zusammenhingen, gehörte Zameeras Bruder zum Kreis der Verdächtigen. Nur dass Helen diesem sanften Mann einfach nicht zutrauen mochte, jemanden mit einem Jagdgewehr zu erschießen oder gar mit einem Dartpfeil zu erstechen.

»Ich war zu Hause«, brummte Senaï. »Hab am Freitag frei gehabt.« Sein Akzent war nun deutlicher zu hören.

»Kann das jemand bezeugen?« Ben musterte ihn streng.

Der Mann hob die Schultern. »Am Abend war ich im Kino. Aber ob mich da jemand gesehen hat, kann ich natürlich nicht sagen.«

»Sagen Sie uns bitte, wie das Kino heißt. Wir müssen das überprüfen.«

Qasim verzog die Mundwinkel. »Ich hoffe mal, Sie wären genauso gründlich, wenn ich 'n Weißer wär.«

»Das wären wir ganz bestimmt«, versicherte ihm Helen. »Bitte verstehen Sie, dass das nichts mit Ihrer Herkunft zu tun hat, sondern nur mit Zameeras Vergangenheit.«

»Schon gut.« Er machte ein trauriges Gesicht. »Ich war im Savoy Cinema. Da lief ein *Star Wars*-Film in der Spätvorstellung.«

»Wir werden das überprüfen.« Ben hatte sich den Namen aufgeschrieben und steckte den Kugelschreiber wieder ein. »Danke, Mr. Senaï.«

Kaum dass sie wieder im Wagen saßen, gab Ben die neuen Informationen an die MET in London weiter. Sein Kollege versprach, sich darum zu kümmern, wies aber darauf hin, dass es nicht einfach sein werde, etwas über Zameeras Verbleib herauszufinden. Die eritreischen Behörden zeigten kein großes Interesse, mit westlichen Staaten zusammenzuarbeiten, und die britische Botschaft in Asmara habe nicht viel Einfluss. Aber er werde alles versuchen, versprach er, bevor er das Gespräch beendete.

»Denkst du wirklich, Qasim hat etwas damit zu tun?«, fragte Helen, während sie den Wagen über die Landstraßen zurück nach Oakham steuerte. Sie waren übereingekommen, die Nachfrage im Savoy Cinema den Kollegen vor Ort zu überlassen. Das Kino hatte noch geschlossen, und abgesehen davon besaßen sie gar kein Foto von Qasim, das sie den Angestellten zeigen konnten, die Freitagabend Dienst gehabt hatten. Das musste erst bei der Einwanderungsbehörde angefordert werden, und sich darum zu kümmern, hatte Ben an die Beamten in Corby delegiert.

»Ich weiß es nicht«, gab Ben zurück. »Tatsächlich ist die Geschichte von Gladys und Zameera die erste konkrete Spur, die wir haben. Also können wir auch nicht ausschließen, dass ihr Bruder eine Rolle bei dem Ganzen spielt.«

»So gesehen hast du recht«, gab Helen zu. »Trotzdem glaube ich nicht, dass er es war.« Sie schüttelte den Kopf. »Überleg doch mal. Brian hätte ihn nie so nahe an sich rangelassen, dass er ihn mit einem Dartpfeil töten könnte.«

»Nur wenn eure Doc Skimmingdale recht hat mit dem Ablauf der Tat«, entgegnete Ben. »Vielleicht täuscht sie sich, und der Pfeil wurde doch nach Garner geworfen.«

»Das wäre dann aber ein Meisterwurf.« Helen setzte den Blinker und bog in die Überlandstraße ein.

»Das war der Schuss auf Pete Stanford schließlich auch. Bei dieser Distanz muss das ein geübter Schütze gewesen sein.« Ben verzog das Gesicht. »Es sieht so aus, als hingen diese Fälle wirklich zusammen.«

»Das habe ich von Anfang an gesagt.« Helen nickte. »Dann wären die Taten aber von langer Hand geplant. Und vermutlich ist es auch kein Zufall, dass das alles genau jetzt passiert ist.«

»Hm.« Ben rieb sich die Nasenwurzel. »Dieser Blumenschmuckwettbewerb findet doch in jedem Jahr statt, oder nicht?«

»Aber Humbleham ist zum ersten Mal dabei.« Helen sah zu ihm hinüber. »Erst durch ›Rutland in Bloom‹ waren Pete Stanford, Brian Garner und Ms. Kinkaid am selben Ort versammelt.«

»Und Oliver Shute.« Ben nickte langsam.

»Dann war das womöglich auch kein Unfall«, sagte Helen. »Sein Auto ist einfach explodiert. Das stinkt doch zum Himmel.«

»Gestunken hat es ganz bestimmt.« Ben grinste schief. »Weißt du, wer den Fall bearbeitet?«

»Die Kollegen in Melton Mowbray«, antwortete Helen. »Der Wagen steht in der Kriminaltechnik und wird gerade untersucht.«

»Dann los, worauf warten wir noch?«

Es herrschte nicht viel Verkehr auf der Überlandstraße, und sie legten die zehn Meilen nach Melton Mowbray in Rekordzeit zurück. Abends im Feierabendverkehr hätten sie für diese Strecke locker die doppelte Zeit gebraucht. Ben lachte, als Helen das erwähnte. »In London wäre es völlig illusorisch, in dieser Zeit überhaupt aus der Stadt rauszukommen.«

»London ist auch ein klein wenig größer als Oakham«, gab Helen zurück.

»Ja, leider.« Ben schob eine leere Chipstüte zur Seite und streckte die Beine aus. »Ich glaube, hier könnte es mir tatsächlich gefallen.«

»Das ist jetzt nicht dein Ernst.« Helen warf ihm einen Seitenblick zu. »Sobald in Leicester eine Stelle als Detective frei wird, ist das meine. Inklusive Beförderung zum Sergeant. Das hat mir Chief Inspector Halligan hoch und heilig versprochen.«

»Natürlich.« Ben lächelte zerknirscht. »Ich wollte auch nur sagen, dass … Ach, Helen, ich würde einfach gern wieder mit dir zusammenarbeiten. Mein neuer Partner hat nicht deine Qualitäten.«

Helen ignorierte das Kompliment. So leicht konnte er nicht ungeschehen machen, was passiert war. Aber neugierig war sie doch. »Wer ist es denn? Kenne ich ihn oder sie?«

»Nein.« Ben schüttelte den Kopf. »Marcus kam als dein Nachfolger zu uns und wurde direkt mir zugeteilt. Frisch von der Polizeischule, stell dir das vor! Ihm fehlt einfach deine Erfahrung.«

Nun musste Helen grinsen. »Wir beide haben doch auch so angefangen. Hab Geduld mit ihm, die Erfahrung kommt ganz von allein.« Zumindest wenn man nicht gerade im Dorf auf Streife geht, dachte sie bei sich.

»Ja, natürlich. Niemand kann Marcus einen Vorwurf draus machen, dass er nicht so ist wie du.« Er blinzelte ihr zu. »Die Kollegen hätten jedenfalls nichts dagegen, wenn du zurückkämst, Helen. Auch Brighton würde dich mit Handkuss wieder nehmen, falls du es dir eines Tages anders überlegst.«

Helen verzog das Gesicht. Nach allem, was passiert war, hatte sie überhaupt kein Interesse, wieder unter Superintendent Brighton zu arbeiten. Ein Upperclass-Ding unter Männern, so hatte es sich für sie dargestellt, als er und Ben auf einmal *best buddies* waren. Und es war vollkommen klar gewesen, wen von ihnen Brighton daraufhin zum Sergeant befördern würde. Da war ihr Chief Inspector Halligan tausendmal lieber, der es mit der Dienststelle in Humbleham schließlich nur gut gemeint hatte. Und genau wusste, dass sie den Dienst als Police Officer nur so lange machen würde, bis eine passende Stelle als Detective bei der CSI in Leicester frei wurde. Ihre Hände umklammerten das Lenkrad, die Knöchel traten weiß hervor. Bewusst entspannte sie sich, löste eine Hand vom Lenkrad und rieb sie an der Hose, bevor sie antwortete. »Ich fühle mich hier sehr wohl, Ben. Ich will gar nicht zurück nach London.«

»Dann hoffe ich für dich, dass das mit Leicester nicht zu lange dauert«, antwortete Ben, seine Stimme klang warm. »Deine Fähigkeiten sind als Neighbourhood Officer hoffnungslos verschwendet.«

Sie warf ihm einen misstrauischen Seitenblick zu, doch er schien es wirklich ernst zu meinen. Sie rang sich ein Lächeln ab. »Danke.«

Zum Glück enthob sie ihre Ankunft einer weiteren Antwort. Sie bog auf den Hof der kriminaltechnischen Abteilung von Melton Mowbray ein und hielt auf einem der Besucherparkplätze. Eine Frau in einem weißen Papieranzug kam wild gestikulierend näher. Natürlich, Mums alter, staubiger Vauxhall war schließlich nicht als Dienstfahrzeug der Polizei zu erkennen.

Rasch stellte Helen den Motor ab und stieg aus. Als die Kollegin ihre Uniform erblickte, ließ sie die Arme sinken. Ben war ebenfalls aus dem Wagen gestiegen und hatte seinen Dienstausweis schon in der Hand. »DS Baxter von der MET in London, das ist PC Franklin von der Dienststelle in Oakham. Wir ermitteln im Fall des erschossenen Parlamentsabgeordneten in Humbleham und würden uns gern den verunfallten Wagen von Oliver Shute ansehen. Wäre das möglich?«

Die Kollegin nickte Helen zu und lächelte Ben offen an. »Ich bin DC Riley Hubbard. Vermuten Sie denn einen Zusammenhang?«

»Shute war an diesem Tag vor Ort«, erwiderte Ben. »Wir wollten ihn eigentlich befragen, und nun …«

»Verstehe.« Sie deutete zu einem Gebäude. »Kommen Sie, es ist gleich da drüben.«

Sie folgten der jungen Frau über den Hof. Sie war schlank, hatte kurzes braunes Haar und ein fröhliches Lächeln, und ihre behandschuhten Hände waren ölverschmiert – offenbar hatte sie gerade noch am Motor des Wagens hantiert, zu dem sie sie nun führte.

Die Werkshalle, in der er stand, unterschied sich kaum von einer normalen Autowerkstatt. Höchstens mit dem Unterschied, dass es hier blitzsauber war und die Mitarbeiter alle in weißen Papieranzügen herumliefen. Zwei Männer waren noch an dem ausgebrannten Sportwagen zugange, und nun erkannte Helen auch den Aston Martin älteren Baujahrs, mit dem Oliver Shute gestern so schwungvoll durch das Tor von Humble Manor auf den Rasen eingebogen war. Noch so lebendig mit seiner

Kamera um den Hals. Sie erschauerte und verdrängte den Gedanken daran. Hier ging es um die technischen Details des Unfalls und nicht um den Menschen, der Shute einmal gewesen war. Falls man das überhaupt trennen konnte.

»Das haben wir unter dem völlig zerstörten Beifahrersitz gefunden«, erklärte Hubbard gerade und wies auf einen gedrungenen metallenen Zylinder, der auf einem Rollwagen stand. Die Lackierung war durch das Feuer unkenntlich geworden, aber die Form war eindeutig: eine kleine Propangasflasche, wie sie beim Camping Verwendung findet. »Offenbar kam es zu einem Gasaustritt, der die Explosion verursacht hat.«

»Haben Sie sonst noch etwas im Wagen gefunden?«, fragte Helen. »Vielleicht einen Laptop oder ein Smartphone?«

»Eine Kameraausrüstung im Kofferraum«, antwortete die Beamtin. »Die Speicherkarte ist schon in der Forensik, die werden versuchen zu retten, was zu retten ist. Außerdem haben wir noch das Telefon, das der Tote bei sich trug. Aber machen Sie sich keine Hoffnungen, es ist völlig zerstört.« Sie sah bedauernd drein. »Kein Laptop, kein Tablet, leider. Sonst war nur noch eine kleine Tasche im Auto mit Überresten von etwas, das vielleicht einmal ein Buch gewesen ist. Verwertbar ist davon nichts mehr.«

»Schade.« Helen hob die Schultern.

Ben streckte die Hand nach der Gasflasche aus. »Darf ich?«

Hubbard reichte ihm ein Paar Handschuhe und grinste. »Klar, wenn Sie die hier anziehen. Spuren sind zwar keine mehr zu erwarten, aber sicher ist sicher.«

Ben streifte die Latexhandschuhe über, dann wog er die Kartusche in der Hand, begutachtete den Anschluss, an dem Reste von geschmolzenem Plastik zu erkennen waren, und drehte am Einstellrad. »War das Ventil geöffnet?«

»Wir haben es zumindest so vorgefunden.«

»Verstehe.« Ben stellte die Gasflasche zurück. »Was hat er damit betrieben? Einen Campingkocher? Oder eine Lampe?«

Hubbard zuckte mit den Schultern. »Das lässt sich nicht mehr feststellen. Das Einzige, was wir gefunden haben, ist das hier.« Sie deutete auf eine schmale Röhre aus Messing.

»Sieht aus wie von einem Bunsenbrenner.« Ben runzelte die Stirn. »So etwas verwendet man doch eher im Labor.«

»Man kann mit so einem Gerät auch einen Grill anzünden«, warf Helen ein. »Und Mum benutzt es zum Abbrennen des Unkrauts auf der Terrasse.«

»Vielleicht war der Mann Gärtner?«, vermutete Hubbard. »Jedenfalls war diese Gaskartusche offensichtlich die Ursache der Explosion. Wenn die Konzentration des Propan-Butan-Gemisches in der Luft hoch genug ist, reicht ein einzelner Funke aus, um zu zünden.«

»Oder die Glut einer Zigarette«, ergänzte Helen, die sich erinnerte, dass Shute geraucht hatte.

»Vielleicht auch das.« Hubbard nickte. »Allerdings ist das Gas schwerer als Luft und würde sich im Fußraum ansammeln, was doch eher gegen eine Zigarette spricht.« Sie deutete auf die zerfetzte Verkleidung auf der Beifahrerseite. »Schauen Sie, genau dahinter verlaufen die Stromkabel des Armaturenbretts. Das ist ein altes Auto, und wenn die Anschlüsse nicht richtig isoliert sind, dann macht es irgendwann Bum.«

Ben bückte sich und spähte in das Wageninnere. »Ich sehe, was Sie meinen.«

»Für mich schaut es jedenfalls nach einem Unfall aus. Der Mann ist durch seine eigene Unachtsamkeit zu Tode gekommen.«

»Sei nicht so voreilig mit deinen Schlüssen, Riley. Die Untersuchung ist noch gar nicht abgeschlossen.« Ein älterer Mann, ebenfalls in einem weißen Papieranzug, war zu ihnen getreten und warf Hubbard einen vorwurfsvollen Blick zu. »Mit etwas Glück lassen sich auf der Gaskartusche noch Fingerabdrücke oder DNA nachweisen. Und wenn die nicht vom Opfer stammen …«

»Dann sind sie vermutlich vom Verkäufer dieses Geräts«, gab Hubbard schnippisch zurück. »Wir haben keinen ferngesteuerten Zünder oder etwas Ähnliches gefunden, wodurch die Explosion ausgelöst werden konnte. Der Mann hatte einfach Pech.«

Ben schmunzelte und blinzelte ihr zu. »Sagen Sie mir Bescheid, wenn Sie Genaueres wissen, ja?« Er reichte ihr eine Visitenkarte. »Das wäre sehr nett.«

Die Beamtin nickte und lächelte zurück. »Natürlich, Detective. Das mache ich sehr gern.«

Natürlich würde sie das tun, dachte Helen. So wie Ben sie anflirtete, war nichts anderes zu erwarten. Aber wenn Ben meinte, seinen Charme einsetzen zu müssen, um an Informationen zu kommen, die ihm als leitendem Ermittler ohnehin zustanden, war das ganz allein seine Sache.

KAPITEL 14

»Was denkst du?«, fragte Helen, als sie zurück zum Wagen gingen. »Bist du auch der Meinung, dass das ein Unfall war?«

»Was denn sonst?« Ben blieb an der Beifahrertür stehen und wartete, bis sie den Wagen aufschloss. »So dilettantisch plant niemand einen Anschlag. Ohne Zünder ist dieser Aufbau viel zu unsicher.«

»Mich wundert, dass der Mann das austretende Gas nicht gerochen hat«, erwiderte Helen und setzte sich hinters Steuer. »Das hätte ihm doch auffallen müssen.«

»Offenbar befand es sich wirklich nur unten im Fußraum.« Ben stieg ebenfalls ein. »Und die alte Elektrik löste dann die Explosion aus. So etwas kann man nicht planen.«

»Vermutlich hast du recht.« Helen startete den Wagen und hielt unwillkürlich den Atem an. Die Kabel in Mums Vauxhall waren vermutlich in keinem besseren Zustand als die in Shutes Aston Martin. Immerhin transportierte sie heute keine Gaskartuschen für Mum – das würde sie sich künftig zweimal überlegen. Sie unterdrückte ein Schaudern.

Als sie den Wagen zurück zur Straße lenkte, dachte sie daran, was Ms. Kinkaid gesagt hatte: Oliver Shute war Sensationsreporter gewesen, und bestimmt war »Rutland in Bloom« nicht sein einziges Projekt. Vermutlich hatte er sich mit seinen Artikeln auch Feinde gemacht, und vielleicht wussten seine Kollegen etwas darüber.

»Was hältst du davon, wenn wir noch zur Redaktion des *Midland Mirror* fahren?«, schlug sie vor. »Die haben ihr Büro auch hier in Melton Mowbray, gar nicht weit von der Polizeidienststelle. Vielleicht können die uns sagen, woran er noch gearbeitet hat.«

»Das ist eine gute Idee«, stimmte Ben zu.

Inzwischen war der Nachmittag vorangeschritten, und das Verkehrsaufkommen in Melton Mowbray war enorm. Hatten sie die kriminaltechnische Abteilung der Melton Police Station noch gut über die große Einfallstraße erreicht, mussten sie nun auf dem Weg zu den Büros des *Midland Mirror* einmal quer durch die Innenstadt, vorbei am berühmten Melton Mowbray Cattle Market, wo ausgerechnet heute eine größere Veranstaltung stattzufinden schien. Ben trommelte ungeduldig mit den Fingern auf dem Knie, als sie sich Meter für Meter hinter einem Pferdetransporter voranschoben, er hatte kein Auge für die begrünten Ufer des River Eye und den Blick auf den hübschen Park.

»Gibt es denn keine Umgehung?«, murrte er. »Wo müssen wir denn überhaupt hin?«

»Auf die andere Seite der Stadt«, antwortete Helen und hupte, als sich vor ihnen ein Fahrzeug mit Anhänger in die Schlange drängelte. »Aber durch die Altstadt ist es noch schlimmer.«

Ben brummte, und Helen verbiss sich ein Grinsen. Das hatte sich überhaupt nicht verändert – schon in London hatte Ben keine Geduld für diese meist unvermeidlichen Verzögerungen gehabt. Weswegen auch fast immer Helen den Wagen gefahren hatte, das war gesünder für ihre beiden Nervenkostüme. So war es kein Wunder, dass die augenblickliche Situation sie frappant an ihre gemeinsame Vergangenheit erinnerte: Ben ungeduldig schimpfend neben ihr und sie, die immer ruhiger wurde, je mehr er sich echauffierte. »Wir haben es gleich geschafft«, sagte sie und wies nach vorn. »An der Kreuzung da vorne biegen wir ab.« Erleichtert setzte sie den Blinker und ordnete sich in die richtige Spur ein.

»Wird auch Zeit«, meckerte Ben ungnädig und sah auf die Uhr. »Das hat jetzt länger gedauert als die Fahrt von Oakham hierher.«

»Was regst du dich auf?«, fragte Helen. »Wir haben doch gar keinen Termin.«

»Nein, das nicht. Aber ich habe gehofft, dass wir heute noch zurück nach Oakham kommen.«

»Das werden wir bestimmt.« Helen grinste. »Wir sind da.«

Die Redaktion des *Midland Mirror* befand sich in einem modernen Backsteingebäude, das vergeblich versuchte, den Flair der deutlich älteren Häuser in der Nachbarschaft nachzuahmen. Dadurch wirkte es nur umso hässlicher, fand Helen. Immerhin war die Dame am Empfang zuvorkommend und freundlich. Sie war auch schon etwas älter und trug eine auffällige rote Brille, die an einer Perlenkette um ihren Hals hing und sich ein wenig mit dem Ton ihres auftoupierten hennaroten Haars biss. »Was kann ich für Sie tun?«

»Ich bin DS Baxter von der Metropolitan Police«, stellte Ben sich vor. »Wir würden gern mit dem Vorgesetzten von Oliver Shute sprechen.«

»Oh.« Die Augenbrauen der Frau wanderten jäh nach oben. »Was hat Oliver jetzt wieder ausgefressen?«

»Gar nichts.« Bens Antwort war scharf, seine Augen hatten sich verdunkelt. »Würden Sie uns bitte anmelden?«

»Sorry, Mister. Natürlich. Sofort.« Die Empfangsdame war sichtlich verschnupft über die Abfuhr. Sie griff nach dem Telefon. »Josh, hier sind zwei Leute von der *Polizei*, die dich wegen Oliver sprechen wollen«, schnarrte sie in den Hörer. Wie sie das Wort Polizei aussprach, klang es nicht sehr freundlich. »Ist okay«, schloss sie das Gespräch. »Die Treppe rauf und den Flur nach rechts. Mr. Dewey erwartet Sie.«

»Danke, Miss«, antwortete Ben.

Die Frau schnaufte empört über die Anrede, wedelte sie fort und beugte sich demonstrativ über ihre Tastatur.

Helen konnte ihr den Unmut nicht verdenken – Ben hatte sie wirklich brüsk abgefertigt. Aber andererseits – was hätte er ihr sagen sollen? Sie nickte der Empfangsdame zu und folgte Ben die breite hell gefliese Treppe nach oben.

Josh Dewey war ein jovial wirkender dunkelhäutiger Mittdreißiger, ein kleiner Mann mit pechschwarzem Haar, kurz wie Maulwurfsfell. Er bleckte regelrecht die Zähne, als er sie mit breitem Lächeln begrüßte. »Officers, was kann ich für Sie tun? June sagte, es geht um Oliver?«

»Ja.« Ben sah sich in dem geräumigen Büro um. Es war ein Eckzimmer, zwei große Fenster blickten hinunter auf die

Hauptstraße. Obwohl genügend Licht hereinfiel, brannten starke Neonröhren an der Decke. In der Ecke stand eine lederne Sitzgruppe. »Können wir uns setzen?«, fragte er.

»Aber natürlich, bitte verzeihen Sie.« Mr. Dewey wirkte beflissen. Offenbar machte er sich wirklich Sorgen, dass sein Reporter etwas angestellt haben könnte, ging Helen durch den Kopf. Anders war sein Verhalten kaum zu erklären.

»Möchten Sie etwas trinken? Ich kann uns Kaffee bringen lassen.«

»Nein danke.« Ben setzte sich und wartete, bis Helen und Mr. Dewey ebenfalls Platz genommen hatten. »Ich habe Ihnen eine traurige Mitteilung zu machen«, begann er. »Oliver Shute ist letzte Nacht bei einem Verkehrsunfall ums Leben gekommen.«

»Oh mein Gott, nein!« Josh Dewey schnappte erschrocken nach Luft. »Oliver ist tot?«

»Ja, leider.« Das Mitgefühl in Bens Stimme hielt sich in Grenzen. »Kannten Sie ihn denn auch privat?«

Dewey schüttelte den Kopf. »Nein. Oder doch. Ach, ich weiß nicht. Wir waren nicht befreundet, aber … Er war schon hier, als ich vor fünf Jahren angefangen habe. Er war ein Urgestein in der Redaktion. Ich kann mir gar nicht vorstellen …« Er stand auf und begann im Raum auf und ab zu gehen.

»Hat er Angehörige?«, wollte Helen wissen. Rasch warf sie einen Seitenblick auf Ben. Schon wieder hatte sie vergessen, dass sie kein Detective mehr war, doch er sagte nichts, nickte nur zustimmend.

»Nicht dass ich wüsste«, antwortete Dewey. »Er ist jedenfalls nicht verheiratet. Irgendwann sagte er, seine letzte Scheidung sei so teuer gewesen, dass er sich Frauen nicht mehr leisten kann.« Er sah Helen entschuldigend an. »Verzeihen Sie bitte. Das hat mich jetzt wirklich heftig erwischt.« Er wandte sich ab, seine Schultern zuckten.

»Schon gut, wir verstehen das.«

Es klang nicht so, dachte Helen. Aber Ben war ja auch nicht persönlich betroffen. Genau genommen war sie das zwar auch nicht, aber Marian war ihre Freundin, und Marian war sehr wohl betroffen, egal was dieser Chefredakteur behaupten mochte.

»Wissen Sie denn, woran er zuletzt gearbeitet hat?«, fragte Ben.

»Ja, natürlich.« Dewey drehte sich wieder zu ihnen um, er schien sich wieder gefasst zu haben. »Im Augenblick berichten wir regelmäßig über ›Rutland in Bloom‹ und stellen die teilnehmenden Orte vor. Wir haben jedes Wochenende eine farbige Sonderbeilage, für die Oliver mit seinem Team zuständig ist.«

»Davon wissen wir.« Ben nickte knapp. »Sonst hatte er nichts in Arbeit? Keine aufregenden Enthüllungen oder Undercover-recherchen?«

»Wieso fragen Sie das?« Josh Dewey hob die Brauen, seine dunklen Augen verengten sich misstrauisch. »Sagten Sie nicht, es war ein Unfall?«

»Die Untersuchungen sind noch nicht abgeschlossen. Bis dahin ermitteln wir in alle Richtungen.« Bens Miene war unbewegt. »War er denn an einer brisanten Sache dran?«

Dewey schüttelte den Kopf. »Diese Zeiten sind lange vorbei. Früher war er ein scharfer Hund, wie man so sagt«, er verzog das Gesicht zu einer schmerzlichen Grimasse, »aber inzwischen ist er Leiter der Lokalredaktion und setzt ganz andere Schwerpunkte. Er *war* Leiter der Lokalredaktion, muss ich wohl jetzt sagen. Mein Gott, wer soll diese Aufgabe jetzt so schnell übernehmen?« Er rang die Hände.

»Wir hätten gern Einsicht in seinen Terminkalender«, warf Helen ein. »Wäre das möglich?«

»Ja, natürlich.« Josh Dewey riss sich zusammen. Er ging zu seinem Schreibtisch, bewegte die Maus, klickte. »Wir haben ein elektronisches Zeiterfassungssystem, darin sind alle seine Außentermine gebucht. Natürlich nur, soweit er sie schon eingetragen hat.«

Ben stand auf und trat zu Dewey hinter dessen Schreibtisch. Der runzelte die Stirn, protestierte jedoch nicht, als sich Ben über seine Schulter beugte und auf den Monitor blickte. »Ich drucke es Ihnen gern aus.«

Ben richtete sich wieder auf. »Das wäre sehr nett. Die letzten … sagen wir, vier Wochen bitte. Und die kommenden zwei.«

»Wird gemacht.« Dewey klickte, ein Drucker in einem Regal in der Ecke nahm summend die Arbeit auf. Helen erhob sich ebenfalls und nahm die Blätter entgegen. Es waren sechs Seiten, für jede Woche eine, und sie erinnerten sie an einen Stundenplan wie in der Schule. Gespannt blätterte sie zur letzten Woche. »Gestern ist nichts eingetragen«, sagte sie. ›Sein letzter Eintrag ist Freitag, neun Uhr. ›RiB Humbleham‹, steht da.«

»›RiB‹?« Ben nahm ihr die Ausdrucke aus der Hand. »›Rutland in Bloom‹, nehme ich an?«

»Genau«, antwortete Dewey und nickte. »Unsere aktuelle Headline.«

»War das üblich, dass er persönlich vor Ort erschien, wenn die Jury ein Dorf besuchte?«, fragte Helen und spähte über Bens Schulter.

Dewey zuckte mit den Achseln. »Das kann ich Ihnen nicht sagen. Die Lokalredaktion arbeitet weitgehend selbstständig.«

»Verstehe.« Ben nickte. Rasch sah er die anderen Wochen durch. »Die übrigen Termine … Wir melden uns, wenn wir dazu noch Fragen haben, in Ordnung?«

»Aber natürlich. Gern.« Nun war Josh Dewey wieder so beflissen wie zuvor. »Falls Sie Interesse an unserer aktuellen Artikelserie haben, lasse ich sie Ihnen gern zukommen.«

»Das wäre sehr nett.« Ben reichte dem Mann seine Visitenkarte. »Hier ist meine Karte. Wenn Sie bitte alles, was Shute in den letzten Wochen verfasst hat, an diese Adresse schicken könnten?«

»Wird gemacht.« Josh Dewey sah sie fragend an. »Wenn sonst nichts mehr ist?«

»Einen Moment noch«, sagte Helen. »Wissen Sie, ob er einen Laptop besaß?«, fragte sie. »Oder ob er mit einem Tablet arbeitete? Im Wagen wurde nichts gefunden.«

»Nein, so was hatte Oliver nicht. Seine Notizen machte er in einem kleinen Buch, das er immer bei sich hatte. Anschließend übertrug er seine Aufzeichnungen hier in der Redaktion direkt in den Computer.« Dewey zuckte mit den Schultern. »Ich sagte doch, er war ein Urgestein. Das einzige moderne Gerät, das er benutzte, war sein Smartphone. Darauf hat er manchmal diktiert. Haben Sie das nicht bei ihm gefunden?«

»Doch«, antwortete Ben. »Aber es war völlig verbrannt. So wie auch …«

»Oliver.« Dewey schluckte schwer. »Ich hoffe, er hat nichts mehr gespürt.«

»Vermutlich hat ihn die Explosion getötet«, sagte Helen leise. »Es muss sehr schnell gegangen sein.« Zumindest wünschte sie das dem Mann.

Dewey schüttelte sich wie ein Hund. Dann streckte er erst Helen, dann Ben zum Abschied die Hand hin. »Auf Wiedersehen, Officers. Es tut mir leid, dass ich Ihnen keine große Hilfe war.«

»Sie haben uns schon weitergeholfen«, erwiderte Ben. »Wenn Ihnen noch etwas einfällt, was wichtig sein könnte, rufen Sie mich einfach an, okay?«

»Das werde ich tun.« Dewey nickte ernsthaft. »Falls das doch kein Unfall war …« Er ballte die Fäuste. »Ich möchte, dass Sie den Schuldigen erwischen. Ich verspreche Ihnen, dann kommen Sie auch aufs Titelblatt.«

Ben verzog unwillig das Gesicht. »Lieber nicht, Mr. Dewey. Wir tun einfach nur unsere Arbeit.«

»Das tue ich auch.« Dewey ging zur Tür und öffnete sie. »Wenn einer unserer Mitarbeiter ermordet wird, kann und wird der *Midland Mirror* dazu nicht schweigen.«

»Keine Sensationsartikel und keine Feinde«, sagte Ben, als sie zurück zum Wagen gingen. »Zumindest keine, von denen Dewey weiß.«

»Keine, von denen er uns etwas sagt«, entgegnete Helen und startete den Motor. Es kostete sie drei Versuche, bis der Vauxhall endlich ansprang, aber dann tuckerte der alte Motor gleichmäßig. »Womöglich will er selbst ermitteln und einen seiner Journalisten darauf ansetzen.«

»Glaubst du wirklich?« Ben schüttelte den Kopf. »Ich habe den Eindruck, Oliver Shute ist schon lange raus aus dem Tagesgeschäft. Was nicht heißt, dass er nicht doch Opfer eines Anschlags geworden sein kann. Das werden hoffentlich unsere Kollegen in Melton Mowbray herausfinden.«

»Wenn wir nur wüssten, wo er gestern Abend gewesen ist«, meinte Helen, als sie den Wagen vom Parkplatz steuerte. »Dann hätten wir eine konkrete Spur.«

»Aber die haben wir doch.« Ben sah sie überrascht an. »Wir haben Qasim und Zameera. Wenn das fehlende Glied wirklich Gladys Cooper ist, dann sind die beiden unsere Hauptverdächtigen.«

Helen schüttelte den Kopf. »Das war bestimmt jemand aus dem Dorf, Ben. Brian muss seinen Mörder gekannt haben, er hätte sonst niemanden so spät noch eingelassen. Und jemand von außerhalb kann auch nichts von Ms. Kinkaids Vorliebe für Limonade wissen.«

»Ob Ms. Kinkaid zu den Opfern gehört, wissen wir noch gar nicht.« Bens Gesicht wirkte skeptisch. »Solange das nicht bestätigt ist ...«

In diesem Moment klingelte Bens Telefon. Er warf einen Blick aufs Display. »Es ist Barnes«, sagte er und stellte den Lautsprecher an, bevor er das Gespräch annahm. »Ja, was gibt es?«

»Mich hat gerade der Kollege von der Kriminaltechnik angerufen«, begann Jeremy ohne Umschweife. »Es ging um die Limonadenflasche, die Helen heute Morgen zur Untersuchung gebracht hat. Hat sie Ihnen davon erzählt?«

»Ja, ich weiß davon«, antwortete Ben und sandte einen vielsagenden Blick in Helens Richtung. »Was ist damit?«

»Helen hatte recht mit ihrem Verdacht«, sagte Jeremy. »Die Limonade ist mit Parathion versetzt.«

Helen warf Ben einen triumphierenden Blick zu Im nächsten Augenblick ertönte eine laute Hupe.

»Pass auf!«, schrie Ben.

Helen trat auf die Bremse, riss das Lenkrad nach links und konnte gerade noch eine Kollision mit einem entgegenkommenden LKW verhindern. Der Fahrer machte eine eindeutig obszöne Geste und ließ noch einmal seine Hupe ertönen.

Helens Herz klopfte bis zum Hals. »Sorry.«

Ben stieß ein Schnauben aus. »Vielleicht sollte doch lieber ich fahren.«

»Bloß nicht«, gab Helen zurück. »Ich habe mich nur erschrocken.«

»Alles in Ordnung bei euch?«, ertönte Jeremys Stimme aus der Freisprechanlage.

»Aber ja«, antwortete Helen. »Alles gut.«

»Sie hat nur gerade versucht, uns umzubringen«, sagte Ben und wischte sich imaginäre Schweißtropfen von der Stirn.

»So wie jemand offenbar Ms. Kinkaid umbringen wollte«, ließ sich Jeremy vernehmen. »Parathion ist ein starkes Gift und wurde früher zur Schädlingsbekämpfung verwendet. Heute ist das verboten.«

Helen nickte. »Ich weiß. Meine Mutter hat noch eine Flasche E605 in ihrer Gartenhütte. Aber das Zeug stinkt wie die Pest, das hätte ich gerochen, noch bevor ich einen Schluck genommen habe.«

»Vielleicht bemerkt man es nicht mehr so stark, wenn es mit dieser Limonade gemischt ist?«, meinte Ben.

»Das kann ich mir nicht vorstellen.« Helen schüttelte den Kopf. »Es hat komisch geschmeckt, aber ich habe eigentlich keinen Geruch bemerkt.« Sie hob die Schultern.

»Parathion ist auch ein chemischer Kampfstoff und kam in den Siebzigerjahren im Rhodesienkrieg zum Einsatz«, warf Jeremy ein. »Es ist jedenfalls hochgiftig, und Lenilly hatte großes Glück.«

»Das kann man wohl sagen«, bemerkte Ben trocken. »Barnes, lassen Sie die übrigen Flaschen beschlagnahmen und ebenfalls untersuchen, okay? Und fragen Sie Ms. Kinkaid, wer Zugang zu ihrem Getränkelager hatte.«

»Wird sofort erledigt.« Jeremy beendete das Gespräch.

»Ms. Kinkaid bewahrt die Getränkekisten in ihrem Schuppen neben dem Haus auf«, sagte Helen. »Ich glaube nicht, dass sie den abschließt.«

»Du meinst, da kann jeder rein, der das weiß?«

»Genau. Und so wie Ms. Kinkaid das Zeug inhaliert, hätte es sie früher oder später erwischt.« Sie schüttelte den Kopf.

»Es war purer Zufall, dass ich diese Flasche genommen habe.«

»Und pures Glück, dass du nichts davon geschluckt hast.« Ben starrte nach draußen. »Drei Anschläge, und sie hängen offenbar zusammen.«

»Vier, falls Shutes Tod doch kein Unfall war«, ergänzte Helen und fragte sich, ob Marian inzwischen vom Tod des Journalisten erfahren hatte.

»Wir warten die Untersuchungen ab, bevor wir uns in Spekulationen verlieren.« Ben warf Helen einen warnenden Blick zu. »Und überprüfen lieber, ob Qasim Senaï wirklich ein Alibi hat.«

Schweigend legten sie den Rest der Fahrt zurück. Im Hof der Polizeidienststelle in Oakham hielt Helen an, aber sie ließ den Motor laufen. Ben öffnete die Beifahrertür und stieg aus. »Kommst du?«

Sie blieb sitzen, sah zu ihm hoch. »Ich würde gern zurück nach Humbleham fahren«, sagte sie. »Oder brauchst du mich heute noch?«

»Ich will nur noch mal mit Barnes sprechen und dann mit London telefonieren«, antwortete er. »Vielleicht haben die Kollegen schon in Erfahrung bringen können, was aus Zameera geworden ist.«

Helen nickte zustimmend. »Das ist eine gute Idee. Dabei kann ich dir sowieso nicht helfen, oder doch?«

Ben hob die Brauen. »Was ist denn los?«

»Ich will zu Marian. Sie und Oliver Shute waren befreundet.«

»Oh, das wusste ich nicht.« Er verzog das Gesicht. »Das tut mir leid.«

»Sie haben es nicht an die große Glocke gehängt.« Sie sah ihn um Verständnis heischend an. »Ich würde es ihr gern selbst sagen, falls sie es nicht ohnehin schon weiß.«

»Verstehe.« Er nickte zustimmend. »Aber sag ihr bitte, dass sie sich nicht in unsere Ermittlungen einmischen darf. Straßensperren sind eine Sache, aber in eine polizeiliche Untersuchung einzugreifen eine ganz andere.«

»In Ordnung, ich sage es ihr.« Helen grinste schief. »Ich kann dir nur nicht versprechen, dass sich Marian auch wirklich daran halten wird.«

Wenig später bremste Helen an der Auffahrt zu Marians Haus. Ihre Freundin bewohnte einen modernen Bungalow am Ortsrand von Humbleham, wo sich in den letzten Jahren ein kleines Neubaugebiet entwickelt hatte. Hier war nichts von der pittoresken Anmut des Dorfs mit seinem wild wuchernden Grün zu spüren, hier dominierten klare Linien und in Form gebrachter Buchsbaum in den Vorgärten. Helen hielt sich nicht an der Vordertür auf, sondern umrundete das Haus auf einem peinlich sauberen Klinkerweg, auf dem kein Unkraut jemals gewagt hätte, in den Ritzen zu wachsen.

Nach hinten zum Garten hinaus beschattete eine bunte Markise die Terrasse. In der Hauswand befanden sich breite Glasschiebetüren, die weit offen standen. Helen spähte mit zusammengekniffenen Augen hinein, sie brauchte einen Moment, bis sich ihre Augen von der grellen Vormittagssonne auf das Dämmerlicht im Wohnzimmer eingestellt hatten. Marian saß an ihrem Schreibtisch, den Blick unverwandt auf den Monitor eines Laptops gerichtet.

Helen klopfte gegen die Scheibe, um auf sich aufmerksam zu machen. Marian hob den Kopf, ihr Mund verzog sich zu einem erfreuten Lächeln, als sie Helen erkannte. Sie sprang auf und ging Helen entgegen. »Welch unerwarteter Glanz in meiner Hütte«, flachste sie. »Möchtest du etwas trinken? Oder bist du offiziell hier?« Sie deutete auf Helens Uniform.

»Halb und halb.« Helen erwiderte das Lächeln nicht. »Machst du uns Kaffee?«

Marian wurde nun ebenfalls ernst. »Klar«, sagte sie und verschwand im Haus.

Helen folgte ihr in eine moderne Küche mit burgunderroten Lackfronten. Marian hantierte an einem Schrank, eine Espressomaschine erwachte geräuschvoll zum Leben, Kaffee schoss dampfend in bauchige Becher.

»Milch ist im Kühlschrank«, sagte Marian, als sie ihr die Tasse reichte.

Helen bediente sich und setzte sich an den Tresen, der die Küche vom Wohnzimmer trennte.

Marian nahm ihr gegenüber Platz. »Nun sag schon, was los ist«, forderte sie sie auf. »Ist etwas passiert?«

Helen nahm einen Schluck Kaffee, um Zeit zu gewinnen. Auf einmal wusste sie nicht, wie sie beginnen sollte. »Leider habe ich Ihnen eine traurige Mitteilung zu machen«, wäre ihr Standardsatz gewesen, aber gegenüber Marian … undenkbar.

»Ja«, sagte sie schließlich schlicht. Sie stellte den Kaffeebecher ab und griff nach Marians Hand. »Offenbar weißt du es noch nicht. Dein Oliver ... Er hatte letzte Nacht einen Unfall.«

»Was sagst du da?« Marians Hand mit der Tasse verharrte in der Luft. »Ist er ...?«

»Es tut mir so leid.« Helen nickte und drückte Marians Hand.

Marian war aschfahl geworden. Sie entzog Helen ihre Hand, führte ihre Tasse zum Mund und trank sie in großen Schlucken leer. Dann schlug sie die Hände vors Gesicht.

Helen schwieg und wartete, bis sich Marian etwas gefasst hatte. Doch als ihre Freundin das Gesicht hob, waren ihre Augen trocken und sprühten vor Zorn. »Wie ist es passiert?«

»Offenbar gab es eine Explosion in seinem Wagen. Der Unfall geschah außerhalb meines Bezirks auf der Straße nach Melton Mowbray. Ich habe es nur zufällig heute Morgen mitbekommen, als ich in Leicester war.«

Marian schnappte nach Luft. »War es eine Bombe? Ein Anschlag auf ihn?«

»Nein.« Helen schüttelte den Kopf. »Davon weiß ich nichts.«

Ihre Freundin ballte die Hand zur Faust und schlug auf den Tisch. »Ein Auto explodiert doch nicht einfach so. Wie kann so etwas geschehen?«

»Er hatte eine Art Bunsenbrenner im Wagen, aus dem offenbar Gas ausgetreten ist.« Helen hob die Schultern.

»Einen Bunsenbrenner? Wozu sollte er den gebraucht haben?« Marian starrte sie überrascht an.

»Zum Anzünden eines Grills, zum Abbrennen von Unkraut, zum Schweißen von Rohren ... Es gibt viele Möglichkeiten.«

»So etwas habe ich niemals in seinem Wagen gesehen«, entgegnete Marian. »Oliver hatte gar keinen Garten. Er besaß auch keinen Grill, und als Heimwerker hat er sich auch nicht betätigt. Ich kann mir beim besten Willen nicht vorstellen, wozu er so etwas im Auto gehabt haben soll.« Sie schüttelte den Kopf. »Den muss jemand unbemerkt reingeschmuggelt haben.«

»Du denkst, es war ein Anschlag?« Helen schüttelte den Kopf. »Die Kollegen in Melton Mowbray haben keinen Zünder oder etwas Ähnliches gefunden. Sie vermuten, dass die Kartusche nicht ganz geschlossen war. Das Gas ist langsam entwichen, und irgendwann hat es ein Funke der Elektrik zur Explosion gebracht. Das spricht alles gegen einen Anschlag, denn ob und wann das austretende Gas zu einer Explosion führt, ist nicht vorhersehbar.«

»Außer wenn man weiß, dass Oliver geraucht hat«, widersprach Marian. »Das Gas strömt aus, und sobald er sich eine Zigarette anzündet …«

»Dieses Gas ist schwerer als Luft«, entgegnete Helen. »Die Kartusche lag im Fußraum, und da muss es sich angesammelt haben. Bevor so viel ausgeströmt ist, dass es das Feuerzeug beim Anzünden einer Zigarette erreicht, müsste er es längst gerochen haben.«

»Nicht in Olivers Aston Martin«, widersprach Marian. »Der hat immer irgendwie komisch gerochen. Und der Aschenbecher ist ganz unten, direkt vor dem Schaltknüppel. Wenn er seine brennende Zigarette da ausgedrückt hat …«

»Hm.« Helen nickte langsam. »Ja, das wäre vielleicht denkbar. Wenn jemand Oliver gut genug kannte, könnte es tatsächlich so gelaufen sein.« Sie sah Marian an. »Weißt du, wo er gestern Abend gewesen ist? Hat er noch jemanden besucht?«

»Wir wollten den Abend eigentlich hier verbringen«, antwortete Marian. »Aber er bekam einen Anruf von …« Sie keuchte auf.

»Ja?« Helen beugte sich gespannt vor. »Wer war es?«

»Es war Sir Anthony«, flüsterte Marian. »Sir Anthony hat ihn angerufen, und daraufhin ist Oliver noch mal los.« Sie sprang auf. »Ich muss sofort mit ihm reden!«

»Sir Anthony sitzt mit Parkinson im Rollstuhl und leidet an Schüttellähmung«, entgegnete Helen. »Er ist doch gar nicht in der Lage, so einen Anschlag zu verüben.«

»Das weiß ich selbst.« Marian reckte das Kinn. »Aber vielleicht kann er mir sagen, wo Oliver anschließend hingefahren ist. Ich werde ihn fragen.«

Helen stand ebenfalls auf. »Das ist Sache der Polizei, Marian.«

»Aber ich kenne Sir Anthony.« Marian sah sie bittend an. »Wenn ihr ihn offiziell befragt, wird er euch gerade mal bestätigen, dass er mit Oliver telefoniert hat, aber kein Wort mehr dazu sagen.« Sie schüttelte den Kopf. »Wir sind uns durch diesen Blumenschmuckwettbewerb ein wenig nähergekommen. Er wird mir mehr erzählen als deinem Detective.«

»Ben ist nicht *mein Detective*«, widersprach Helen. »Und er wird mehr als sauer sein, wenn ich dir das gestatte.«

»Du kannst mir nicht verbieten, dass ich zu ihm fahre.« Marian griff nach ihrer Handtasche. »Aber komm doch einfach mit. Schließlich bist du auch die Polizei.«

Helen verdrehte die Augen. Ben würde zu Recht wütend sein, wenn sie schon wieder einen Alleingang unternahm. Allerdings stimmte vermutlich, was Marian sagte: Sie hatten deutlich mehr Chancen, eine Antwort von dem alten Richter zu bekommen, wenn sie ihn quasi privat aufsuchten, als wenn Ben ihn offiziell befragte. Außerdem war sie schließlich ebenfalls Detective und nur vorübergehend als Neighbourhood Officer abgestellt, ganz egal, was Ben auch meinte. »In Ordnung«, sagte sie und seufzte. »Aber das Reden überlässt du bitte mir, okay?«

KAPITEL 15

Zum ersten Mal fühlte sich Helen unwohl in ihrer Uniform, als sie mit Marian vor der Tür zu Humble Manor stand. Sie hätte sich umziehen sollen, um den privaten Charakter des Gesprächs zu unterstreichen, aber Lydia hätte sie nicht ohne Weiteres wieder gehen lassen, und ihrer Mutter zu sagen, was sie vorhatte, kam einfach nicht infrage. Also stand sie völlig unpassend in voller Montur neben Marian, die ein geblümtes Sommerkleid trug. Entsprechend verblüfft war auch Drakes Miene, als er ihnen die Tür öffnete.

»Haben Sie denn einen Termin?«, monierte er, als sie nach Sir Anthony fragten.

»Seit wann brauche ich einen Termin?«, antwortete Marian und schob sich an ihm vorbei. »Wo ist er?«

Der Butler machte ein unglückliches Gesicht. »Sie wissen doch, dass er es gar nicht mag, wenn jemand unangemeldet kommt.«

»Das lassen Sie bitte meine Sorge sein.« Marian blitzte ihn aus grünen Augen an. »Bringen Sie uns einfach zu ihm.«

»Na gut.« Widerwillig setzte sich Drake in Bewegung. »Aber sagen Sie nicht, ich hätte Sie nicht gewarnt. Er ist im Backyard.«

Der Butler führte sie durch die Eingangshalle, vorbei an der Treppe mit dem Treppenlift, in ein dunkel gehaltenes Esszimmer mit einer langen Tafel, an der gut und gerne zwanzig Menschen Platz gefunden hätten. Die Stühle waren exakt ausgerichtet, die dunkle Tischplatte schimmerte matt. Es sah nicht so aus, als ob hier regelmäßig gespeist würde, fand Helen. Aber was sollte der alte Richter auch allein hier sitzen? Vermutlich nahm er seine Mahlzeiten in seinem Arbeitszimmer ein oder vielleicht auch anderswo – als sie Drake weiter folgten, wurde ihr klar, dass sie bisher nur einen Bruchteil der Räume gesehen hatte.

Es ging durch einen jagdlich eingerichteten Raum mit ausgestopften Trophäen von Hirschen und Rehen an der Wand, ein Zebrafell lag auf dem Boden vor dem Kamin, und in einer Ecke bleckte ein braunschwarzes Raubtier bedrohlich sein Gebiss. Es erinnerte Helen an einen Marder, war nur viel zu groß dafür. Sie zog die Nase kraus, der muffige Geruch, der von den präparierten Tieren ausging, war nicht gerade einladend. Rasch folgte sie Marian und dem Butler ins nächste Zimmer, das deutlich freundlicher wirkte: Hohe Fenster ließen helles Licht herein, ein Klavier stand in einer Ecke, auf einem Tisch lagen Notenhefte, im Dunkel eines Regals an der Wand versteckte sich diskret eine Stereoanlage. Und all das bewohnte einzig Sir Anthony? Helen empfand neuen Respekt für den Butler, der offenbar für den Zustand dieser Zimmerfluchten verantwortlich war.

Die Tür des Musikzimmers führte sie in eine schmale Halle. Von der Decke hing ein riesiger Kronleuchter, terrakottafarbene

Fliesen bedeckten den Boden, geschnitzte Paneele aus hellem Holz führten einmal rundum. Hohe Glastüren mit Sprossen aus demselben Holz lenkten den Blick nach draußen auf den hinteren Garten. Drake schritt durch die Tür und wandte sich nach links, Marian folgte ihm. Helen blieb staunend in der Tür stehen.

Sie kannte einige der Gärten im Dorf und wusste um den Aufwand, den die liebevolle Pflege kostete. Sie kannte auch Barnsdale Gardens, die berühmten Schaugärten der Fernsehserie, die seit Jahren in der BBC lief, und ahnte, wie viel Personaleinsatz solch eine Anlage erforderte. Aber nichts war mit Sir Anthonys »Backyard« vergleichbar. Der Bereich hinter dem Herrenhaus war nicht einmal sehr groß, der eigentliche Garten vermutlich kleiner als Lydias Grundstück. Doch in dem Streifen zwischen der Fassade des Hauses und der rückwärtigen Mauer erstreckte sich ein wahres Blumenmeer. Ziegelgepflasterte Wege schwangen sich in anmutigen Bögen durch ein Labyrinth von Beeten, akkurat abgegrenzt mit niedrigen schmiedeeisernen Einfassungen, die die verschwenderische Fülle in blühende Inseln gliederten. Farbige Blüten wechselten sich ab mit Ziersträuchern und filigranen Gräsern, Helen erkannte Rittersporn, Eisenhut, Margeriten, Stockrosen und Sonnenblumen. Löwenmäulchen und Lilien wuchsen zwischen Spiersträuchern und Fingerhut, dort ein mit Clematis beranktes Gitter, da ein spät blühender Fliederbusch, der seinen betäubenden Duft verbreitete. An der Mauer, die den Garten zur Straße hin begrenzte, wucherten Geißblatt und Blauregen, Mohnblumen in allen Farben wetteiferten mit bunter Kapuzinerkresse um den besten

Platz. Helen konnte sich kaum sattsehen an dieser verschwenderischen Pracht.

»Helen, wo bleibst du denn?« Marian riss sie aus ihrer Versunkenheit und erinnerte sie an den Grund ihres Besuchs.

»Ich komme!«

Sie folgte Marians Stimme einen der Wege in den Garten hinein und fand ihre Freundin an einem ebenfalls gepflasterten Rondell in der Mitte des Gartens. In einem kleinen Pavillon mit schneeweißen hölzernen Streben stand ein zierlicher Tisch aus Eisen. Eine Teekanne und eine leere Tasse zeugten von Sir Anthonys Fünfuhrtee, er selbst war nicht zu sehen.

»Sir, Sie haben Besuch«, rief Drake und sah sich suchend um.

»Ich bin hier hinten«, ertönte Sir Anthonys heisere Stimme. »Beim Lavendel.«

Jackomo, der kleine Terrier, tauchte auf einem der Wege auf und sprang ihnen entgegen.

Der Butler wies die Richtung. »Hier entlang.«

Sir Anthonys Rollstuhl stand an der rückwärtigen Mauer im Schatten eines kleinen Apfelbaums, der schwer an grünen Früchten trug. Mit einer Gartenschere knipste der alte Mann die vergreisten Triebe ab, so gut er sie im Sitzen erreichen konnte. Und so gut er das mit seinen zitternden Händen hinbekam – Helen entging nicht, wie schwer er sich mit dieser Aufgabe tat. Das war in der Tat verwunderlich. Hatte Marian nicht behauptet, der alte Richter beschäftige einen Gartenbaubetrieb für diese Arbeiten?

Sir Anthony ließ die Hand mit der Gartenschere sinken und warf Drake einen missbilligenden Blick zu. »Sie wissen doch, dass ich hier keinen Besuch empfange, Foster.«

»Ich dachte nicht, dass das auch für die Polizei gilt«, gab der Butler zurück. »Ich kann Sie ins Haus bringen, wenn Sie das wollen.«

Sir Anthony winkte ab. »Nun ist es schon passiert.« Er wandte sich Marian und Helen zu. »Meine Frau hat diesen Garten angelegt. Und ich versuche ihn nach besten Kräften so zu bewahren, wie sie das wollte.« Er hob die Hände in einer seltsam resigniert wirkenden Geste. »Zumindest soweit ich es noch vermag.«

»Es ist wunderschön«, sagte Helen. »Ich bin sehr froh, dass ich ihn sehen durfte.«

Sir Anthony lächelte ihr zu. »Sie wissen Schönheit zu schätzen, das ist gut.« Dann straffte sich seine Gestalt, er drehte den Rollstuhl und rollte ihnen ein Stück entgegen. »Was führt Sie zu mir, *Myladys*?«

Marian machte einen Schritt nach vorn, Helen warf ihr einen warnenden Blick zu. »Sie hatten gestern Kontakt mit Oliver Shute, ist das korrekt?«, fragte sie.

Sir Anthony sah sie misstrauisch an. »Ist das eine Vernehmung?«, fragte er. »Dann sollte ein zweiter Beamter anwesend sein.«

»Aber nein.« Marian trat auf den alten Mann zu und ergriff seine Hand. »Oliver war mein Freund«, fuhr sie fort. »Er ist letzte Nacht bei einem Unfall ums Leben gekommen. Und wir würden gern wissen …« Ihr versagte die Stimme.

Sir Anthonys Miene erstarrte. »Shute ist tot?« Er schüttelte Marians Hand ab, legte seine Hände ineinander und hielt sie fest, als wollte er sie am Zittern hindern. Was ihm kaum gelang.

Sie zitterten so stark, dass ihm die Gartenschere vom Schoß rutschte. »Das ist ... Das tut mir sehr leid.«

Helen bückte sich und hob das Werkzeug auf. »Wir würden gern wissen, worüber Sie mit ihm gesprochen haben«, sagte sie.

»Shute war hier.« Sir Anthony musterte Marian voller Mitgefühl. »Er hat mich um ein Interview gebeten. Ich mochte ihn zwar nicht besonders, aber das konnte ich ihm nicht abschlagen.« Er verzog das Gesicht. »Früher war er einer von den Schlimmsten, immer auf der Suche nach dem nächsten Skandal. Ein unangenehmer Bursche. Aber inzwischen hat er gelernt, Maß zu halten. Nicht alles muss immer gleich an die Öffentlichkeit. Manches muss auch privat bleiben dürfen, selbst wenn man in der Öffentlichkeit steht.«

»Spielen Sie auf Ihre Tochter an?«, fragte Helen rasch.

»Aber nein.« Er winkte ab. »Ich habe ganz allgemein gesprochen.«

»Sein Artikel damals ...«

»Ist lange her und vergessen.« Die Miene des alten Mannes war auf einmal verschlossen. »Darüber zu sprechen, macht Gladys auch nicht wieder lebendig.«

»Worum ging es denn in Ihrem Gespräch?« Helen lächelte entschuldigend. »Verzeihen Sie, aber möglicherweise waren Sie der Letzte, der ihn lebend gesehen hat.«

Er zuckte mit den Schultern. »Wir haben über ›Rutland in Bloom‹ gesprochen und was Stanfords Tod für Humblehams Teilnahme bedeuten wird.« Er beugte sich hinunter und streichelte den Hund. »Wir hatten ein überraschend gutes Gespräch. Es dauerte fast zwei Stunden.«

»Hat er gesagt, wo er danach noch hinwollte?«, fragte Marian.

»Nein, leider nicht.« Sir Anthony richtete sich wieder auf. »Vermuten Sie, dass sein Unfall doch kein Unfall war? Was ist denn überhaupt passiert?«

»Es gab eine Explosion«, antwortete Helen vage. »Die Untersuchungen sind noch nicht abgeschlossen.«

»Verstehe.« Sir Anthony setzte seinen Rollstuhl wieder in Bewegung und bewegte ihn auf den Pavillon zu, sie folgten ihm langsam. »Nun, ich kann Ihnen dazu nichts sagen. Shute kam gestern kurz vor neun, ich habe ihn selbst hereingelassen, Drake hatte schon Feierabend.« Er nickte zum Butler hin, der die Teekanne und die Tasse abräumte. »Und er ging gegen elf. Er hatte zwei Whisky, falls das etwas zur Sache tut.«

»Vermutlich nicht. Zum Glück war sonst niemand beteiligt.«

»Er hat jedenfalls nichts davon gesagt, dass ihm jemand nach dem Leben trachtete«, meinte Sir Anthony und wandte sich wieder ihnen zu. »Das wollten Sie doch eigentlich wissen, oder nicht?«

»Hat er noch andere Projekte erwähnt, an denen er arbeitete?«, fragte Helen. »War er an irgendeiner Sache dran?«

»Wenn, dann hat er nichts davon gesagt.« Sir Anthony schüttelte den Kopf und knetete erneut seine Hände. »Wir sprachen nur von ›Rutland in Bloom‹. Er erzählte, dass einige der Teilnehmer mit Kritik nicht so gut umgehen können. In den sozialen Medien ging es wohl ziemlich hoch her, als der *Midland Mirror* einen kritischen Artikel von ihm über Market Willow brachte.«

Helen hob die Brauen. »Worum ging es da?«

»Das weiß ich nicht, Officer. Ich lese den *Midland Mirror* nicht. Ich weiß nur, dass Market Willow und Humbleham immer schon im Wettstreit lagen. Völlig egal, ob es um Fußball oder den höchsten Maypole oder den größten Kürbis beim Erntedankfest geht.«

Helen lachte freudlos. »Aber das ist wohl kaum ein Motiv für einen Anschlag.«

»Waren Sie so lange weg, dass Sie nicht mehr wissen, wozu die britische Landbevölkerung in der Lage ist?«, gab Sir Anthony zurück. »Solche Dinge nimmt man hier sehr ernst.«

Marian nickte zustimmend. »Da haben Sie allerdings recht.«

»Wenn sonst nichts mehr ist?« Sir Anthony sah sie fragend an. »Ich würde mich jetzt gern zurückziehen. Es tut mir leid, dass ich Ihnen nicht mehr helfen konnte.«

»Sie können uns doch auch nicht mehr erzählen, als Sie wissen«, sagte Marian. »Danke, dass Sie sich überhaupt die Zeit für uns genommen haben.«

»Brauchen Sie Hilfe?«, fragte Helen und wies auf den holprigen Weg.

Der alte Richter sah sie einen Moment lang versonnen an, dann beugte er den Kopf. »Das wäre sehr nett.«

Helen fasste nach den Griffen des Rollstuhls und schob ihn über den gepflasterten Weg in Richtung Haus. Jackomo, der Terrier, trottete hinter ihnen her. Ein schwacher Geruch nach Eukalyptus stieg ihr in die Nase, der ihr schon bei ihrer letzten Begegnung aufgefallen war. Auf halbem Weg kam ihnen Foster Drake entgegen. Eilfertig trat er an den Rollstuhl. »Ich mache das schon.« Er übernahm die Griffe. »Sie finden doch alleine raus, oder?« Er wies auf einen Weg, der zur Rechten abzweigte. »Schönen Abend noch!«

Wenn man einfach der Fassade des Herrenhauses folgte, konnte man gar nicht vermeiden, irgendwann wieder auf der Vorderseite des Gebäudes zu landen. Ein Weg aus alten Steinplatten führte um das Haus herum, und Helen spähte durch die blank geputzten Fensterscheiben. Kein Vorhang, kein Rollladen versperrte den Blick nach drinnen. Weitere Zimmer, die offenbar nicht genutzt wurden, die Möbel waren mit weißen Tüchern verhüllt, bis sie schließlich um die Ecke bogen und an der Vorderseite entlanggingen. Hier erkannte Helen die Räume von ihrem ersten Besuch wieder: Sir Anthonys Bibliothek, das Wohnzimmer mit den Chippendalesofas und zuletzt die Eingangshalle. Es schien ihr deutlich mehr Zeit vergangen als die drei Tage, die es in Wahrheit waren. Helen ließ ihren Blick über den Park schweifen, der sich so frappant von dem rückwärtigen Garten unterschied. Er war repräsentativ, wie es sich für ein Herrenhaus gehörte, geleckt und irgendwie unpersönlich. Selbst der Rosengarten mit dem gemauerten Pavillon wirkte nicht echt, fast wie eine Kulisse aus einem Filmstudio, während Sir Anthonys Frau nach hinten hinaus ein zauberhaftes Refugium geschaffen hatte. Das offenbar außer Sir Anthony und seinem Butler niemand je zu Gesicht bekam. Ob die verstorbene Gattin hier wohl Freundinnen zum Tee empfangen hatte? Oder hatte sie dieses Juwel ganz allein für sich angelegt? Sie würden es wohl nie erfahren.

Unwillkürlich fröstelte Helen bei diesem Gedanken, und sie war froh, als sie wieder neben Marian saß, die den Motor anließ. Sie rollten die gewundene Auffahrt hinunter, der Kies knirschte leise unter den Reifen. Während sie warteten, bis sich das schmiedeeiserne Gitter zögerlich auftat, sagte sie: »Irgendwie ist das doch unheimlich, findest du nicht? Dieses riesige alte Haus mit dem alten Mann, der seit so vielen Jahren den geheimen Garten seiner verstorbenen Frau pflegt.«

Marian hob die Schultern. »Wer will es ihm verdenken? Er hat sie eben geliebt.«

»Seine Frau ist seit fünfunddreißig Jahren tot«, gab sie zurück, barscher als beabsichtigt. »So ein Garten ist doch etwas Lebendiges. Den kann man nicht all diese Zeit ›bewahren‹ wie die Einrichtung eines Zimmers.«

Marian schaute sie überrascht an. »Wieso denn nicht? Sir Anthony pflegt da seine Erinnerungen. Ich finde, das ist etwas sehr Schönes. So etwas findest du heute nicht mehr.«

»Aber da wächst einfach nichts, was fünfunddreißig Jahre überdauern kann«, antwortete Helen. »All diese Pflanzen müssen mehrfach ausgetauscht worden sein. Nicht einmal dieser Apfelbaum ist so alt.«

»Ach so, jetzt verstehe ich, was du meinst.« Marians Gesicht hellte sich auf. »Aber wenn immer nachgepflanzt und ersetzt wurde, was zuvor schon da war, dann ist es doch immer noch der gleiche Garten.«

»Der gleiche vielleicht, aber nicht mehr derselbe.« Helen runzelte die Stirn. »Das erscheint mir irgendwie falsch. Es ist nicht echt.«

»Kennst du das Schiff des Theseus?«, fragte Marian. »Da wurden auch im Lauf der Zeit alle Planken ausgetauscht, und doch war es immer noch Theseus' Schiff.«

Helen schmunzelte. »Das ist ein treffendes Bild. Und doch ist es etwas anderes. Ein Schiff ist ein unbelebter Gegenstand, der nur einem Zweck dient. Ein Garten dagegen lebt und muss sich entwickeln können.«

»Da wäre Theseus vermutlich anderer Meinung gewesen.« Marian lächelte zurück. »Sir Anthony lebt eben sehr stark in der Vergangenheit. Das war mir bis eben auch nicht bewusst.«

»Ob er das Andenken an seine Tochter wohl genauso pflegt?«, fragte Helen mehr zu sich selbst als an Marian gerichtet. »Für sie gibt es offenbar keinen Garten.«

»Sie war schließlich Politikerin und hat sich für Flüchtlinge engagiert«, antwortete Marian. »Ihr Erbe ist ganz anderer Natur.«

»Da hast du auch wieder recht.«

Endlich hatten sich die Torflügel geöffnet, und Marian steuerte den Wagen nach draußen. Zwischen den beiden Säulen trat sie auf die Bremse. »*Damn!*«, rief sie und blickte über die Schulter. »Ich habe meine Tasche vergessen.«

Hinter ihnen hatte sich das Gitter erneut in Bewegung gesetzt, das Tor begann sich schon wieder zu schließen. Helen sprang aus dem Wagen. »Warte hier, ich laufe zurück und hole sie.«

Mit weit ausholenden Schritten eilte sie den geschotterten Weg wieder hoch. Die Sonne stand tief, die Bäume entlang der Auffahrt warfen lange Schatten, es war düster unter dem

Blätterdach. Endlich stand sie wieder vor dem Haus. An der Eingangstür zögerte sie. Ob sie einfach nach hinten durchging? Was bei den Dorfbewohnern gang und gäbe war, erschien ihr hier am Herrenhaus nicht angemessen. Doch es gab gar keinen Klingelknopf an der Tür, der befand sich unten am Tor zum Park. Helen wandte sich zur Seite und schaute durch das Fenster in die Halle. In diesem Moment trat Foster Drake aus der kleinen Tür neben der Treppe und eilte zur Tür. Rasch trat sie vom Fenster zurück, fühlte sich auf einmal ertappt.

Als er die Tür öffnete, stand sie schon wieder davor, und er machte ein überraschtes Gesicht. »Ach, Sie sind noch hier«, sagte er etwas atemlos. »Haben Sie etwas vergessen?« Er hatte sich umgezogen, trug Jeans und ein kariertes Hemd – offensichtlich hatte er bereits dienstfrei.

»Ms. Whalen hat ihre Handtasche stehen gelassen. Vermutlich ist sie noch im Garten, ich kann sie rasch holen.«

»Ich mache das schon.« Beflissen wandte er sich ab, die Tür ließ er offen stehen.

Während sie wartete, ließ Helen ihren Blick durch den Eingangsbereich schweifen. Da waren die hohen geschnitzten Türen links und rechts, die in die Zimmer führten. Dazwischen die breite Treppe in die erste Etage, wohin sich Sir Anthony vermutlich inzwischen zurückgezogen hatte – sein Rollstuhl stand am Fuß der Treppe neben dem Sitz des Treppenlifts. Ein wenig ärgerte sie sich über sich selbst, weil sie den Mann nicht dezidiert nach Gladys und ihrer Affäre mit Zameera Senaï gefragt hatte. Andererseits hatte Sir Anthony mehr als deutlich zu verstehen gegeben, dass er nicht über seine Tochter zu sprechen wünschte, ganz wie Ms. Kinkaid vorausgesagt hatte. Und sie war einfach nicht in der Position, den alten Richter zu einer Aussage zu bewegen – das konnte nur Ben, und der würde den Teufel tun, Sir Anthony zu befragen, solange es keinen konkreten Anlass gab.

Schon kam Foster Drake zurück, Marians Ledertasche baumelte am Riemen in seiner Hand. »Bitte sehr, hier ist sie«, sagte er und reichte sie ihr. »Einen schönen Abend noch.«

»Danke, Ihnen auch«, konnte Helen gerade noch sagen, da fiel schon die Tür hinter ihr ins Schloss. Verdutzt starrte sie auf das dunkle Holz. Offenbar war der Butler in Eile und wollte sie rasch loswerden – vermutlich war er auf dem Sprung zu Ada, ging Helen durch den Kopf. Sie zuckte mit den Schultern, wandte sich ab und eilte den Kiesweg wieder hinunter. Irgendwo musste eine Lichtschranke sein, oder Drake hatte einen Knopf gedrückt, denn als sie ankam, setzte sich das Tor gerade behäbig in Bewegung. Sie quetschte sich hindurch, kaum dass die Öffnung groß genug war, und stieg zu Marian in den Wagen.

KAPITEL 16

Als Helen wenig später wieder in Mums altem Vauxhall saß, fühlte sie sich auf eine Weise erschöpft, die nichts mit der Uhrzeit zu tun hatte. Der Tag war einfach sehr lang und anstrengend gewesen, zu viele Eindrücke in zu kurzer Zeit, die belastende Situation mit Ben und Marians ruhelose Trauer, all das führte dazu, dass sie zu keinem klaren Gedanken fähig war.

Kurzerhand fuhr sie an Lydias Cottage vorbei und nahm die nächste Abzweigung zu Frederic Jamesons Farm und den Pferden. An den Koppeln hielt sie an und stieg aus. In tiefen Zügen sog sie die laue Abendluft ein. Die Sonne war hinter den Hügeln im Westen verschwunden, nur eine dünne Wolkenschicht leuchtete noch in grellem Orange. Der Himmel strahlte pfirsichfarben, das Licht hatte einen bläulichen Farbton angenommen. Es war sehr still hier draußen, und das entfernte Dröhnen eines Motors schien die Stille noch zu verstärken. Sie hörte ein Schnauben hinter sich und wandte sich um. Buster stand am Koppelzaun, er hatte das Motorgeräusch ihres Wagens erkannt. Rasch setzte sie sich in Bewegung, öffnete das Gatter und trat zu ihm.

»Hi, Mr. Buzz«, murmelte sie und strich ihm über die weiche Nase. »Alles okay, alter Junge?«

Der Wallach rieb seine Stirn an ihrer Schulter, sodass sie einen Schritt zurücktaumelte. »Hey, pass auf. Ich habe nur zwei Beine«, sagte sie und gab ihm einen spielerischen Klaps. Er beugte den Hals und schnupperte an den Taschen ihrer Uniform.

»Tut mir leid, ich habe nichts mitgebracht«, sagte sie. »Aber du bekommst natürlich etwas.« Sie ging hinüber zum Schuppen und öffnete die Tür. Der warme Duft von frischem Heu schlug ihr entgegen, Tom musste heute neue Ballen gebracht haben. Im Inneren des Verschlags war es dämmrig, und sie brauchte ein paar Sekunden, bis sich ihre Augen an das fahle Licht gewöhnt hatten. Langsam schälten sich die Konturen aus der Dunkelheit: die Zaumzeuge und Halfter aufgereiht an Haken an der Wand, der gezimmerte Balken mit den Sätteln, der Eimer mit dem Putzzeug, die große Dose Lederfett und der Behälter mit den gepressten Futterwürfeln, die Buster so liebte. Der war allerdings leer, und sie tastete sich hinüber zu dem Wandschrank in der Ecke, um eine neue Tüte zu holen. Ein scharfer Geruch nach Eukalyptus und Teer schlug ihr entgegen. Hinter ihr ertönte ein Krachen – Buster hatte seiner Ungeduld Ausdruck verliehen und mit dem Huf gegen die Holzwand des Schuppens getreten. »Immer mit der Ruhe, Buzz«, rief sie. »Ich komme ja schon!«

Rasch riss sie den Sack mit den Futterwürfeln auf, hielt sich nicht mit dem Umfüllen auf, sondern griff sich nur eine Handvoll, schob sie in die Jackentasche und ging wieder hinaus zu ihrem Pony. Sie reichte Buster die Leckerei auf der flachen Hand, seine Tasthaare kitzelten auf ihrer Handfläche, als er die Brocken vorsichtig aufnahm. Gedankenverloren strich sie ihm durch die dunkle Mähne und zupfte Strohhalme heraus. Der Besuch bei Sir Anthony ging ihr nicht aus dem Kopf. »Meinst du, er hätte mir mehr erzählt, wenn ich nicht als Dorfpolizistin, sondern als Detective der MET bei ihm gewesen wäre?«, fragte sie den Wallach. »Immerhin ist er Richter. Einer offiziellen Befragung hätte er sich bestimmt nicht widersetzt.«

Buster schüttelte den Kopf, sie lachte. »Das findest du auch, nicht wahr?«

Das Pony senkte den Kopf und begann zu grasen. Sie legte die Hand auf sein Schulterblatt und spürte das Spiel der Muskeln unter dem rauen Fell. Sie war überzeugt, dass die Tragödie um Gladys Cooper der Schlüssel zur Lösung war. Diese Schmutzkampagne hätte sie ziemlich sicher ihre Karriere gekostet, weswegen sie – wenn man Ms. Kinkaid Glauben schenken durfte – die Gerichtsverhandlung gar nicht erst abgewartet, sondern ihrem Leben selbst ein Ende gesetzt hatte. »Und Sir Anthony hat das vertuscht«, murmelte sie. »Das wiederum kann ich mir bei ihm sehr gut vorstellen. Ob er auch für Zameeras Abschiebung verantwortlich war? Was meinst du, Mr. Buzz?«

Buster schnaubte. Helen hätte schwören können, dass es nach Zustimmung klang.

Sie tätschelte seinen Hals. »Ja, zuzutrauen wäre es dem alten Mann. Der hält sich nur an seine eigenen Regeln.« Sie blickte hoch zum Himmel, der zusehends dunkler wurde. »Dabei hätte er seinen Einfluss auch zugunsten von Zameera geltend machen können. Aber das kam für ihn wohl nicht infrage.« Sie seufzte. »Weißt du, Ben denkt, es war Zameeras Bruder. Aber ich glaube nicht, dass das funktioniert hätte. Qasim kann sich vielleicht ein Jagdgewehr kaufen und Pete Stanford erschießen, aber Brian hätte ihn niemals nach der Sperrstunde noch reingelassen. Und dass Ms. Kinkaid auf Limonade von Clifford's steht, konnte er auch nicht wissen.« Sie schüttelte den Kopf. »Nein, das war bestimmt jemand aus dem Dorf«, sagte sie laut. Aber wer hatte ein Motiv, nach all den Jahren auf solch einen Rachefeldzug zu gehen?

Buster drehte sich um und zupfte an ihrer Uniformbluse. »Kannst du dir vorstellen, zehn Jahre zu warten, um Rache zu nehmen, Buster?« Sie schmunzelte und zog noch einen Futterwürfel aus der Tasche. »Nein, bestimmt nicht. Du wärst viel zu ungeduldig dafür.«

Vielleicht hatte Gladys' Freundin Kate mit der Sache zu tun, ging ihr durch den Kopf, während sie zusah, wie Buster die Leckerei zwischen seinen Zähnen zermahlte. Immerhin hatten sie sogar kurz ihren Bruder Bill in Verdacht gehabt, wenn auch aus völlig anderen Gründen. Coroner Skimmingdale hatte in seinem Fall zu wenige Verdachtsmomente gesehen und keine weiteren Untersuchungen angeordnet. Aber irgendetwas übersah sie, das spürte sie ganz genau. Doch der Einzige, der wirklich etwas dazu hätte sagen können, wollte darüber nicht sprechen.

Buster hatte seine Futterwürfel verspeist und graste wieder. Helen kraulte ihn zwischen den Ohren. »Wenn du reden könntest«, murmelte sie. »Du hättest bestimmt die richtige Idee.«

Er nahm die Nase aus dem Gras und blies ihr seinen warmen Atem ins Gesicht, dann drehte er sich weg und schlenderte hinüber zu Banjo, Bertie und Ginger, die am oberen Ende der Koppel weideten. »Du bist auch keine Hilfe!«, rief sie ihm hinterher. Er blieb stehen, hob den Schweif und ließ einen Haufen Pferdeäpfel fallen. Sie musste lachen. »Hast ja recht. Ohne Fakten gibt es keine Ermittlung, und bisher haben wir einfach zu wenig in der Hand.«

»Sie haben den Täter verhaftet!« Mit diesen Worten begrüßte Lydia Helen am nächsten Morgen in der Küche. »Es steht schon in der Zeitung!«

Helen griff nach dem *Midland Mirror*. Auf der Titelseite prangte die Schlagzeile: »Die Humbleham-Morde – war es doch Rache?«, darunter das unscharfe Foto eines dunkelhäutigen Mannes. Rasch schlug sie die Zeitung auf und überflog den Artikel. Qasim S. war gestern Nachmittag in Corby festgenommen worden, stand da, nachdem sein Alibi für den Zeitpunkt der Morde an Brian Garner und Pete Stanford nicht bestätigt werden konnte. Es folgte ein kurzer Abriss der alten Geschichte um Gladys Cooper und Zameera S. und die Vermutung, dass sich ihr Bruder an den vier Menschen rächen wollte, die Gladys damals in den Suizid getrieben hatten.

Helen ließ das Blatt sinken. Wieso, verdammt noch mal, erfuhr sie aus der Zeitung davon? Hätte Ben sie nicht wenigstens anrufen können? Sachlich war der Fall klar: Wenn Qasim kein Alibi für den Freitag hatte, war das im höchsten Maße verdächtig. Auch wenn sie sich die Frage stellte, wieso Zameeras Bruder jetzt erst aktiv geworden war. Aber nach Bens Gerede von gemeinsamer Ermittlung hätte sie erwartet, dass er sich bei ihr meldete, sobald es Neuigkeiten gab.

Sie kramte das Telefon aus ihrer Tasche, warf einen Blick darauf und erstarrte: Ben hatte sie angerufen, während sie mit Marian bei Sir Anthony war. Natürlich, sie waren mit Marians Auto gefahren, und sie hatte ihre Tasche in ihrem eigenen Wagen gelassen. Bei seinem zweiten Anruf war sie bei den Pferden gewesen. Er hatte versucht, sie zu erreichen, und sie hatte es nicht mitbekommen. Im Stillen leistete sie Abbitte, stürzte den Kaffee hinunter und stand auf. »Ich muss sofort los«, sagte sie und schob die Schüssel mit dem Porridge zur Seite. »Ben wird schon auf mich warten.«

Lydia machte ein missmutiges Gesicht. »Muss das denn sein, dass du ihm so viel hilfst? Das kann doch bestimmt auch jemand anderer von den Kollegen machen.«

»Aber ich will doch genau das tun«, gab Helen zurück. Und stellte fest, dass das stimmte. Teil eines Teams zu sein, das echte Ermittlungsarbeit leistete, war nun einmal ihr Beruf. Sie legte ihre Hand auf die ihrer Mutter. »Dass ich hier als Dorfpolizistin arbeite, ist nur vorübergehend«, sagte sie.

»Ich brauche dich aber hier«, gab Lydia schnippisch zurück. »Ich gehe ganz bestimmt in kein Heim.«

»Das musst du auch nicht.« Helen seufzte. »Du kommst doch gut zurecht, oder nicht?«

»Nur weil du hier bist«, antwortete ihre Mutter. »Allein würde ich das alles nicht schaffen.« Sie lächelte zuckersüß. »Ich bin so froh, dass du da bist, Helen.«

Helen rollte mit den Augen. »Aber du weißt doch, dass das kein Dauerzustand ist«, entgegnete sie.

»Natürlich ist es das nicht«, knurrte Lydia. »Wenn ich erst einmal tot bin, kannst du tun und lassen, was du willst. Und wenn du so weitermachst, dauert das auch nicht mehr lange.« Sie stand auf, eine Katze sprang von ihrem Schoß und miaute missbilligend. »Siehst du, sogar die Katzen sind meiner Meinung.«

Helen sah sie entrüstet an. »Das ist Erpressung, Mum.«

»Das ist nichts als die Wahrheit, Helen. Ich bin eine kranke alte Frau, die nicht mehr lange zu leben hat. Und es liegt ganz bei dir, wie ich meine letzten Monate verbringe.«

Helen holte Luft für eine scharfe Antwort, dann ließ sie den Atem langsam entweichen. Eine Diskussion über dieses Thema brachte nichts. Es war ja eine Tatsache, dass sie zurück nach Humbleham gekommen war, um ihre Mutter nach ihrem Schlaganfall zu unterstützen. Schließlich hatte niemand wissen können, wie gut sich Lydia wieder erholen würde. Mum konnte jederzeit einen Rückfall erleiden, sie durfte sich nicht darauf verlassen, dass dieser Zustand von Dauer war. »Noch gibt es in Leicester gar keinen Job als Detective für mich«, sagte sie. »Bis dahin bleibe ich auf alle Fälle hier.«

»Na siehst du.« Das Gesicht ihrer Mutter strahlte. »Nirgendwo ist es schöner als in Humbleham, das hast du selbst gesagt. Es gibt überhaupt keinen Grund, von hier wegzugehen.«

»Wozu hast du eigentlich ein Telefon, wenn du nicht rangehst?«, wollte Ben sichtlich missgelaunt wissen.

»Sorry.« Helen war außer Atem. Sie hatte die Treppen zu Bens provisorisch eingerichtetem Büro in der Dienststelle von Oakham im Laufschritt genommen. Er räumte gerade seinen Schreibtisch leer und fegte schwungvoll Stifte, Notizblöcke und was sonst noch auf der Tischplatte lag, in einen Karton. »Ich habe dir doch gesagt, dass ich zu Marian fahre. Ich habe das Telefon nicht gehört.« Das war nicht einmal gelogen. Von ihrem Besuch bei Sir Anthony brauchte er schließlich nichts zu erfahren.

»Egal.« Er wuchtete den Karton auf den Tisch. »Die Kollegen in Corby haben Senaïs Alibi überprüft, doch niemand in diesem Kino vermochte sich an ihn zu erinnern. Weder die Frau an der Kasse noch der Verkäufer am Kiosk. Und eine Eintrittskarte konnte er auch nicht vorweisen. Deshalb haben sie ihn vorläufig festgenommen.«

»Das ist aber alles kein Beweis für seine Schuld«, gab Helen zu bedenken. »Oder hat er die Taten inzwischen gestanden?«

»Nein.« Ben lehnte sich gegen den Schreibtisch und fuhr sich mit der Hand durchs braune Haar. Eine Geste, die sie nur zu gut kannte: So ganz sicher war er sich seiner Sache doch nicht. »Aber wir haben inzwischen Informationen zum Verbleib seiner Schwester erhalten.« Seine Miene verdunkelte sich. »Nach ihrer Ausweisung damals ist Zameera in Eritrea vor Gericht gestellt und zu einer mehrjährigen Haftstrafe verurteilt worden – genau wie Senaï gesagt hat. Allerdings ist sie vor wenigen Wochen bei einem Gefangenenaufstand getötet worden, ein Wachmann hat sie erschossen. Davon hat er uns nichts erzählt.« Er hob die Schultern. »Er beteuert, davon nichts gewusst zu haben. Aber

Coroner Skimmingdale wertet das als Schutzbehauptung, denn unsere Botschaft in Asmara sagt, sie haben ihn vom Tod seiner Schwester unterrichtet. In Wahrheit hat sich Qasim Senaï an den Menschen gerächt, denen er die Schuld am Tod seiner Schwester gibt: an Brian Garner, der behauptete, Gladys und Zameera würden eine Scheinehe eingehen wollen, und an Pete Stanford, der Gladys' Ämter übernommen hat und unmittelbar für Zameeras Ausweisung verantwortlich war. Für die Anschläge auf Ms. Kinkaid und diesen Journalisten ist er vermutlich ebenfalls verantwortlich. Hier sieht die Coroner aber zu wenig Beweise für eine Anklage.«

»Hm.« Helen kaute auf ihrer Unterlippe und dachte nach. »Wurde Qasim denn im ›Boxing Hares‹ beim Dartturnier gesehen?«

»Nein.« Ben schüttelte den Kopf. »Zumindest hat ihn niemand bemerkt. Barnes und seine Leute haben alle befragt. Die Letzten gingen kurz vor Mitternacht, Qasim Senaï muss danach gekommen sein.«

»Das kann doch nicht so gewesen sein«, sagte Helen. »Brian mochte keine Ausländer, er hätte Qasim niemals so spät noch eingelassen.«

»Wer weiß, was er Garner für eine Geschichte erzählt hat«, gab Ben zurück. »Wir haben den Mann doch noch gar nicht durchleuchtet. Er hat ein Motiv und kein Alibi. Der Staatsanwalt am Crown Court hat bereits Anklage erhoben, für ihn reichen die Indizien aus. Unsere Arbeit hier ist beendet.«

»Verstehe.« Helen ließ die Schultern sinken. »Damit hast du den Fall wohl gelöst.«

»Du hast einen wertvollen Beitrag zur Ermittlung geleistet«, sagte Ben. »Ohne diesen Zeitungsartikel wären wir vermutlich nicht so schnell auf die Zusammenhänge gekommen.«

»Den habe ich doch nur zufällig gefunden.« Helen grinste freudlos. »Er lag bei Lydia in der Küchenschublade.«

»Aber du hast erkannt, dass er wichtig ist.« Ben blinzelte ihr zu. »Du hast noch nichts verlernt.« Dann wurde er ernst. »Ich sagte doch schon, dass du jederzeit zurückkommen kannst, wenn du das möchtest.« Kurz zögerte er, bevor er leise fortfuhr. »Das gilt auch für mich, Helen. Für uns.«

Helen wurde heiß und kalt, sie schnappte nach Luft. »Sag mal, spinnst du?«, fuhr sie auf. »Nach allem, was geschehen ist, wagst du es ...«

Ben hob die Hand. »Irgendwann müssen wir in Ruhe darüber sprechen, Helen. Du hast dich da in etwas verrannt.«

»So, glaubst du das.« Helen schnaubte. »Du und dein Freund, der Superintendent, ihr könnt mir gestohlen bleiben! Ich bin ganz froh, dass ich euch nicht mehr sehen muss.«

Bens Gesicht verfinsterte sich. »Nun, wenn das so ist ...« Brüsk wandte er sich ab. »Dann wünsche ich dir noch alles Gute hier in deinem Dorf. Ich fahre heute Nachmittag zurück nach London.«

Da gehörst du auch hin, dachte Helen bei sich, doch sie sprach es nicht aus. »Danke«, sagte sie laut. »Gute Heimreise.«

Wenige Tage später saß Helen am Tresen im »Boxing Hares«, eine große Tasse duftenden Kaffee vor sich. Einen Kaffee, wie ihn Lydia beim besten Willen nicht hinbekam, weshalb sie auch auf ihrer nachmittäglichen Runde durchs Dorf im Pub nach dem Rechten geschaut hatte. Das Lokal hatte noch geschlossen, doch Eileen freute sich über ihren unverhofften Besuch. Sie stand schon hinter der Theke, räumte Flaschen ein, sortierte Biergläser und bereitete alles auf den wöchentlichen Dartabend vor. Brian war seit einer Woche tot, doch das Geschäft musste weitergehen, hatte Eileen beschlossen und würde heute Abend wieder öffnen. Helen stimmte ihr zu: Brian hätte es nicht anders gewollt.

Sie blies über den Milchschaum und nahm einen Schluck. »Kommst du alleine überhaupt klar?«, fragte sie. »Wenn du heute Abend Hilfe brauchst, sag bitte Bescheid. Ich komme gern und helfe dir.«

»Ich habe Hilfe.« Eileen stellte ein Glas ins Regal. »Marian hat angeboten, abends auszuhelfen, bis ich jemanden gefunden habe.«

»Marian?« Helens Augenbrauen gingen überrascht nach oben.

»Wieso denn nicht?« Die Tür war aufgeflogen, ihre Freundin stand in der Gaststube. Sie trug Jeans und einen schlichten grauen Pullover und hatte ihre roten Locken hochgebunden zu einem Pferdeschwanz. Die Nachmittagssonne fiel durchs Fenster auf sie und vergoldete ihr Haar. »Ich habe während meines Studiums in einer Bar gejobbt. Und im Augenblick bin ich ganz froh, wenn ich abends rauskomme.«

»Das kann ich mir denken.« Helen nickte und lächelte ihr zu.

»Arbeit ist die beste Ablenkung«, stimmte Rose bei, die aus der Küche kam. Sie drückte kurz Marians Schulter, dann ging sie zu Eileen hinter die Theke. »Ich bin fertig für heute«, sagte sie. »Ich habe die Blumen draußen gegossen und den Stew vom Herd genommen.«

»Danke, Rose.« Eileen lächelte. »Wir sehen uns dann morgen früh.«

Rose nickte und wandte sich an Marian. »Was ist denn nun aus ›Blooming Humbleham‹ geworden?«, fragte sie. »Sind wir noch dabei, oder haben sie uns rausgeworfen?«

»Rausgeworfen?« Helen drehte sich erstaunt zu ihr um. »Man kann uns doch nicht disqualifizieren, nur weil ein Jurymitglied hier erschossen wurde.«

Marian lachte bitter. »Nein, natürlich nicht. Aber Ms. de Souza war sich nicht sicher, ob sie imstande sein würde, das Protokoll über ihren Besuch zu schreiben, nach allem, was geschehen ist. ›Ich weiß doch gar nicht mehr, was Sie mir alles gezeigt haben‹«, zwitscherte Marian in einer Imitation der Jurydame. »Zum Glück ist Fiona Marshall eingesprungen, die Naturkundelehrerin. Sie ist schon lange Mitglied der Royal Horticultural Society, die den Wettbewerb jedes Jahr ausrichtet, und sie hat sich bereit erklärt, Stanfords Platz in der Jury einzunehmen. Sie hat Alice de Souza überredet, doch noch ein Protokoll zu verfassen. Mit ihrer Hilfe natürlich.« Marian blinzelte verschwörerisch. »Ich denke, wir haben gute Chancen, in die nächste Runde zu kommen.«

»Das ist sehr gut.« Eileen strahlte. »Ich hatte schon befürchtet, all die Anstrengungen der Dorfgemeinschaft wären umsonst gewesen.«

»Die nächste Runde, was bedeutet das?«, fragte Helen.

»Die Sieger in den jeweiligen Kategorien bekommen im Sommer nochmals Besuch der Jury von ›Britain in Bloom‹. Dann wird das schönste Dorf von Großbritannien gewählt.«

»Hui.« Helen schmunzelte. »Und du denkst, Humbleham hat da Chancen?«

»Vermutlich nicht. Aber das schönste Dorf in Rutland wäre doch auch etwas, findest du nicht?«

»Das wäre ganz großartig.« Eileen schaute hoffnungsvoll drein. »Dann könnte ich oben die Zimmer herrichten lassen und vermieten.«

»Du willst ein richtiges Hotel eröffnen?« Rose sah zweifelnd drein. »Das schaffe ich dann aber nicht mehr mit dem Putzen.«

»Keine Sorge, dann stelle ich noch ein Stubenmädchen ein und eine Empfangsdame.« Eileens Wangen hatten sich gerötet. »Vielleicht kann ich Ada überreden zurückzukommen. Ich würde gern mehr aus dem ›Boxing Hares‹ machen.«

Helen sah sich in der alten Wirtsstube um. Die Sonne glänzte auf den alten Holztischen, Staubkörnchen tanzten golden in der Luft über den abgetretenen Teppichen. An der Decke schimmerten dunkel die rissigen Balken, der verrußte Kamin in der Ecke roch schwach nach dem Holzfeuer, das hier im Winter brannte. Es war heimelig und gemütlich, doch sie verstand, was Eileen meinte. Brian hatte seit Jahrzehnten nichts verändert, der Pub sah beinahe noch so aus wie zu den Zeiten, als sie selbst hier gekellnert hatte. Ein bisschen Moderne würde auch dem »Boxing Hares« guttun, passend zum neuen Image des Dorfs, das Marian vorschwebte. »Ich glaube, das könnte sehr schön werden«, sagte sie.

Die Tür öffnete sich schon wieder. Dafür, dass das Lokal noch geschlossen hatte, herrschte ein ganz schöner Besucherandrang, fand Helen. Doch es war nur Betty, die Postbotin, die einen dicken Briefumschlag schwenkte. »Marian, der ist für dich«, rief sie. »Hillary hat mir gesagt, dass du hier bist, und wir fanden, du musst ihn sofort lesen.« Sie sah sich verschwörerisch in der Gaststube um. »Er kommt von der Horticultural Society.«

Marian verzog das Gesicht. »Betty, ich habe dir schon mehrmals gesagt, du sollst nicht mit anderen über meine Post sprechen.«

»Tu ich doch gar nicht.« Die Postbotin schniefte durch die Nase. »Aber dieser Brief geht schließlich das ganze Dorf an.«

Eileen reichte Marian ein Messer. »Nun schau schon rein. Wir sind alle gespannt.«

»Ich mach ja.« Marian seufzte ergeben und schlitzte den Umschlag auf. Sie holte mehrere zusammengeheftete Blätter heraus und begann zu lesen.

»Was steht drin?« Betty reckte sich auf die Zehenspitzen und versuchte ihr über die Schulter zu blicken.

Marian hob das Gesicht, in ihren Zügen spiegelten sich widerstreitende Gefühle. »Wir haben nicht gewonnen«, sagte sie. »Es hat am Ende nur für Silber gereicht. Der Sieger in der Kategorie Dorf ist Market Willow. Mal wieder.«

»Das ist doch ein riesengroßer Mist«, schimpfte Rose. »Die gewinnen das jedes Jahr. Wie machen die das bloß?«

»Sie haben keine Hauptstraße, die quer durchs Dorf führt«, vermutete Eileen. »Ein Anger mit Ententeich macht einfach mehr her.«

»Dann brauchen wir auch so was.« Rose schaute herausfordernd in die Runde. »Wir könnten doch einen Teich auf dem Marktplatz anlegen.«

»Es geht noch weiter«, sagte Marian. »Hört her, wir haben den Sonderpreis für innovatives Community-Engagement gewonnen!«

»Fürs Erschießen eines Abgeordneten?« Betty lachte gackernd. »Na hoffentlich macht uns das niemand nach.«

»Aber nein.« Marian musste grinsen. »Hier steht, dass die Umgestaltung des Schulhofs als beispielhafter Beitrag zur Zusammenarbeit der örtlichen Behörden angesehen wird. Die Umwidmung des Sportplatzes unter Einbeziehung der Schüler bei der Schaffung eines Biotops … und so weiter und so fort. Das ist doch etwas.«

»Mr. Gilmore wird im Dreieck springen, wenn er das hört«, sagte Eileen. »Er war doch so gegen dieses Projekt.«

»Immerhin hat sich damit sein Opfer gelohnt.« Helen rutschte von ihrem Stuhl. »Ich muss das Lydia erzählen. Sie wird völlig aus dem Häuschen sein.«

»Bestimmt.« Marian hatte die Stirn gerunzelt. Vermutlich dachte sie schon darüber nach, wie sich dieser Sonderpreis am besten für das Dorf vermarkten ließ. »Ich muss es vor allem Sir Anthony sagen. Ohne seine Unterstützung wäre das alles gar nicht möglich gewesen.«

»Ach was.« Rose stemmte die Hände in die Hüften. »Dem ganzen Dorf musst du das erzählen. Schließlich waren wir alle daran beteiligt.«

KAPITEL 17

Schnell wie ein Lauffeuer hatte sich die Nachricht im Dorf verbreitet. Als Helen ihre Runde durch die Straßen fortsetzte, sah sie schon überall die Dorfbewohner zusammenstehen: an den Gartenzäunen, neben der Bushaltestelle, an der Kirche und natürlich vor dem Village Shop an der Hauptstraße. Der begehrte Preis, den Humbleham in diesem Jahr nun doch noch gewonnen hatte, war das Gesprächsthema Nummer eins.

Und natürlich wusste Lydia bereits Bescheid, als Helen am Abend nach Hause kam. »Wenn ich drauf warten würde, dass du mir etwas erzählst, würde ich dumm sterben«, meinte sie schnippisch. »Mary hat mich gleich angerufen, sobald sie es erfahren hat, und die wusste es von Hillary.«

Die es ihrerseits vermutlich von Rose erfahren hatte, dachte Helen. Aber es war Rose auch nicht zu verdenken – hatte Helen sich doch sogar selbst von der Freude der Dorfbewohner anstecken lassen. Sogar der Schatten, der sich durch die Todesfälle über die Veranstaltung gelegt hatte, schien sich dadurch ein wenig zu lichten.

»Und es gibt eine große Feier«, fuhr Lydia fort und humpelte zum Herd hinüber. Sie lupfte den Deckel des Topfs, in dem es verheißungsvoll blubberte, eine Dampfwolke stieg auf. »Gib zu, das wusstest du noch nicht.«

Der aromatische Duft nach Irish Stew machte sich in der Küche breit, Helen lief das Wasser im Mund zusammen. »Du hast recht, davon habe ich noch nichts gehört.« Rasch zog sie die Uniformjacke aus und nahm die Kappe ab. »Aber Marian wird es mir bestimmt noch mitteilen. Vermutlich wird sie den Marktplatz dafür sperren wollen.« Sie holte zwei Teller aus dem Geschirrschrank und deckte den Tisch.

»Wird sie nicht.« Lydia sah sie triumphierend an. »Sir Anthony hat vorgeschlagen, dass die Siegesfeier im Park von Humble Manor stattfindet. Er will ein richtiges Fest veranstalten.«

»Er lässt das gewöhnliche Volk auf sein Anwesen?« Helen grinste. »Das ist allerdings erstaunlich. Vermutlich ist er genauso stolz auf die Auszeichnung wie die Dorfbewohner.«

»Da kannst du sicher sein.« Lydia nickte ernsthaft. »Immerhin war die ganze Sache seine Idee.«

»Ach was.« Helen sah sie überrascht an. »Ich dachte, das hat sich Marian ausgedacht?«

»Ja, schon.« Lydia trug den Topf zum Tisch und füllte die Teller. »Aber den Anstoß dazu gab Sir Anthony. Als das County im letzten Jahr das Budget für Reparaturmaßnahmen im Dorf gekürzt hat, berief Marian eine Gemeindeversammlung ein und bat um Vorschläge, wie man das nötige Geld auftreiben könnte. Da machte Sir Anthony den Vorschlag, dass sich Humbleham doch für die Teilnahme an ›Rutland in Bloom‹ bewerben sollte.« Sie setzte sich an den Tisch und griff nach dem Löffel.

»Die Idee kam gut an, und so hat Marian das alles organisiert. Mit seiner finanziellen Unterstützung natürlich.«

Helen begann ebenfalls zu essen. »Das war aber sehr großzügig von ihm.«

»Nicht wahr?« Lydia nickte zustimmend. »Vermutlich hatte er dabei das Andenken an seine Frau im Sinn. Sie war eine große Gartenfreundin.«

»Ja, ich weiß.« Helen erinnerte sich an den wunderbaren Garten hinter dem Herrenhaus und ihr Bedauern darüber, dass niemand ihn je zu Gesicht bekam. »Ich durfte ihren Garten sehen.«

»Ach, wirklich?«, meinte Lydia. »Das ist eine große Ehre. Normalerweise lässt er da niemanden hin.« Sie klang ein wenig verschnupft, als ob sie ihrer Tochter diesen Besuch neiden würde.

»Es war dienstlich, Mum«, sagte sie schnell. »Und er war nicht erfreut, als Drake uns zu ihm führte.«

»Na dann …« Lydia schob ihren Stuhl zurück. »Iss auf, Kind. Und dann hilf mir bitte mit der Wäsche.«

Nach zwei Wochen mit Regen und kühlen, fast herbstlichen Temperaturen hatte der Sommer ein Einsehen und kehrte pünktlich zur Siegesfeier in Humble Manor zurück. Die Sonne lachte von einem tiefblauen Himmel herab, nur einige kleine Schäfchenwolken tupften den Horizont. Die Dorfbewohner hatten die Zeit bis zum Fest genutzt und sich selbst übertroffen. Im Park von Humble Manor drängten sich Verkaufsstände, und sie waren gut bestückt mit duftenden Leckereien. Ms. Kinkaid verkaufte selbst gemachten Fruchtwein, Lydias Nachbarin Mary hatte sich mit ihren Käsekuchen selbst übertroffen, und Enyd Sullivan, die Pfarrersfrau, bot ihre berühmt-berüchtigten Ingwerkekse an. Ihr Mann stand unter einer alten Kastanie, jonglierte mit Bällen und unterhielt seine Zuschauer ganz unchristlich mit kleinen Zaubertricks. Fred, der Inhaber des Secondhandladens in der Main Street, hatte offenbar seinen Lagerschuppen geplündert und verkaufte alte Tassen und Besteck, während Lydias Freundin Hillary Erdbeeren und Stachelbeeren in kleinen Körbchen sowie gebrannte Mandeln und Sahnekaramellen feilbot. Jill und Janet hatten ihre Ponys mitgebracht und führten Kinder im Park spazieren, während ihr Vater Würstchen grillte und Eileen und Ada beim Bierverkauf unterstützte. Direkt vor der Front des Herrenhauses hatte Mrs. Marshall mit ihren Schülern der St. Niclas Primary School lange Tische aufgestellt, an denen die Kinder Tütchen mit Samen und Töpfchen mit Pflanzen verkauften – Restbestände aus den Pflanzaktionen im letzten Jahr, wie Helen vermutete. Die Einkünfte aus dem Fest sollten zur weiteren Pflege des Blumenschmucks verwendet werden – so hatte Marian es beschlossen, und offenbar zog das Dorf geschlossen mit.

Die Veranstaltung hatte viele Besucher von auswärts angezogen, die vermutlich nicht zuletzt auch wegen der einmaligen Chance gekommen waren, den Park von Humble Manor zu besichtigen. Die Leute standen in Grüppchen zusammen, flanierten über den Rasen oder saßen bei Sir Anthony im Rosengarten, wo man Tische und Stühle unter Sonnenschirmen aufgestellt hatte. Foster Drake eilte geschäftig dazwischen herum und servierte Limonade und Tee. Helen schob Lydias Rollstuhl zwischen den Verkaufsständen über das Gras, grüßte, wenn sie bekannte Gesichter entdeckte, und hielt Ausschau nach Marian, die doch eigentlich neben Sir Anthony die wichtigste Person am heutigen Tag sein sollte. Sie entdeckte ihre Freundin schließlich am Ende der Rasenfläche in der Nähe der Auffahrt, wo sie sich mit einem Mann mit Pferdeschwanz unterhielt, der eine Kamera um den Hals hängen hatte: der Reporter vom *Midland Mirror*. Er wirkte jungenhaft und schlaksig, und ganz offensichtlich hätte er nichts dagegen, in mehr als einer Hinsicht Oliver Shutes Nachfolge anzutreten.

Marian hatte sie erblickt und winkte sie heran. Helen schob Lydia zu Rose und ihrem Stand mit selbst gemachtem Eis. Sie kaufte ihrer Mutter einen Becher, bevor sie sich zu Marian begab, die den Reporter in der Zwischenzeit erfolgreich abgewimmelt hatte. »Furchtbar, diese Zeitungsleute«, sagte sie.

Helen verzog das Gesicht. »Tut mir leid, Marian. Das ist sicher nicht einfach für dich.«

»Ach, es geht schon.« Marian zuckte mit den Schultern. »Das Leben geht weiter, und Oliver … Er hätte nicht gewollt, dass ich um ihn trauere. Das hat er immer gesagt.«

»Trotzdem ist dir vermutlich nicht nach Feiern zumute, oder?«

Marians Augen hatten sich verdunkelt. »Natürlich nicht. Aber ich bin es der Dorfgemeinschaft schuldig. Außerdem weiß kaum jemand, dass ich, also dass wir …«

»Verstehe schon.« Helen legte ihrer Freundin die Hand auf den Arm. »Wenn ich dir irgendetwas abnehmen kann …«

»Das ist lieb von dir.« Marian umarmte sie in einer raschen Geste. »Aber das ist nicht nötig.«

»Wo ist eigentlich Sir Anthony?«, wollte Helen wissen und sah sich suchend um. »Ich sollte ihn begrüßen.«

»Im Rosengarten.« Marian sah auf die Uhr. »Um fünf Uhr gibt es für die Mitglieder des Blumenschmuckkomitees einen Umtrunk im Herrenhaus. Er wollte auch dich und die anderen Detectives dabeihaben.«

»Mist, dann hätte ich besser Uniform angezogen.« Helen zog die Nase kraus. »Wieso sagst du mir das erst jetzt?«

»Ich habe es auch eben erst erfahren.« Marian sah sie prüfend an. »Du siehst sehr gut aus, mach dir keine Sorgen.«

Helen strich ihre karierte Bluse glatt, die sie zu einer hellen Hose angezogen hatte. »Ich sehe nicht aus wie eine Polizistin«, sagte sie.

»Dein Kollege aus London auch nicht«, gab Marian zurück.

»Ben ist hier?« Helen hob die Brauen und sah sich suchend um. »Auf den könnte ich gern verzichten.«

»Ach, tu doch nicht so.« Marian grinste. »Du magst ihn doch immer noch.«

»Ja. Nein. Also nicht so.« Helen spürte, wie sie rot wurde, und schüttelte rasch den Kopf. »Ben ist ein guter Polizist. Aber unsere Beziehung ist definitiv vorbei.«

»Ich schätze, das sieht er anders«, antwortete Marian und deutete über den Rasen. Helen folgte ihrem Blick. Tatsächlich, unverkennbar auch ohne seinen Trenchcoat war das Ben Baxter, der in Poloshirt und Jeans neben Lydias Rollstuhl stand, ebenfalls ein Eis löffelte und sich angeregt mit ihrer Mutter unterhielt. Sie fluchte unterdrückt. Wieso konnte er sie nicht einfach in Ruhe lassen? Ein offizieller Empfang, bei dem sie sich quasi zufällig über den Weg liefen, war eine Sache, aber in aller Öffentlichkeit mit Mum zu scherzen eine ganz andere. Sie hatte ihm doch deutlich genug gesagt, dass sie kein Interesse mehr an ihm hatte. Oder an einem Job an seiner Seite. Sie ballte die Fäuste.

»Immer mit der Ruhe«, sagte Marian und legte ihr die Hand auf die Schulter. »Schau mal, Jeremy Barnes ist ebenfalls hier.«

Der groß gewachsene Detective aus Leicester überquerte gerade mit langen Schritten den Rasen. Er trug einen hellen Leinenanzug, das Sakko hatte er lässig über die Schulter geworfen. Er nahm die Sonnenbrille ab und sah sich suchend um, Helen hob die Hand. »Hallo, Jeremy!«, rief sie.

»Hi, Lenilly.« Er kam heran und küsste sie auf beide Wangen. »Ich habe dich ohne Uniform fast nicht erkannt.« Er grinste frech. »Du siehst auf einmal beinahe menschlich aus.«

Helen musste lachen. »Während du selbst in deiner Freizeit wie ein Detective aus einer Soap-Opera rumläufst.«

Jeremy erwiderte ihr Lachen und legte ihr den Arm um die Schultern. »Ich finde es übrigens ganz großartig von Sir Anthony, dass er uns heute eingeladen hat. Ich hatte schon Sorge, er hätte uns unsere Ermittlungen verübelt.«

»Das wäre doch eher ungewöhnlich«, gab Helen zurück. »Er war doch schließlich selbst Richter, er sollte das verstehen.«

»Ja, schon. Aber schließlich haben wir sein Haus auf links gedreht.«

»Und nichts gefunden.«

»Genau.« Jeremy hob die Schultern. »Dabei hätte ich schwören können, dass der Schuss aus Richtung des Herrenhauses kam.«

»Zu dem sich Qasim Senaï kaum Zutritt hätte verschaffen können.« Ben Baxter war herangekommen. »Er muss von der Friedhofsmauer aus geschossen haben und hat seine Spuren geschickt verwischt.«

»Hat er inzwischen gestanden?« Jeremy Barnes wandte sich zu Ben.

»Nein. Er ist verstockt und verweigert die Aussage. ›Mir glaubt sowieso keiner, weil ich schwarz bin.‹ Das ist alles, was wir aus ihm herausbringen konnten.«

»Und er hat doch auch recht damit, oder nicht?« Helen schüttelte den Kopf. »Mir ist immer noch ein Rätsel, wie er das hätte bewerkstelligen sollen. Dass er sich eine Waffe besorgt und auf Pete Stanford schießt oder Ms. Kinkaids Limonade vergiftet hat, ist noch irgendwie vorstellbar. Auch bei dem Unfall von Oliver Shute kann er seine Finger im Spiel gehabt haben. Aber Brian Garner – *no way*. Das ist einfach nicht möglich. Brian mochte keine Immigranten, er hätte ihn nicht mitten in der Nacht noch eingelassen.«

»Der Staatsanwalt sieht das anders.« Ben hob die Schultern. »Damit ist der Fall für uns erledigt.«

»Ich weiß.« Helen seufzte. »Ich hoffe nur, dass nicht ein Unschuldiger dafür ins Gefängnis kommt.«

»Das wird am Ende der Crown Court entscheiden.« Ben lächelte sie aufmunternd an. »Lass dir davon nicht diesen schönen Tag verderben. Es ist ein toller Erfolg für euer Dorf.«

Das Fest erreichte einen neuen Höhepunkt, als Musiker im Pavillon des Rosengartens Aufstellung nahmen und zu spielen begannen. Rasch füllte sich die improvisierte Tanzfläche vor den Tischen. Helen beobachtete, wie sich Foster Drake durch die Menge langsam in ihre Richtung bewegte. Ada Jameson hatte seine Stelle eingenommen und lief mit einem Tablett voller Gläser zwischen den Tischen herum, Sir Anthony war nicht mehr zu sehen. Der Butler blieb immer wieder stehen und wechselte ein paar Worte mit dem ein oder anderen Besucher, beugte sich zu Ms. Kinkaid hinunter, sprach kurz mit Mrs. Marshall und flüsterte Enyd Sullivan etwas ins Ohr. Es wirkte ein wenig wie bei einem dieser Partyspiele, bei denen ein Gast als Mörder ausgelost wird und heimlich durch die Menge schleicht, um sich den anderen Partygästen zu offenbaren: »Du bist tot.« Helen schauderte unwillkürlich bei dem Gedanken.

Dann stand Drake vor ihr. »Sir Anthony bittet Sie ins Herrenhaus«, sagte er halblaut zu ihr. »Sie auch«, fuhr er fort und nickte Lydia zu. Dann sah er sich suchend um und eilte weiter. Helen beobachtete, wie er mit Ben und Jeremy sprach. Sie stellte ihr Glas auf einem der Tische ab und schob den Rollstuhl ihrer Mutter den Hang hoch in Richtung Haus. Die Eingangstür stand offen, die stählerne Rampe am Eingang ermöglichte Helen, den Rollstuhl nach oben zu bugsieren.

In der Vorhalle sah sie sich um. Die Tür zur Rechten, die ins Speisezimmer führte, war geschlossen, doch die Tür zur Linken war nur angelehnt. Leise Stimmen waren zu hören. Lydia deutete auf den Treppenlift, der mit hochgeklapptem Sitz am Fuß der Treppe parkte. »So etwas hätte ich auch gern«, sagte sie.

»Dann könnte ich wieder oben im Schlafzimmer schlafen und müsste nicht im Gästezimmer nächtigen.«

»Dein Treppenaufgang ist doch gar nicht breit genug für einen Lift«, erwiderte Helen.

Ihre Mutter musterte die imposante Treppe des Herrenhauses skeptisch. »Bist du sicher? So viel weniger Platz ist bei mir auch nicht.«

Helen lachte. »Wenn du meinst. Aber ich glaube nicht, dass du jemanden findest, der so etwas bei dir einbauen kann.«

»Dass du mir aber auch immer widersprechen musst«, gab Lydia zurück. Sie klang verschnupft. »Wo ist denn jetzt dieser Umtrunk?«, fragte sie und sah sich suchend um.

»Vermutlich im Wohnzimmer«, antwortete Helen und wies auf die angelehnte Flügeltür. »Hier entlang.«

Helens Vermutung hatte sie nicht getäuscht. Mehrere Besucher hielten sich bereits im angrenzenden Raum auf. Enyd und Hamish Sullivan saßen auf einem der Chippendalesofas, Mrs. Marshall stand mit Leroy Casterton, dem Tierarzt, am Fenster, jeder hielt ein Sektglas in der Hand. Sir Anthony kauerte zusammengekrümmt in seinem Rollstuhl am Kamin. Als Helen Lydias Rollstuhl durch die Tür schob, sprang Jackomo, der Terrier, von seinem Schoß und lief schwanzwedelnd auf sie zu.

»Der scheint dich zu mögen«, stellte Lydia fest.

Helen beugte sich zu dem Hund hinunter und tätschelte ihm den Kopf. »Das ist auch ein besonders netter Hund«, meinte sie.

Lydia verzog missbilligend das Gesicht. Sie war eine Katzen-lady und mochte keine Hunde, wie sie gern behauptete. Was Helen ihr nicht abnahm – wenn Mary mit ihrer Springer-Spa-niel-Hündin Ellie zu Besuch kam, betüddelte Lydia den Hund nicht anders als ihre Katzen.

Hinter ihnen betraten Jeremy und Ben das Wohnzimmer, Helen richtete sich wieder auf.

»Hi, Helen«, sagte Ben und wehrte den Hund ab, der ihn be-geistert ansprang. »So schnell sieht man sich wieder.«

Foster Drake näherte sich mit einem Tablett in der Hand. »Lass das, Jacko«, sagte er und schob den Terrier mit dem Fuß beiseite. »Möchten Sie vielleicht auch ein Glas Sekt?«

»Ja, sehr gern.« Jeremy lächelte erfreut und nahm ein Glas. Helen folgte seinem Beispiel, Lydia bediente sich ebenfalls.

»Könnte ich vielleicht ein Glas Orangensaft haben?«, fragte Ben. »Ich bin mit dem Wagen hier.«

»Aber natürlich.« Der Butler stellte das Tablett ab und eilte nach draußen.

Helen nahm einen kleinen Schluck von ihrem Sekt, der ganz ausgezeichnet schmeckte. Das war etwas ganz anderes als Lydias Fizzy Pop von Tesco's, ging ihr durch den Kopf. Lydia schien ähnlich zu empfinden, sie leckte sich genussvoll die Lippen, die sie heute lila angemalt hatte – passend zu dem kleinen Hut mit dem Plastiklavendel an der Krempe. Helen stellte das Glas auf dem Kaminsims ab und schob den Rollstuhl ihrer Mutter zur Seite, um den nachkommenden Gästen etwas Platz zu machen. Das Zimmer füllte sich langsam. Gerade trat Ms. Kinkaid in Begleitung von Marian durch die Tür. Sir Anthony setzte seinen Rollstuhl in Bewegung und fuhr ihr entgegen. »Ms. Kinkaid, herzlich willkommen!«, begrüßte er die alte Lehrerin und drückte ihr die Hand. »Kommen Sie, setzen Sie sich zu mir.« Er geleitete sie zu dem Ohrensessel neben dem Kamin.

Foster Drake kehrte zurück und schloss die Tür hinter sich. Er reichte Ben sein Glas Orangensaft, dann nahm er neben der Tür Aufstellung. Die Gespräche versiegten, abwartende Stille kehrte ein. Marian blickte sich zu Sir Anthony um, er nickte ihr zu, dann ergriff er das Wort.

»Liebe Mitbürger und Mitbürgerinnen, oder Mitstreiter, sollte ich besser sagen«, begann er. Seine Worte klangen heiser, doch seiner Stimme war heute kein Zittern anzumerken. »Ich freue mich, dass Sie meiner Einladung gefolgt sind. Ich möchte Ihnen allen nochmals herzlich für Ihr Engagement danken. Ohne jeden Einzelnen von Ihnen wäre dieser großartige Erfolg nicht möglich gewesen.« Er holte tief Luft. »Ms. Marian wird nun zu Ihnen sprechen.« Er nickte der Ortsvorsteherin zu und rollte seinen Rollstuhl zurück zum Kamin.

Marian lächelte zu ihm hin. »Den Worten von Sir Anthony ist nicht viel hinzuzufügen«, setzte sie an. »Ich freue mich sehr, euch nun offiziell mitteilen zu dürfen, was ohnehin schon bekannt ist: Wir haben den Sonderpreis für innovatives Community-Engagement gewonnen. Der offizielle Anlass ist die Umgestaltung des Schulhofs der St. Niclas Primary School, doch in Wahrheit ist es der hochverdiente Preis für die Zusammenarbeit unserer Dorfgemeinschaft. Und den haben wir uns wirklich mehr als verdient.«

Applaus brandete auf. Sir Anthony ergriff vom Kamin aus noch einmal das Wort. »Unser besonderer Dank gebührt natürlich Ihnen, Ms. Marian«, sagte er. »Ohne Ihre Initiative und Begeisterung wäre das alles nicht möglich gewesen.«

»Dabei dürfen wir auch Ihre großzügige finanzielle Unterstützung nicht vergessen«, gab sie zurück. »Dafür ist Ihnen das Dorf zu großem Dank verpflichtet.«

»Nun haben wir uns allen aber genug gedankt«, rief Sir Anthony. Seine Wangen hatten sich gerötet, seine Augen glänzten, er wirkte lebhafter als sonst. »Ich erhebe mein Glas auf Humbleham und seine wunderbare Gemeinschaft!« Er prostete den anderen zu und hob das Glas an die Lippen. »Nun lassen Sie uns feiern.«

Die Tür öffnete sich erneut. Ada kam mit einem Tablett herein, auf dem sich kleine Sandwiches, gefüllte Pasteten und Käsecracker türmten. Sie ging von einem zum anderen und bot allen davon an. Helen nahm sich etwas, das wie eine Miniaturausgabe einer Pork Pie aussah, und biss hinein. Es schmeckte köstlich.

»Gib mir auch was«, zischte Lydia in ihrem Rücken. »Oder muss ich erst aufstehen, um mir etwas zu holen?«

»Sorry, Mum. Moment.« Sie eilte Ada hinterher und holte für ihre Mutter ein kleines Thunfischsandwich, dann ging sie zurück zum Kamin, wo noch ihr Sektglas stand.

Sir Anthony war in ein Gespräch mit Ms. Kinkaid vertieft, die beinahe in dem riesigen Ohrensessel neben ihm verschwand. »Ich habe hier noch einen ganz besonderen Rotwein für Sie«, hörte Helen ihn sagen. »Ein Jahrgang 98, besonders trocken, so wie Sie ihn gern mögen.«

Er griff nach unten neben den Rollstuhl und hatte auf einmal eine staubige Flasche in der Hand. Ms. Kinkaid kicherte und streckte ihm erwartungsvoll ihr Glas entgegen. Er nahm es entgegen und schenkte ein, der Wein war blutrot, und erneut fiel Helen auf, dass seine Hand nicht zitterte. Sie runzelte die Stirn, auf einmal irritiert. Der Geruch nach Eukalyptus stieg ihr in die Nase, sie hatte ihn jedes Mal bemerkt, wenn sie dem alten Mann begegnet war. Doch so deutlich, so stark, so aufdringlich war er noch nie gewesen, und auf einmal wusste sie, was es damit auf sich hatte: Der Hustensaft, den Buster im letzten Winter hatte nehmen müssen, roch ganz genauso. »Beim Dopingtest würde Buster damit durchfallen«, hatte der Tierarzt noch gescherzt, als er das Rezept ausgestellt hatte. »Der wirkt wie ein starkes Aufputschmittel.«

Auf einmal fügte sich alles zusammen. Sir Anthony, der nach Pferdehustensaft roch. Der Tierarzt, der mit ihm befreundet war. Und – plötzlich fiel es ihr wie Schuppen von den Augen – sein Rollstuhl, der am Montagabend am Fuß der Treppe neben dem Sitz des Treppenlifts gestanden hatte. Etwas, das eigentlich nicht sein konnte, wenn nicht der Besitzer des Rollstuhls in Wahrheit …

Sir Anthony reichte das volle Weinglas Ms. Kinkaid.

»Halt!« Ohne nachzudenken, machte Helen einen Satz nach vorn und fiel dem alten Mann in den Arm. Das Glas flog davon, Rotwein spritzte in alle Richtungen.

Lydia schrie erschrocken auf. »Kind, was tust du da?«

Jackomo war auf einmal kläffend zwischen Helens Beinen. Der Boden war glitschig, sie rutschte aus und stolperte gegen den Kaminsims. Ihre rudernden Hände fanden keinen Halt. Sie stieß gegen die Urne, das verzierte Gefäß schwankte und fiel.

Sir Anthony straffte sich plötzlich, er sprang aus seinem Rollstuhl hoch und fing es auf, bevor es auf dem Boden zerschellte.

Schlagartig verstummten die Gespräche im Raum. Sir Anthony stand kerzengerade aufgerichtet neben Ms. Kinkaid und presste die Urne an seine Brust. Jackomo saß geduckt zu seinen Füßen und sah aus wie das personifizierte schlechte Gewissen. Helen setzte sich stöhnend auf, ihre Schulter brannte wie Feuer, wo sie über die Kante des Kamins geschrammt war.

Ben hatte sein Glas beiseitegestellt und kam mit langen Schritten auf sie zu. Er fasste sie am Arm und half ihr hoch. »Ist alles in Ordnung?«, fragte er und musterte sie besorgt.

Sie nickte mit zusammengebissenen Zähnen und deutete auf Sir Anthony. »Du solltest ihn in Gewahrsam nehmen«, sagte sie. »Sir Anthony ist unser Täter.«

KAPITEL 18

Sir Anthony machte keine Anstalten, gegen Helens Anschuldigung zu protestieren oder gar die Flucht zu ergreifen. Wozu er offenbar auch gar nicht in der Lage war. Er schwankte, tastete hinter sich und ließ sich langsam in seinen Rollstuhl sinken. Seine Wangen waren bleich, die zusammengepressten Lippen bläulich, Schweißtropfen standen auf seiner Stirn. Die Urne mit der Asche seiner Tochter hielt er immer noch auf seinem Schoß umklammert.

»Haben Sie uns etwas zu sagen, Sir Anthony?«, fragte Ben mit strenger Stimme.

Der alte Richter nickte schwach. »Ich brauche nur ...«, seine Stimme zitterte und brach, der Ausbruch von Energie gerade eben schien ihn die letzte Kraft gekostet zu haben. »Nur einen Moment.«

Foster Drake reichte ihm ein Glas Wasser. »Bitte, Sir. Trinken Sie das. Ich bringe Ihnen gleich Ihre Medizin.«

Halb hatte Helen erwartet, dass der Butler mit einer Flasche Pferdehustensaft zurückkehren würde, doch es war ein normales Medizinfläschchen aus der Apotheke, aus dem er fünfzehn Tropfen auf einen Löffel abzählte, und die klare Flüssigkeit roch auch nicht nach Eukalyptus. Sir Anthony schluckte sie gehorsam, seine Wangen schienen wieder etwas Farbe zu gewinnen. Mit einer fahrigen Bewegung deutete er auf Helen. »Erklären Sie es ihm. Sie haben sich ohnehin schon alles zusammengereimt, oder nicht?«

Ben sah Helen fragend an. Auf einmal waren alle Blicke auf sie gerichtet. Sie straffte die Schultern. »Sie wollten gerade Ms. Kinkaid vergiften, nicht wahr?«, sagte sie und sah ihn anklagend an. »Nachdem es beim letzten Mal nicht geklappt hat.«

»Was?« Sir Anthony sah sie verblüfft an. »Aber nein, wie kommen Sie denn darauf?«

»Aber ich dachte … Der Rotwein …«

Der alte Mann lachte heiser. »Ms. Kinkaid ist ihrem Schicksal bereits entkommen.«

Die alte Lehrerin sah ihn verständnislos an – offenbar hatte ihr niemand gesagt, dass in ihrer Limonade wirklich Gift gewesen war. »Aber Sir Anthony …«, begann sie mit zitternder Stimme.

»Es sollte offenbar nicht sein«, unterbrach er sie rüde. »Meine Rache ist auch so vollendet. Die Menschen, die meine Tochter in den Tod getrieben haben, sind tot.« Er wiegte die Urne wie ein Kind in seinen Armen. Eine Träne hatte sich aus seinem Augenwinkel gelöst und sickerte über seine faltige Wange. »Sie war doch alles, was ich noch hatte«, flüsterte er.

»Deshalb haben Sie Humblehams Teilnahme am Blumenschmuckwettbewerb unterstützt«, sagte Helen langsam. »Weil Sie damit die Menschen, die Sie für den Tod Ihrer Tochter verantwortlich machen, nach Humbleham bringen konnten.«

»Aber wieso ausgerechnet jetzt?«, fragte Ben. »Warum haben Sie zehn Jahre gewartet?«

»Ihr eigentliches Ziel war Pete Stanford, nicht wahr?«, meinte Helen. »Er war in diesem Jahr erstmals Jurymitglied. Und das war Ihre Chance, alle Beteiligten zur selben Zeit in Humbleham zu versammeln.«

»Sie haben recht.« Der alte Mann neigte den Kopf. »Es ging mir vor allem um Stanford und Shute. Die beiden haben das damals ausgeheckt, sie sind schuld an Gladys' Tod.«

»Aber warum musste dann Brian sterben?«, fragte Helen. »Und wieso der Anschlag auf Ms. Kinkaid? Die beiden waren doch bestenfalls am Rande beteiligt.«

Die alte Dame verharrte in einer Art Schockstarre in ihrem Sessel, sie war blass geworden. Helen warf ihr einen mitfühlenden Blick zu. Dass ausgerechnet Sir Anthony, den sie für ihren Freund gehalten hatte, für all das verantwortlich war, schien sie wirklich zu erschüttern.

»Natürlich waren sie ebenfalls involviert.« Sir Anthony sah sie missbilligend an. »Und denken Sie nach, junge Dame. Ohne Garners Tod konnte ich doch gar nicht sicher sein, dass Shute wirklich nach Humbleham kommen würde.«

»Aber wieso Ms. Kinkaid? Sie wollte Gladys doch gar nichts Böses.«

Ms. Kinkaids Wangen waren blass. »Ganz bestimmt nicht!«, sagte sie mit zitternder Stimme. »Ich mochte Gladys immer sehr gern.«

»Es ging darum, ein Zeichen zu setzen.« Sir Anthony nickte ernsthaft. »So etwas erfordert Opfer. Es fiel mir selbst nicht leicht«, er warf der alten Dame einen entschuldigenden Blick zu, »aber es wäre ein schneller Tod gewesen. Sie hätten nicht gelitten.«

Ms. Kinkaid schnappte nach Luft. »Sie sind doch vollkommen verrückt!«, entfuhr es ihr.

»Das kann man vermutlich so sehen«, gab der alte Mann ihr recht. »Nach allgemeinen Maßstäben bin ich vermutlich wirklich verrückt.«

Jeremy funkelte ihn böse an. »Glauben Sie nur nicht, dass Sie damit davonkommen. In meinen Augen sind Sie vollkommen zurechnungsfähig.«

»Sie werden mich nicht ins Gefängnis bringen.« Sir Anthony spreizte die knotigen Finger. »Ich habe nicht mehr lange zu leben. Dieses Mittel, das ich genommen habe, um mich bewegen zu können ...«

»Der Pferdehustensaft«, warf Helen ein.

»Genau. Er hat unschöne Nebenwirkungen.« Er hob den Kopf und sah sie jetzt direkt an, seine Augen lagen tief in ihren Höhlen. »Ich habe mich über Parkinson belesen, und es gibt eine Reihe von vielversprechenden Medikamenten auf der Basis von Neurotransmittern. Die sind nur alle viel zu niedrig dosiert, um wirklich wirksam zu sein. Aber ich wusste, dass diese Substanzen auch im Pferdesport verwendet werden, und ich erinnerte mich, dass Dr. Casterton sagte, wir müssten mit den Pferden bei den Dopingkontrollen aufpassen, wenn sie diesen Hustensaft bekommen.« Er senkte den Kopf. »Also habe ich ein wenig ... experimentiert.«

»Und der Tierarzt hat das unterstützt?« Ben sah Casterton irritiert an. »So etwas ist doch verboten!«

»Ich habe das ausdrücklich nicht gutgeheißen.« Der Tierarzt war aufgestanden und näher gekommen. »Sir Anthony sagte mir, es sei das einzige Mittel, das seine Schmerzen lindert. Er hat nur winzige Dosen davon genommen, und es geschah ausdrücklich auf seine eigene Verantwortung.«

»Es waren schon lange keine winzigen Dosen mehr.« Sir Anthony lächelte schwach. »Damit es so wirkt, wie es für meine Zwecke nötig war, muss ich eine ganze Menge davon schlucken. Aber ich glaube nicht, dass man das als erfolgreiche Therapie bezeichnen kann.« Er betrachtete seine Hände, die jetzt unkontrolliert zitterten. »Nach jeder ... Anwendung kehrt die Krankheit stärker zurück als zuvor. Ich glaube nicht, dass das noch lange funktioniert hätte.« Er sagte das trocken und ohne jede Emotion. »Ich bin buchstäblich am Ende. Aber ich habe mein Ziel erreicht.«

Ein Streifenwagen war gekommen und hatte Sir Anthony mitgenommen, um ihn in die Constabulary in Leicester zu bringen. Jeremy hatte Coroner Skimmingdale angerufen, die ihrerseits nun alles in die Wege leiten würde, um Qasim Senaïs sofortige Freilassung zu erwirken. Anschließend war er ebenfalls zurück nach Leicester gefahren, während Helen und Ben auf Humble Manor zurückblieben. Die Leute draußen hatten nichts von alledem bemerkt, die Klänge der Musik wehten durch die geöffneten Fenster herein, das Fest war noch in vollem Gange. Foster Drake und Ada hatten ihre Tabletts wieder befüllt und boten den Gästen im Wohnzimmer erneut Sekt und Häppchen an, doch allen schien der Appetit vergangen zu sein.

»Eigentlich hätte man das von Anfang erkennen müssen«, sagte Lydia spitz. »Alles hat die ganze Zeit auf Sir Anthony gedeutet.«

»Er sitzt im Rollstuhl, Mum«, antwortete Helen. »Deshalb haben wir ihn nie verdächtigt. Nicht einmal, als wir herausgefunden haben, dass Gladys Cooper das Bindeglied zwischen diesen Todesfällen ist, haben wir an ihn als Täter gedacht.«

»Das ist wirklich gut zu wissen.« Lydias Augen blitzten. »Wer im Rollstuhl sitzt, hat also Narrenfreiheit bei der Polizei.«

»Du nicht, Mum«, sagte Helen und schob ihre Mutter kurzerhand hinüber zu Enyd. »Jeder weiß, dass du ihn in Wahrheit gar nicht brauchst.«

Marian machte ein finsteres Gesicht. »Sir Anthony hat den Invaliden einfach zu gut gespielt. Ich wäre nie auf den Gedanken gekommen, dass er in Wahrheit noch so gut laufen kann.«

»Ich glaube nicht, dass der Mann wirklich laufen kann«, widersprach Casterton. »Er konnte durch diesen Pferdehustensaft das Zittern in seinen Händen kontrollieren und sich vielleicht ein paar Schritte ohne seinen Rollstuhl fortbewegen. Aber mehr ist in diesem Stadium einfach nicht möglich. Auch bei einer noch so hohen Dosierung nicht.«

»Wie hat er das alles dann hinbekommen?«, fragte Marian. Sie warf Foster Drake einen scharfen Blick zu. »Haben Sie ihm etwa geholfen?«

»Ich?« Die Miene des Butlers war gekränkte Unschuld. »Natürlich *nicht*. Wieso sollte ich das tun?«

»Zumindest hier im Haus konnte er sich ohne Rollstuhl bewegen«, sagte Helen langsam. »Als ich am Montagabend noch einmal hier war, befand sich der Treppenlift am Fuß der Treppe, und der Rollstuhl stand daneben. Ich habe nur nicht sofort geschaltet.«

»Davon habe ich nichts bemerkt«, gab der Butler zurück. »Ich habe Sir Anthony aber auch nicht die ganze Zeit überwacht. Ich bin sein Butler und nicht sein Kindermädchen.«

»Schon gut.« Ben nickte ihm begütigend zu. »Konnte er den Wagen denn noch fahren?«

»Eigentlich durfte er das nicht mehr, aber was sollte ich denn machen?« Drake hob die Schultern. »Ich konnte es ihm ja nicht gut verbieten.«

»Das erklärt, wie er nachts zum ›Boxing Hares‹ gelangt ist«, mutmaßte Helen. »Er hat einfach den Wagen genommen. Und Brian hat ihn eingelassen.«

»Wieso hat ihn niemand gesehen?« Ben kratzte sich am Nacken.

»Weil das Dorf um diese Zeit tief und fest schläft«, antwortete Hamish Sullivan, der Pfarrer. »Wir sind hier schließlich nicht in London.«

Helen nickte zustimmend. »Und Sir Anthony ist vermutlich der einzige Mensch auf der Welt, den Brian Garner nach der Sperrstunde noch in die Wirtsstube gelassen hätte. Und er hat auch keinen Verdacht geschöpft, als er …« Sie schüttelte sich beim Gedanken an diesen perfiden Mord. »Das kam mir die ganze Zeit komisch vor.«

»Er hat Oliver getötet.« Marians Stimme klang tonlos. »Er hat gesagt, er hat Oliver und Stanford wegen dieser alten Sache getötet.« Sie hatte die Fäuste geballt. »Olivers Tod war also wirklich kein Unfall.«

»Nein.« Helen sah sie mitfühlend an. »Vermutlich hat er ihn im Rollstuhl hinausbegleitet und dabei die Gaskartusche in sein Auto geschmuggelt. Erinnerst du dich, er hat uns sogar noch erzählt, dass Drake an diesem Abend schon dienstfrei hatte. Er hat uns praktisch mit der Nase drauf gestoßen, aber wir waren einfach blind.«

»Und der Tod von MoP Stanford?«, fragte Ben.

»Schießen konnte Sir Anthony wie der Teufel«, sagte der Tierarzt. »Schließlich war er früher passionierter Jäger.«

»Uns gegenüber hat er behauptet, er hätte alle Waffen abgegeben«, sagte Helen. »Aber wahrscheinlich besaß er noch ein altes Gewehr, das er nie gemeldet hat.«

»Vielleicht aus seiner Zeit als Soldat in Rhodesien«, warf Hamish Sullivan ein. »Er hat mir einmal erzählt, er sei Scharfschütze gewesen.«

»Aber wie konnte er mit seinen zitternden Händen so genau zielen?« Ben sah Dr. Casterton fragend an.

»Bestimmt nicht freihändig«, erklärte der Tierarzt. »Er muss das Gewehr irgendwo aufgelegt haben. Und selbst dann ist es schwierig, auf diese Distanz ein bewegliches Ziel zu treffen.«

»Ganz offensichtlich ist es ihm gelungen«, gab Ben trocken zurück. »Aber das CSI-Team hat alles untersucht und im Haus keine Spuren gefunden.«

Helen runzelte die Stirn und musterte die Fenster. Dann ging sie hinüber zu der Tür, die in Sir Anthonys Bibliothek führte, und öffnete sie. Warme, rauchige Luft schlug ihr entgegen, Staubkörnchen wirbelten durch den Luftzug von den Bücherregalen und flirrten glitzernd im Licht der Nachmittagssonne.

Jackomo drängte sich zwischen ihren Beinen durch und sprang auf sein Kissen.

Helens Blick fiel auf die fahrbare Leiter, die in der Ecke stand. »Vermutlich haben die Kollegen einfach an der falschen Stelle gesucht«, sagte sie und deutete auf die Fensterflügel. »Sie haben den Schützen im oberen Stockwerk vermutet, weil vor dem Haus der Land Rover parkte und die Sicht auf die Rasenfläche verstellte. Dabei hat Sir Anthony einfach die Leiter verwendet, um durch das Oberlicht zu schießen. Ich bin mir sicher, dass das CSI-Team am Fenster entsprechende Spuren finden wird.«

Ben nickte anerkennend. »Und was hat er mit der Tatwaffe gemacht?«

Helen dachte nach. Sir Anthony war bestimmt bereits wenige Minuten nach dem Schuss im Rosengarten gewesen – er musste schließlich damit rechnen, dass Drake unmittelbar nach dem Anschlag zu ihm laufen würde. Er hatte nicht viel Zeit, um die Waffe zu verstecken. Ihr Blick fiel auf den großen Wagen, der wie immer vor dem Haus parkte. »Hat eigentlich jemand diesen Land Rover genauer untersucht?«

Helen stand in Lydias Küche und kochte Kaffee. Ben saß am Küchentisch, und es fühlte sich an, als wäre er nie weg gewesen. Rasch verdrängte Helen diesen Gedanken und konzentrierte sich darauf, das sprudelnde Wasser aus dem Teekessel in Lydias alten Porzellanfilter zu gießen, ohne ihn umzukippen. Das erforderte allerhöchste Aufmerksamkeit, weshalb ihre Mutter diese Aufgabe normalerweise auch nicht ihr überließ.

Doch Mum lag auf dem Küchensofa, die Beine mit einem Kissen gestützt, eine Katze auf dem Schoß und eine Tasse Tee in der Hand. Als die Kollegen vom CSI-Team eingetroffen waren, um diesmal wirklich alle Fenster von Humble Manor zu untersuchen und den Land Rover auf links zu drehen, hatte Lydia in Sir Anthonys Wohnzimmer einen Schwächeanfall erlitten. Doch von einem Krankenwagen wollte sie nichts wissen. »Noch lebe ich«, hatte sie barsch gesagt, auch wenn ihre Lippen einen Ton angenommen hatten, der dem Plastiklavendel erschreckend ähnelte. »Ich will nur nach Hause.«

Sie hatte allerdings zugelassen, dass Dr. Casterton ihr Herz untersuchte, und Bens Angebot angenommen, sie anschließend nach Hause zu fahren, nachdem der Tierarzt ihnen versichert hatte, dass kein ernster Schaden zu befürchten war. »Ein paar Tage Schonung und nur leichte Kost, dann ist sie wieder wie neu«, hatte er gesagt. »Was den Pferden hilft, wird ihr nicht schaden.«

So kam es, dass Helen nun unter den wachsamen Augen ihrer Mutter Kaffee für sich und Ben kochte – zum ersten Mal seit über einem Jahr. Es fühlte sich seltsam vertraut an.

»Was wird denn nun aus dem Hund?«, fragte Lydia unvermittelt. »Sir Anthony wird ja wohl kaum in der Lage sein, sich noch um ihn zu kümmern, wenn er ins Gefängnis kommt.«

»Meinst du Jackomo?«, fragte Helen und beobachtete angespannt, wie die schwarze Flüssigkeit aus dem Filter in die Kanne tropfte.

»Natürlich meine ich Jackomo. Oder hat Sir Anthony noch weitere Hunde?«

»Ich habe keine Ahnung«, antwortete sie. »Vielleicht kann Foster Drake ihn behalten.«

»Der wird Besseres zu tun haben, als sich um den Terrier zu kümmern.« Lydia rümpfte die Nase. »Hillary hat gesagt, dass Ada zurück nach Birmingham gehen will.«

»Drake wird sie vermutlich begleiten«, sagte Helen. Sie stellte eine Tasse Kaffee vor Ben ab, dann goss sie sich selbst eine Tasse ein und setzte sich zu Ben an den Tisch. Er dankte ihr mit einem Nicken.

»Ganz bestimmt wird er das. Und man kann so einen Hund nicht vom Dorf in die Großstadt bringen.«

Helen brauchte einen Moment, bis sie verstand, was Mum sagen wollte. »Du willst Jackomo zu dir nehmen?«, fragte sie überrascht. »Aber du hast doch deine Katzen!«

»Nicht ich.« Lydia wies auf ihre Beine. »Ich bin doch gar nicht gut genug zu Fuß, als dass ich einen Hund halten könnte. Aber du kannst ihn nehmen. Er wird sich mit Buster bestimmt gut verstehen.«

Irritiert sah Helen sie an. »Ich wollte nie einen Hund«, sagte sie. »Das ist mit meinem Job gar nicht möglich.«

»Du wolltest auch nie ein Pferd.« Lydia machte eine wegwerfende Handbewegung. »Und den Hund kannst du doch mitnehmen in dein Office. Wer sollte sich hier im Dorf daran stören?«

Hier vielleicht nicht, dachte Helen, doch sie sprach es nicht aus. In der Constabulary in Leicester waren Hunde bestimmt nicht erlaubt. Was für eine Schnapsidee von Lydia. »Das geht nicht, Mum. Du weißt genau, dass ich bald wieder als Detective arbeiten werde.«

»Das werden wir noch sehen«, antwortete ihre Mutter. »Ich will jedenfalls nicht, dass Jackomo ins Tierheim muss.« Sie richtete sich ächzend auf. »Bekomme ich noch Tee?«

»Ich hätte sehr gern einen Hund«, ließ sich Ben vernehmen. »Aber in London ist das leider völlig undenkbar.« Er sah aus, als würde er das wirklich bedauern.

Helen stand auf und nahm Lydia die Tasse ab. »Kommt sofort.«

Ben trank seinen Kaffee aus und erhob sich. »Ich muss los, Helen. Ich will heute noch zurück.« Er wandte sich an Lydia. »Danke für den Kaffee.«

»Gern geschehen.« Lydia lächelte zuckersüß. »Komm uns doch mal wieder besuchen.«

Helen wandte sich ab und verdrehte die Augen. Das fehlte gerade noch. »Ich bringe dich raus«, sagte sie rasch und öffnete demonstrativ die Küchentür.

Ben folgte ihr durch das Gartentor hinaus auf den Vorplatz, wo sein Wagen stand. Draußen wandte er sich zu ihr um, und bevor sie es verhindern konnte, küsste er sie rechts und links auf die Wange. »Es war wirklich schön, wieder mit dir zu arbeiten«, sagte er.

»Ja-a«, stotterte Helen. Dann riss sie sich zusammen und lächelte. »Ich fand es auch schön. Aber ich hoffe, dass jetzt wieder Ruhe im Dorf einkehrt.«

»Ganz bestimmt.« Ben blinzelte ihr zu. »Und wenn nicht … Du weißt ja, wo du mich findest.«